MAISON
RUSTIQUE,
A L'USAGE
DES HABITANS
DE CAYENNE.

MAISON RUSTIQUE,

A L'USAGE

DES HABITANS *de la partie de la France équinoxiale, connue sous le nom de Cayenne.*

Par M. DE PRÉFONTAINE, ancien Habitant, Chevalier de l'Ordre de Saint-Louis, Commandant de la partie du Nord de la Guyane.

A PARIS, *Quai des Augustins,*
Chez Cl. J. B. BAUCHE, Libraire, à Sainte Genevieve,
& à Saint Jean dans le défert.

M. DCC. LXIII.
Avec Approbation & Privilege du Roi.

A MONSEIGNEUR

LE DUC DE CHOISEUL,

MINISTRE

DE LA GUERRE ET DE LA MARINE,

MONSEIGNEUR,

L'OBJET de cet Ouvrage a été d'être utile aux Habitans de Cayenne & aux Colonies en général. A ce titre il avoit droit à votre Protection ; celle dont vous l'honorez m'autorise à vous le présenter. Un zele patriotique m'avoit animé au fond de mon habitation ; vous me mettez à portée de le faire paroître sur un plus grand théatre.

L'habitude du climat, la connoiffance d pays & des Indiens, un voyage entrepris avec fuccès dans les montagnes contre les Negres marrons, conjointement avec M. le Chevalier de Villers & autres Officiers de marque ; quelques efforts heureux dans les commiffions dont j'ai été chargé, peut-être enfin des vues générales fur l'accroiffement & l'avantage de la Colonie : voilà mes titres pour obtenir quelques graces de vous. Dans celles dont vous me comblez, je trouve une nouvelle fource d'encouragement. Les obfacles qu'il eft poffible de furmonter, ne doivent-ils pas céder aux reffources que doit faire naître en moi le defir de juftifier votre choix ? J'oferai même le dire, je fuis fûr de mériter de plus en plus vos bontés. Vos ordres font précis, il ne s'agit que de les exécuter pour faire le bien.

Je fuis avec refpect,

MONSEIGNEUR,

Votre très-humble & très-obéiffant ferviteur,
PRÉFONTAINE.

MAISON

MESSE
EN CANTIQUES,
A L'USAGE DES NÉGRES.

A L'*INTROIT*.
AIR: *Folies d'Espagne.*

J'APPROCHERAI de l'Autel adorable,
Où Jesus-Christ va s'immoler pour moi.
Rempli, grand Dieu, de ta joie ineffable,
Et ma jeunesse & mon cœur de ta Loi.

Suite de l'air.

Sois mon Seigneur, sois mon Juge & mon Maître ;
Sépare-moi de l'impie imposteur,
Qui feint en vain de ne te pas connoître,
Mais qui te craint dans le fond de son cœur.

AU CONFITEOR.
Duo. AIR: *Quand on a du vin de Champagne.*

QUE chacun de nous se confesse
    Au Tout-Puissant.
Déclarons-lui notre foiblesse
    Sincerement.
A tous les Saints, à vous, mon Pere,
    Nous confessons
Tous nos péchés, d'une sincere
    Contrition.

A

Au KIRIE.

AIR : . . . .

Ayez pitié de nous ,
Seigneur , dans votre colere.
Vous êtes mort pour tous ;
Ayez pitié de nous.
En voyant notre misere ,
Retenez votre courroux.
Ayez pitié de nous.
Ayez pitié de nous.

Au GLORIA IN EXCELSIS.

AIR : *Eglé tient tous ses biens , &.*

GLOIRE à notre Sauveur , gloire à tous ses ouvrages,
Prions , louons , bénissons ,
Chantons , glorifions son nom dans tous les âges.
Invoquons dans tous lieux , & sans cesse adorons
Celui qui s'est assis à la droite du Pere.
C'est le Très-Haut , le seul Seigneur,
Que les Anges , les Cieux , la Terre
Réverent en tous tems comme leur Créateur.

Au CREDO.

AIR : *Au bord d'un clair ruisseau.*

Je crois en un seul Dieu
Tout-Puissant , notre Pere ,
Qui fit d'un mot la terre ,
L'eau , les airs & le feu.
Un Dieu qui fit pour nous
Les êtres invisibles ,
Les secours infaillibles
Qui nous suivent par-tout.

Je crois en son seul Fils ,
Le vrai Dieu , sa substance ;

Son verbe & fon effence,
Qui des Cieux defcendit,
Et prit par l'Efprit-Saint
Dans le fein de Marie
Une ame, un corps, la vie,
Pour fauver les humains.

Je crois que, mort en croix,
Expiant notre crime,
Cette fainte Victime
Sortit trois jours après
Du tombeau, triomphant,
Pour venir, plein de gloire,
Juger, il le faut croire,
Les morts & les vivans.

Je crois au Saint-Efprit,
Une Eglife, un Baptême,
Reçu, cimenté même
Du Sang de Jefus-Chrift.
Je crois, non fans frémir,
L'inftant épouvantable,
Le jour inévitable
Des fiecles à venir.

A L'OFFERTOIRE.

AIR: *Agréable Solitude.*

Je t'offre ce facrifice
Pour les fideles Chrétiens.
Dieu puiffant, fois-leur propice:
Comble-les de tous tes biens.
Je l'offre pour ton Eglife,
Pour mon Pere & pour mon Roi:
Pour tous ceux qu'il autorife,
Pour mes maîtres & pour moi.

Au SANCTUS.

AIR: *Jamais la nuit ne fut si noire.*

SAINT, Saint est le Dieu des Armées.
Il remplit de son nom & la Terre & les Cieux :
Sur son trone étoilé, Chrétiens, fixez les yeux.
Ayez de son amour vos ames enflammées.
 Chantons, Compagnie, à jamais
 Sur les démons sa divine victoire.
Il n'est pas mort en vain. Crions-lui desormais :
  Juste Dieu, sauvez-nous,
  Juste Dieu, sauvez-nous
  Du haut de votre gloire.

A LA CONSÉCRATION.

Duo. AIR: *Suivons l'Amour.*

EN ce moment notre divin Maître
Bénit du pain, & dit à notre foi :
Voilà mon Corps, Chrétiens, il va renaître ;
Prenez, mangez, en memoire de moi.

[Le Chœur répete les deux derniers vers, lorsque le Prêtre s'incline profondément.]

A L'ÉLÉVATION.

AIR: *Je ne veux plus sortir de mon caveau.*

JE vois le Dieu qui nous donna le jour.
Grace à la Foi, ce n'est plus un mystere.
Je vois le Dieu qui nous donna le jour.
Ah, Compagnie, implorons son secours !
En vain le pain le cache encore aux yeux :
Je vois son sang, dont il couvrit la terre
Pour arracher au démon furieux
Tous les pécheurs, en leur ouvrant les Cieux.

Au PATER.

AIR: *Charmant Bacchus.*

SANCTIFIONS
Le divin nom

De notre Dieu,
Qui regne dans tous lieux.
Que la terre
Le révere
Comme ſon Auteur,
Sa Vie & ſon Sauveur.
Sans héſiter ici comme au Ciel,
Faiſons de l'Eternel
La ſainte volonté.
Que ſon regne
Nous advienne.
Qu'il donne aux humains
Leur pain quotidien.
Qu'on l'adore,
Qu'on l'implore,
Pour nous délivrer du mal,
Et de tout pouvoir infernal.
Qu'il nous accorde le pardon
Des offenſes que nous faiſons,
Comme nous pardonnons.

A L'*AGNUS DEI.*

Duo. AIR: *Vous m'aimez.*

L'AGNEAU de Dieu meurt pour nous aujourd'hui.
Que ne puis-je à l'inſtant mourir auſſi pour lui !
Prions-le d'avoir pitié de nous.

[*Le Chœur*]
Que tout l'enfer en devienne jaloux.

[*Deux voix*]
Jurons-lui par ſon ſang de ne plus l'offenſer.

[*Le Chœur*]
Loin de nous ce penſer.
Sainte ardeur, regnes dans mon cœur pour comble du
Bonheur.

[*Le Chœur*]
L'Agneau ſans tache en efface l'erreur.

Au *DOMINE NON SUM DIGNUS.*

Duo. Air: *Cher Bacchus, si je soupire.*

Un pécheur, non, n'est pas digne
De vous recevoir, Seigneur, chez lui.

[*Le Chœur répete les deux premiers vers.*]

Sans m'accorder ce bien insigne,
Dites un mot, je suis guéri.

[*Le Chœur*]

Au *DERNIER EVANGILE.*

Air : . . . .

De tout tems est le Verbe,
Le Verbe étoit en Dieu.
L'insecte dit sous l'herbe,
Je l'adore en ce lieu :
Le Chrétien sans l'entendre,
Reprend sans murmurer :
Moins je le peux comprendre,
Plus je sais l'adorer.

Second Couplet.

Le Maître du tonnerre
Un jour en l'ordonnant,
Fera rentrer la terre
Dans son premier néant.
Sa parole suprême
Jamais ne passera,
Et Dieu sera le même
Lorsque tout changera.

Troisieme Couplet.

Espérons, Compagnie,
De partager les biens
De la céleste vie,
Promise aux vrais Chrétiens.

Des plaifirs de la terre
Le charme fi vanté,
Avec l'éclat du verre,
Joint la fragilité.

Quatrieme Couplet.

QUE nos travaux, nos peines
Réparent nos péchés;
Qu'elles brifent les chaînes
Qui nous ont attachés.
Mon Dieu, qui veut vous fuivre
En fon dernier moment
Ne ceffe pas de vivre,
S'il meurt en vous aimant.

Au DOMINE SALVUM FAC REGEM.

Parodié fur le Chant de l'Eglife.

Confervez, grand Dieu, notre Roi,
Que nos vœux aillent jufqu'à toi :
Grand Dieu, confervez notre Roi.

Au GLORIA PATRI.

AIR : A la venue de Noel.

Honneur, ainfi qu'il eft prefcrit,
Au Pere, au Fils, au Saint-Efprit :
Il fut dans les commencemens,
Eft, & fera dans tous les tems.

FIN.

MAISON RUSTIQUE,

A L'USAGE

Des Habitans *de la partie de la France équinoxiale, connue sous le nom de Cayenne.*

INTRODUCTION.

Je me trouve tout étonné d'avoir fait un livre ; mais j'ai cru pouvoir être utile, en présentant à ceux qui habitent ou voudroient habiter la partie de la France équinoxiale, connue sous le nom de *Cayenne*, les moyens les plus sûrs pour y former, entretenir, améliorer, & multiplier diverses branches d'industrie & de commerce. Ce ne sont point de simples spéculations, ou des conjectures hasardées que j'offre ; c'est le fruit de vingt ans de séjour à Cayenne, c'est le résultat de réflexions & d'épreuves confirmées par l'expérience. Je n'ai surement pas dit tout ce qui seroit ou pourroit être avantageux à cette Colonie ; le tems donnera lieu à des observations plus étendues, rectifiera & perfectionnera mes idées, en indiquera de nouvelles : je

A

ferai trop content d'avoir mis fur les voies , & je jouis
d'avance en bon citoyen des progrès auxquels j'aurai
peut être donné lieu. On ne doit pas exiger de moi de
l'élégance dans le ftyle ; je ne promets que de l'exactitude & de la clarté. J'entre en matiere.

Je fuppofe un homme , muni d'une conceffion &
arrivant à Cayenne pour s'y faire habitant. La moindre
recommandation qu'il pourra y avoir , lui affure pour
les premiers jours une retraite & fa nourriture. Veut-
il bientôt après ne dépendre que de lui-même ? il doit
fe procurer quelques efclaves , avec lefquels il fe fera
conftruire , fur le terrein concedé , une *cafe* ou *carbet*
à l'Indienne , en y obfervant trois féparations , une
pour loger fes efclaves , une autre pour apprêter fa
nourriture , & la troifieme qui lui fervira de logement.
En même tems , il plantera des racines pour fa fubfiftance , & en attendant qu'elles foient en état d'être
arrachées , il traitera avec les Indiens pour en avoir. Il
trouvera auffi les fruits naturels au pays ; il aura encore
la reffource de la chaffe & de la pêche.
Bientôt après il fongera à fe faire un établiffement
plus folide , à former *une habitation*. Ce qu'on entend
en général par le mot d'*habitation* , c'eft une certaine
étendue de terrein fur une longueur & une largeur dé-
terminées , qu'on a en propriété , à titre de conceffion
du Roi. Lorfqu'elle n'a été ni défrichée ni cultivée , on
l'appelle à Cayenne *terre brute* ou *bois debout* , parce
qu'elle eft couverte des bois que la nature y a placés au
hafard.
Il eft d'une importance extrême de bien connoître le
terrein fur lequel on fe propofe de faire un établiffement à demeure. J'ai vu fouvent que ce qu'on avoit
fait d'abord nuifoit dans la fuite à ce qu'on vouloit
faire , lorfqu'on fe trouvoit en état d'entreprendre davantage. Je confeille donc avant tout, tant pour affurer
fa jouiffance , que pour éviter toute difcuffion , de faire

reconnoître & constater, par l'Arpenteur de la Colonie, l'étendue & les bornes de sa concession, de la parcourir ensuite plusieurs fois dans tous les sens, de s'assurer des différentes qualités du sol, des airs de vent qui y regnent, d'observer la quantité & la pente des eaux qui s'y trouvent, les mornes ou monticules, les fondrieres, les *periperi*, mot indien qui signifie marécages.

Toutes ces considérations sont indispensables avant que de déterminer le lieu où l'on établira sa maison ou son *habitation particuliere*. Plusieurs bâtimens en dépendent nécessairement, tels que les cases des Negres, le magasin à vivres, la cuisine, &c. sans compter ceux qui doivent servir à l'exploitation de la denrée qu'on fabrique, qui varient en conséquence, & qui font plus ou moins étendus relativement à telle ou à telle denrée.

On ne sauroit trop recommander à un habitant qui commence, de ne point entreprendre au-delà de ses forces. Le mal-aise qui en résulte influe sur sa fortune pour le reste de sa vie. Mais il est à desirer, & peut-être nécessaire, que ce même habitant qui commence par fabriquer la denrée la plus facile & la moins coûteuse, se persuade qu'en ne forçant rien, il pourra par son activité, son intelligence & son économie, embrasser dans la suite les branches de commerce les plus étendues & les plus dispendieuses.

Il est encore de notoriété qu'un habitant, qui veut réussir, ne doit s'occuper que d'un seul objet de culture & de fabrique. Si ses succès le mettent en situation d'en entreprendre un plus considérable, il doit abandonner le premier à ceux qui commencent comme il a commencé. Le *cotton* est la marchandise la plus facile & la moins chere à exploiter. Le *sucre* est celle qui exige plus de dépense, d'attirails, de bâtimens, & par conséquent plus d'emplacement. Que l'espace nécessaire pour une sucrerie complette, telle que l'offre le plan, serve à fixer l'étendue que notre nouvel habitant choifira : qu'il n'y éleve que ce qui lui eft néceffaire pour l'objet qu'il embraffe ; s'il en change, il n'aûra qu'à ajouter, & il fe trouvera toujours dans la pofition la plus convenable.

Mais cet emplacement choifi fe trouve rempli de brouffailles, de plantes, d'arbriffeaux & d'arbres : il faut nettoyer la place ; c'eft ce qu'on fait par le moyen des *abattis*.

CHAPITRE PREMIER.

Des Abattis.

LES Abattis fe font, ou avec les Negres qu'on peut avoir, ou par un marché que l'on fait avec les Indiens. On les fait en été, & de façon qu'ils puiffent être finis un mois avant la faifon des pluies.

On employe d'abord quelques journées à faire le *petit bois.* C'eft ainfi que l'on appelle les arbriffeaux plus ou moins gros que la jambe, & tout ce qui n'eft pas fait pour être coupé avec la hache. Cette précaution donne l'efpace néceffaire pour que les gros arbres puiffent être abattus fans bleffer perfonne. Ce *petit bois* doit être coupé le plus près de terre qu'il eft poffible, & non à trois ou quatre pieds de terre comme il arrive le plus fouvent. La négligence à cet égard caufe des malheurs. Quand on met à terre les gros arbres, dont on n'eft pas toujours le maître de diriger la chûte, les Negres qui veulent s'en garantir fe trouvent embarraffés dans ces bouts de bois, & font quelquefois écrafés.

Dès que la hache a lieu, & tandis qu'elle agit d'un côté, on continue de l'autre à faire le *petit bois.* Le maître doit y être préfent, mais il ne fe trouve gueres quand on abat le grand bois. Les Negres profitent à la vérité de son absence pour se faire des chapeaux de paille , des *borgnes*, des *gouris* , &c. & autres ustensiles à leur usage , mais on ferme les yeux sur cet abus. Il seroit même imprudent au maître de vouloir surprendre les esclaves ; la chûte imprévue de quelque arbre pourroit lui être funeste ; & lorsqu'une fois par jour il y va faire sa tournée , ses cris répétés doivent avertir de suspendre les haches. La place la plus sûre est auprès de celui qui coupe. Malgré leur adresse , malgré l'habitude qu'ils en ont & les précautions qu'ils prennent , les Negres regardent ce travail comme dangereux ; il y en a qui , en y allant , embrassent leurs enfans & leur disent adieu.

Quand il se trouve des arbres dans la même direction , ils les entaillent de façon qu'en abattant le premier , sa chûte fait tomber les autres. On en trouve qu'on né peut jetter à terre qu'en faisant autour d'eux un échafaud (appellé *boucan*) de dix à douze pieds de haut. Ce sont ceux dont le tronc est porté sur plusieurs racines larges qui s'élevent de terre de plusieurs pieds , & qu'on appelle *arcabas*. Tels sont le *figuier sauvage* , le *carapa* , le *sipanaou* , & quelques autres bois mous. Il ne faut jamais les choïsir pour que leur chûte entraîne ceux qui se pourroient trouver sur la même ligne : en cas de quelque accident qu'on ne pourroit prévoir & que pourroit occasionner la chûte successive de plusieurs grands arbres , les Negres montés sur l'échafaud auroient de la peine à se sauver.

Une attention très-utile à avoir , c'est de se faire rendre compte le soir de l'espece des arbres qu'on a abattus dans le jour , & de ceux qu'on doit abattre le lendemain. On recommande alors de faire tomber avec précaution ceux qui peuvent faire des canots. Ils sont sujets à se fendre dans toute leur longueur , lorsqu'étant sur un terrein qui va en pente , leur corps entraîné , en tombant , trop loin de sa souche , éprouve

A iij

un ébranlement trop violent. Un crochet trop fort
qu'on y laisseroit produiroit le même effet.

L'abattis qu'on s'est proposé de faire étant fini, on
le laisse sécher pendant trois semaines avant que d'y
mettre le feu ; pour cette opération, qui ne dure que
quelques heures, on choisit un jour très-chaud, qui
aura été précédé de quelques beaux jours. Le ciel doit
être sans nuages. Le moindre grain de pluie pendant la
nuit, la veille de l'opération, y feroit tort. Le feu se met
le plus au vent qu'on le peut, en observant cependant
que le vent ne soit pas trop fort. La flamme emportée
par le courant d'air brûleroit trop superficiellement.
Son effet, tel qu'il soit, n'empêche pas qu'il ne faille
chapuser. C'est faire différens tas de petites branches
éparses çà & là, & des bouts de bois à demi-brûlés ;
on jette dessus les broussailles que le feu a ménagées ;
quelques vieux esclaves & des enfans brûlent ces tas à
mesure qu'ils sont faits. Il n'y a pas de tems à perdre
pour cet ouvrage. Si les pluies survenoient avant qu'il
fût fini, la récolte seroit au moins retardée. On ne
pourroit en effet dans les intervalles que laissent les
gros arbres respectés par le feu & couchés par terre,
planter ni les diverses racines nécessaires à la nourriture, ni la denrée qu'on a dessein de cultiver. On ris-
queroit que l'endroit destiné au mil qui doit être semé
sur des mottes près à près dans les lieux bas & marécageux, ne se trouvât plein d'eau avant que le grain
germé fût sorti de terre : en général quand la place
est nette, il faut planter dès qu'il commence à pleuvoir de tems à autre.

Il s'agit alors de débiter dans l'abattis même les bois
dont on a besoin pour bâtir ; la rareté de la pierre, du
moilon & de la brique ne laisse point jusqu'à présent
d'autres ressources pour se mettre à couvert. Dans le
chapitre qui concerne les bâtimens, on trouvera le
nom, la longueur, l'épaisseur des différentes pieces qui

entrent dans la conftruction ; & pour la qualité des bois qui conviennent à l'emploi de chacune de ces pieces, il fera aifé de confulter le chapitre qui contient le cata-logue alphabétique des plantes & arbres dont on fait ufage à Cayenne ; on y trouvera ce à quoi chacun peut être employé. Dès que le bois eft débité, on fait tranf-porter, fur le lieu où l'on veut bâtir, ce qui eft nécef-faire ; le furplus fe laiffe dans l'abattis, élevé fur des chantiers & couvert de feuilles, à l'abri de l'humidité de la terre & de l'ardeur du foleil, jufqu'à ce qu'on ait préparé un endroit pour l'y faire tranfporter & le mettre à couvert.

CHAPITRE II.

DE la fituation de la Maifon du Maître, & de la difpofition des Bâtimens qui en dépendent.

LA Maifon doit être en bon air, fans être directe-ment oppofée au vent regnant, ni aux pluies exceffives de certaines faifons. Un terrein, un peu exhauffé, a fon avantage pour l'agrément de la vue ; mais il ne doit pas être trop élevé, pour ne point fatiguer les efclaves dans les tranfports, ni les beftiaux dans le tirage. Un petit plateau où l'on monteroit par une pente douce & qui domineroit fur toutes les dépendances de la maifon doit être préféré. J'obferverai qu'entre une fituation plus agréable, & une autre où un emplacement plus vafte rempliroit mieux les vues d'agrandiffement qu'on doit avoir, il faudroit facrifier l'agrément à l'utilité.

Si le local qui auroit été choifi fe trouvoit près de ma-récages, il feroit très-imprudent de placer la maifon de façon que le vent y portât les exhalaifons qui fortent de ces eaux croupies, du moins dans de certains tems. La

maifon en feroit infectée , & c'eft fouvent la fource de
maladies.

Tous les autres bâtimens qui regardent l'économie
intérieure , ainfi que les cafes des Negres , & ceux qui
concernent la manufacture à laquelle on s'adonne ,
doivent être fous les yeux du Maître. Ce qui tient au
ménage , comme magafin de vivres , cuifine , &c. doit
être vu par la Maîtreffe de l'endroit où elle travaille.

CHAPITRE III.

Des Bâtimens.

LA pierre n'eft pas commune à Cayenne jufqu'à
préfent. On y en connoît de deux fortes , le *grifon* qui
fe taille difficilement , & dont peut-être on pourroit
tirer parti en le piquant comme du grais. On en fait
du moilon qui ne réfifte pas au feu. La *roche à ravets*
eft trouée , rougeâtre , incapable de foutenir aucun ornement d'architecture. Elle fert aux ouvrages folides ,
pour les entrevoux , pour les arriere-vouffures , &c.
mais les arrêtes n'en font jamais pures ni vives. Son
meilleur ufage eft pour des murs contre lefquels on
adoffe des cheminées ; elle fe taille facilement & réfifte au feu.

La brique faite avec foin eft affez bonne.

On ne connoît encore de chaux que celle qui fe fait
avec des coquilles d'huître.

Il eft aifé de voir par ce détail qu'on n'a gueres à
Cayenne que la reffource de bâtir avec le bois que le
pays fournit abondamment.

Toutes les maifons font à-peu-près fur le même
plan ; très-peu ont un étage ; ce ne font que des rez-
de-chauffée. En voici les proportions les plus ordinaires.
Ce font trois chambres de plain-pied ; celle du milieu

a ſeize ou dix-huit pieds de long; les deux des côtés ont ſeize pieds, le tout offrant une façade de quarante-huit à cinquante pieds, ſur ſeize de large, non compris les galeries autour du bâtiment, qui ſont à jour, & qui doivent être au moins de ſix à ſept pieds de large.

Avant que de tracer ſur le terrein, on l'applanit, on fait arracher les chicots qui peuvent s'y trouver. On fait enſuite des trous de quatre pieds en quatre pieds, dans leſquels on enfonce de deux pieds des poteaux appellés *fourches*, après en avoir enlevé l'écorce, & fait brûler la partie qui doit entrer en terre. Ces poteaux ont ſix à ſept pouces d'épaiſſeur, & dix pieds de longueur. Le deſſous du plancher aura ainſi huit pieds de haut, & l'entre-deux des poteaux ſera d'environ trois pieds & demi.

Sur ces poteaux on place en long des ſablieres rondes, ſi l'on veut, & de quatre pouces d'épaiſſeur, ſur leſquelles on place en travets des tirans qui font l'effet de ſolives, diſtantes l'une de l'autre d'environ deux pieds; ils ont ſix pouces de gros & dix-huit pieds de longueur. Sur le bout des tirans on paſſe d'autres petites ſablieres qui reçoivent le bout des chevrons; ces chevrons dépaſſent la ſabliere d'un pied, pour jetter les eaux plus loin de la muraille. Quand on veut avoir des galeries *volantes* ou autres, les tirans ont vingt-ſix à vingt-huit pieds de long: les chevrons alors ſeront plus longs, pour pouvoir être appuyés ſur une troiſieme ſabliere, chevillée ou lianée ſur le bout des tirans, dans leſquels elle entrera d'environ deux pouces pour la ſolidité. Les chevrons la dépaſſeront toujours de près d'un pied.

Les galeries dont le bord extérieur ſera ſoutenu par des poteaux de huit pieds en huit pieds, ſervent à reſpirer le frais dans les grandes chaleurs, facilitent la promenade à couvert en tems de pluie; elles garantiſſent les murs & la maiſon de l'humidité; & on a même encore l'attention, dans cette vue, de creuſer tout au tour de la maiſon, à quelque diſtance, des rigoles qui favorisent l'écoulement des eaux dans la saison des pluies.

Dans le milieu des cloisons qui séparent les chambres, on place, pour soutenir le faîtage, de grandes fourches de vingt-un pieds de long, chevillées ou lianées avec les tirans. Elles font élevées au-dessus d'eux, non-seulement de la moitié de la largeur de la maison, mais encore de deux pieds & demi, c'est-à-dire, en tout de dix pieds & demi pour faciliter l'écoulement des eaux. Le faîtage est de quatre pouces comme les sablieres. Les chevrons ont trois pouces.

Les couvertures se font quelquefois avec du bardeau ; ce font des morceaux de bois débités, d'un demi-pouce d'épais, d'un pied & demi de long, & de sept à huit de large, posés sur des lattes qu'on attache sur les chevrons. Le plus souvent on se sert de feuilles de certaines plantes qui seront indiquées ; suivant leur qualité, elles s'arrangent différemment en long ou en travers. Faute de feuilles on se sert de paille de cannes. La crainte du feu me feroit préférer aux pailles de canne l'*herbe à bled*, ou *la queue de biche savanne*, dite *yappé*. Il n'y a pas jusqu'aux bâtons de roseaux qui ne puissent servir à cet usage. Un habitant qui sur son terrein n'a gueres de plantes ou d'arbres, dont les feuilles puissent remplir cet objet, est très à plaindre. Au défaut de bardeau, c'est la couverture la plus solide ; les autres peuvent subsister une ou deux années, celle - ci dure dix à douze ans. Il est étonnant qu'on ne prenne pas plus de précaution pour empêcher la dégradation annuelle qui se fait des palmistes si utiles à cet égard. On n'hésite pas à détruire l'arbre, en le coupant uniquement pour en avoir le *chou* ou les graines.

Au moyen de planches posées sur les tirans, on se fait un grenier, auquel on laisse dans la couverture une ouverture du côté du vent regnant. Il est inutile d'en prouver l'utilité. Au défaut de planches ordinaires, on peut se servir, pour former le plancher, de larges *pineaux*, fendus en quatre. Il faut alors que les tirans foient plus près les uns des autres ; les pineaux pourroient fléchir dans l'intervalle des deux pieds qui féparent les tirans.

Quand la maifon eft élevée & couverte, on fonge à en conftruire les murailles, c'eft-à-dire, à remplir les intervalles des poteaux. Il n'y a point ordinairement de fenêtres ; on y fupplée en choififfant de chaque côté de la maifon l'intervalle du milieu de chaque chambre pour en faire deux portes. L'une peut fe fermer quand l'autre refte ouverte.

Les autres intervalles fe garniffent d'abord de *tançons* ou morceaux de bois très-fec, mis en travers, gros de deux à trois pouces, amincis par les deux bouts, pour être placés dans les entailles qu'on fait aux poteaux, & plus longs d'un pouce & demi que l'intervalle même, afin de les y forcer. On en diftribue cinq dans la hauteur à diftances égales ; celui d'en haut doit être à trois pouces de la fabliere, comme celui d'en bas doit être à trois pouces de terre.

L'efpace entre les tançons fe remplit quelquefois avec de la terre pétrie & figurée en moilons, ou en briques, que l'on pofe de même les uns fur les autres en recouvrant les joints. Les tançons en font enveloppés. On unit le tout avec la main en bornéyant les poteaux ; & à mefure que la terre fe feche, on a foin de remplir les crevaffes. Une terre blanche, délayée dans l'eau, fert, au défaut de chaux, à blanchir la muraille.

Quand on veut qu'elle foit plus folide, on employe des gaulettes : pour les faire on fend la tige d'un petit arbriffeau, lequel de fon ufage a retenu le nom de *bois à gaulettes*. On les choifit vertes & de quatre pieds de long, pour que deux au bout l'une de l'autre faffent la hauteur des poteaux. On les entrelace dans les tançons l'une à côté de l'autre, & alternativement dans un fens contraire. L'un des bouts eft arrêté fur le tançon du milieu, & l'autre tient à la fabliere ou à la terre. Les petits vuides qui peuvent se trouver entre les gaulettes se remplissent avec des petits bouts du même bois.

Le *gauletage* fini, on procéde ou *bouzillage*. Pour cet effet on fait, à portée du bâtiment, un tas de terre grasse. De l'eau qu'on verse à mesure dans une espece de bassin, donne lieu de pétrir cette terre qu'on prend à poignée & qu'on jette avec force contre les gaulettes, jusqu'à ce que le tout soit également enduit. On le polit avec la main, on remplit les crevasses, & on finit par le blanchir, quand le tout est parfaitement sec.

Aux proportions près, tous les bâtimens dépendans de la maison se font de la même maniere. Le nombre en peut varier, selon le plus ou le moins de besoin qu'on en a. Mais il en est d'indispensables, tels que les cases pour les Negres, le magasin à vivres, la cuisine, &c.

Les cases à Negres ont communément, y compris les deux séparations qu'on y observe, trente-six pieds de long sur douze de large. Chaque Negre a sa case particuliere, soit pour lui, sa femme & ses enfans, soit pour lui seul. On les place souvent au hasard, & il en peut résulter de grands inconvéniens. Le mieux seroit qu'elles fussent vues de la maison du Maître, rangées sur deux lignes, avec un espace d'environ vingt pieds entre chacune, sans permettre qu'il y eût plus d'une porte, & autrement que sur le devant. Cet espace de vingt pieds empêche que si le feu prenoit à une case, il ne se communique aux autres ; & de plus il leur est nécessaire pour planter quelques arbres utiles, des pois, du tabac, &c.

Le *magasin à vivres* du Maître doit tenir à la maison. A côté du magasin il faut placer la *cuisine* ; elle en sera séparée par un mur de *roche à ravets*, auquel on adossera une cheminée construite en briques. Dans l'endroit où est le feu, on met une plaque qui, communiquant de la chaleur au magafin, y garantit les vivres de l'humidité. Il faut obferver en général que tous les bâtimens où on eft obligé d'allumer du feu foient toujours fous le vent des autres, comme la *cafe à caffave*, la *buanderie*, &c. Tous encore doivent avoir une galerie en avant, telle petite qu'elle foit, tant pour les préferver de l'humidité, que pour que la Maîtreffe, du lieu où elle eft, puiffe y avoir l'œil. Si le terrein ne permet pas que ces bâtimens foient tous fur la même ligne, leur pofition en tour d'équerre doit être préférée comme la plus avantageufe.

Il ne faut pas oublier d'avoir une cafe qui ferve d'hôpital pour les Negres férieufement malades. Il leur faut un endroit féparé où ils puiffent être foignés. Dans la galerie qui fera en avant de cette cafe, on fera bien de placer un madrier, fur lequel les Negres infirmes ou convalefcens puiffent s'affeoir; on jugera plus aifément de leur état ou du genre de travail auquel on peut les occuper pendant leur convalefcence, & proportionnément à leurs forces.

On mettra au vent les cafes deftinées aux manufactures & aux denrées. Le détail qui les concerne & la façon de les conftruire, fe trouveront à l'article de chaque manufacture.

CHAPITRE IV.

De la Nourriture.

JE ne parlerai que de ce que le pays peut fournir pour la nourriture des habitans fans fecours étrangers. La farine, le vin & le bœuf font apportés à Cayenne par des navires.

Les vivres qu'il eft le plus facile de fe procurer en peu de tems font les racines, comme les *Ignames*, les *Patates*, la *Tayove*, ou les choux caraïbes, le *Magnoc*

& le *Camagnoc* ; le *Mil* , le *Ris* , les *Herbes* & les *Légumes* , dont il y en a de naturels aupays , d'autres qui y font naturalifés.

Les fruits de plantes & d'arbres y font abondans.

Les animaux domeftiques qu'on peut élever dans une baffe-cour & dans les favannes , font une reffource in-dépendante de celle qu'offrent la chaffe & la pêche.

Le pays offre encore des moyens pour apprêter & affaifonner les mets ; & l'on peut s'y procurer des boif-fons plus ou moins agréables , mais du moins toujours utiles , tant aux habitans qu'aux negres.

Je dois prévenir qu'en détaillant chacun de ces arti-cles , j'ai cru , pour éviter les répétitions , ne devoir qu'indiquer , par rapport aux plantes , l'ufage dont elles font pour la nourriture. Leurs différentes préparations fe trouveront à l'article de ces plantes , dans le catalo-gue général & alphabétique des herbes , plantes , arbrif-feaux & arbres dont on tire parti à Cayenne , relative-ment à divers objets.

ARTICLE PREMIER.

Racines.

IGNAMES. Il y en a plufieurs fortes qui font bonnes à manger fix mois après qu'elles ont été plantées. Elles s'apprêtent de différentes manieres. On les mange rôties ou bouillies ; on en fait du *langou* ; elles fervent même de pain aux Negres.

PATATES. C'eft la pomme de terre de l'Amérique. Toutes les variétés ont aux Ifles une dénomination par-ticuliere : on les recueille au bout de quatre mois. Les François les préferent à la châtaigne , dont elles ont le goût.

TAYOVE. Nom corrompu du mot indien *taya*. Cette plante eft connue dans les Ifles fous le nom de *chou caraïbe*. Les feuilles fe mangent dans la foupe : la racine eft la meilleure de toutes & la plus nourriffante. On en fait, pour ainfi dire, trois récoltes dans l'année.

MAGNOC. C'eft un arbriffeau dont on connoît à Cayenne trois efpeces. Le *maillé*, dont la racine eft bonne à arracher au bout de neuf mois ; le *rouge*, qui a plus de goût, & dont la racine doit refter un an en terre ; & le *baccoua*, qui n'eft en ufage que chez les feuls Indiens.

Ces racines ne fe mangent point, on eft obligé de les mettre en preffe & de les écrafer pour en exprimer le jus qui eft un poifon. La farine qui refte eft de la plus grande reffource. Par des opérations qui feront décrites en leur lieu, on en fait ou du *couac*, que les Indiens préferent, & qui eft connu à la Martinique fous le nom de fimple farine de *magnoc*, ou de la *caffave*. La caffave eft le pain des Negres, & les François s'en accommodent parfaitement.

Quoique l'eau de magnoc foit dangereufe, elle n'eft pas entierement inutile. En la laiffant repofer, on trouve au fond du vafe un marc appellé *cipipa*, qui fait des petites caffaves très-délicates, & qu'on employe pour faire des maffepains.

L'eau qui furnage ce marc, mêlée avec de l'eau fimple de magnoc, toutes deux dangereufes, entrent dans la compofition d'une efpece de moutarde appellée *cabiou*, à laquelle les Indiens ajoutent force fel & du piment.

Le *LANGOU* eft une nourriture faine & légere, préparée avec de l'*igname* ou avec de la *caffave*, qui d'abord eft trempée dans de l'eau froide, & jettée enfuite dans de l'eau bouillante. Cette pâte eft la nourriture la plus ordinaire des Negres.

Le *MATÉTÉ*, qu'on fait également avec de l'*ouangle*, avec du *mil*, avec de la *caffave*, foit de magnoc, foit de camagnoc, demande, à peu de différence près, la même préparation que le *langou* ; on y ajoute du fyrop, & c'eft la nourriture des Negres dans leurs maladies.

CAMAGNOC. C'est une espece de magnoc, dont la racine se mange sans danger, rôtie ou bouillie. On le travaille comme le magnoc; l'eau qu'on en exprime n'est nullement dangereuse. Sa farine a plus de goût que celle du magnoc, mais l'arbrisseau donne une moins grande quantité de racines.

ARTICLE II.

Herbes & Légumes.

MIL. Bled d'Inde ou bled de Turquie. Si on le plante dans le tems convenable & avec les précautions nécessaires, la récolte sera abondante au bout de deux ou trois mois. Les singes quelquefois y font grand tort quand on n'a pas le soin de les chasser. Les Caraïbes & les Créoles le mangent rôti sur des charbons; aux Isles on mêle quelquefois sa farine avec celle de froment, & on en fait d'assez bon pain. On en fait en Guyenne avec du mil seul, & les paysans qui s'en nourrissent s'en trouvent bien.

Les autres préparations du mil font le *matété*, le *langou* déja décrit, ainsi que d'autres especes de *langou* qu'on appelle *loconon* & *brin*. Elles sont plus à l'usage des Negres; mais c'est toujours un grand avantage pour un habitant de trouver dans le pays de quoi nourrir ceux dont il a un besoin indispensable pour faire valoir son habitation. Cette réflexion doit avoir son application pour toutes les autres ressources qu'offre le pays, & auxquelles les François auroient peine à se prêter pour eux-mêmes. On fait aussi avec le mil des galettes, ou de petites cassaves.

RIS. Son utilité est connue. On sait qu'il est très-sain & nourrissant. Je n'ai rien à ajouter, si ce n'est que sa culture est facile.

CALALOU ou *CAROULOU*, le Gombo. Cette plante est essentielle aux Blancs comme aux Negres. Son fruit
haché

haché avec quelques feuilles de tayove par exemple, ou les feuilles naissantes de la plante même, & cuit avec du lard ou du poisson boucané, est le premier mets qu'on présente aux personnes les plus distinguées. Son fruit jeune se mange en salade.

FEUILLES de *Tayove*. Elles sont très-bonnes dans la soupe : elles entrent dans le *Calalou*, comme on l'a vu.

FEUILLES de magnoc.

ÉPINARS. Nom que l'on a donné à une plante qui pousse au premier grain dans un abatti neuf. On l'apprête comme des épinars. Elle est très-commune, vient fort vîte, est très-nécessaire aux Negres, & agréable aux Blancs.

MIGNONETTE. On la mange en salade.

OSEILLE *de Guinée*. On en fait le même usage que de l'oseille en Europe, & de plus des confitures.

OUANGLE, *Sesame*. Les Negres n'ont garde d'en négliger la culture : la graine se recueille au bout de deux mois. Ils en font du *matele*. Cette graine réduite en pâte, se mange avec du piment & du sel, ou avec du sucre.

COMCOMBRE. Que les Portugais cultivent à Para, & qui vient facilement à Cayenne.

POIS. Il y en a de blancs, de noirs, de rouges, des pois de sept ans, des pois d'Angole ou de Congo, qu'on met dans le potage, & qu'on accommode de différentes manieres.

Les herbes & légumes qu'on a pu naturaliser dans le pays, sont les *choux*, la *ciboule*, le *persil*, le *celeri*, les *navets*, les *raves*, ainsi que beaucoup d'autres.

Les citrouilles, les potirons, les concombres y ont un goût exquis. Les melons y sont très-bons; avec un peu de soin on en pourroit avoir toute l'année. L'artichaut n'y vient pas, il ne pousse qu'en feuilles. Je ne sais pourquoi on ne réussiroit pas à y avoir des fraises. Il y en a une espece qui est particuliere au chili, &

B

on en éleve à la Martinique. On pourroit furement augmenter les richeffes en ce genre.

Je n'aurai pas de peine à perfuader qu'il feroit très-avantageux à un habitant d'avoir un endroit où il pût former un potager. Que d'agrémens & d'utilité n'en retireroit-il pas ! Mais je dois avertir que les grandes pluies peuvent lui faire perdre le fruit de fes foins , s'il ne prend des précautions. Ces pluies font plus nuifibles aux herbages que les chaleurs de l'été. La chaleur fe tempere par des arrofemens , les grandes averfes continues pourriffent tout.

Pour prévenir cet inconvénient , il faut , 1°. que le fol du jardin foit plus élevé que le terrein qui l'environne , quand on feroit obligé de creufer un puits au milieu pour avoir l'eau dont on peut avoir befoin. 2°. Que chaque carreau ou plate-bande foit d'un pied plus haut que le fol du jardin. 3°. Que chaque carreau foit encore entouré de bandes de *Balatas* de deux pieds de haut , dont un pied entrera en terre , & inclinées un peu en dedans du carreau. On ajoutera fur les côtés & au milieu des piquets du même bois , pour y attacher les barres qui lieront le tout enfemble , pour porter un treillage de *Baches.* On jette deffus quelques féuilles de *Baroulou ;* c'eft le moyen d'empêcher les pluies de coucher par terre & de pourrir les plantes pendant l'hiver , & le foleil de les brûler pendant l'été.

Indépendamment de ces précautions , un foffé de deux pieds de profondeur fur quatre de large au moins , doit être creufé autour du jardin , pour donner aux eaux la facilité de s'écouler. C'eft auffi un obftacle à oppofer aux fourmis , qui dans une nuit peuvent , en quelque forte , détruire un jardin. Elles font fur-tout à craindre pendant l'été. Quand on les voit s'acheminer vers le potager , il faut envoyer un vieux Negre pour les piler & les brûler. Le feul moyen de les faire renoncer à leur entreprise, est de les inquiéter, si on ne peut les détruire.

Il est si facile, quand on a un jardin potager, d'y réunir sans frais les fleurs du pays, que cet agrément n'est pas à négliger. J'ai fait transporter dans le mien plusieurs especes d'oignons sauvages dont les fleurs qui ont du rapport à la tulipe, s'épanouissent dans les plus fortes chaleurs sans avoir besoin d'être arrosées. Les cabinets ou tonelles qui peuvent servir d'abri contre le soleil y sont couverts de plantes sarmenteuses dont les fleurs enchantent par l'odeur, par la forme, par la variété des couleurs. Depuis 1753 on a des roses à Cayenne ; mais elles ne paroissent souvent qu'autant qu'on frappe le rosier jusqu'à l'excoriation. L'œillet y vient à merveille ; mais il a peu d'odeur.

ARTICLE III.

Des Fruits.

Il n'y a Cayenne d'arbres fruitiers d'Europe que des grenadiers qui viennent assez beaux, des figuiers qui réussissent à merveille, & du raisin qui ne mûrit ni également ni parfaitement. Sur la même grappe, il y a des grains verds, des grains mûrs & des grains pourris. Mais les plantes & les arbres du pays fournissent assez de fruits bons à manger pour dédommager de ceux qui manquent.

ANANAS. Il est inutile de le faire connoître & de prouver l'agrement & l'utilité qu'on en retire.

BANANIER *à fruit plus long*. C'est une nourriture excellente, c'est la viande des Negres, comme la cassave est leur pain. Il y en a plusieurs especes ou variétés plus ou moins grosses, & qui rapportent plus ou moins. On les mange sur le gril, au vin, à l'eau & au sel, &c. Les habitans de la Grenade en font une espece de pain, fort en usage autrefois dans cette Isle.

B ij.

BANANIER *à fruit plus court*. Bacobe, ou figue ba-cobe. On veut que son fruit soit plus délicat. On le mange cru, ou sur le gril, ou cuit au four. Un seul coup de sabre l'abat, quelque gros qu'il soit.

PISTACHE. C'est le fruit d'une herbe rampante ; il se mange au dessert, ou cru, ou passé au four.

ORANGER, CITRONNIER.

C'est ici le lieu de rendre compte d'une expérience qui m'a réussi, & que j'ai répétée plusieurs fois au su-jet d'orangers & d'arbres fruitiers que j'ai fait trans-porter d'un endroit assez éloigné & replanter avec suc-cès. Deux ou trois mois après ils étoient couverts de feuilles. Je vais indiquer les précautions que j'ai prises pour réussir.

J'ai fait cette opération au decours ou au renouvelle-ment de la lune ; avant que d'enlever l'arbre, je mar-quois d'un coup de serpe le côté exposé au vent re-gnant ; je faisois ensuite une fouille très-large autour de l'arbre pour couper aisément les grosses racines & ménager les petites qui forment le chevelu. Je tâchois ensuite d'enlever l'arbre en motte, ce qui est assez fa-cile quand il n'a point de pivot ; car lorsqu'il faut cou-per le pivot le succès est douteux ; dès que l'arbre est arraché, on ôte toutes les branches, à la réserve de deux ou trois petites, auxquelles on laisse quelques pe-tites feuilles pour s'assurer de la reprise de l'arbre. Ces feuilles ne se flétrissent même pas quand on doit réussir.

Pour le replanter il ne faut pas que ce soit par un tems pluvieux ou par un soleil trop ardent, mais par un tems sombre & brumeux. On met au fond du trou où il doit être placé un lit de fumier ; on consulte la marque faite au tronc de l'arbre pour la présenter au même air de vent. On fait pancher un peu l'arbre de ce côté ; on l'enterre d'un pied & demi plus qu'il ne l'étoit, sans laisser de vuide entre les racines. La terre qu'on jette dessus doit être pressée exactement, mais peu à peu ; enfin avec un bois fourchu on étaye sous le vent une des branches qu'on a laissées.

Les arbres fruitiers connus font le fapotiller, l'avocat, l'abricotier, le poirier, le cerifier, deux efpeces;
le faouari, le coupi, le balatas, le goyavier, plufieurs
efpeces; le papayer, le jaune-d'œuf, le corofolier, le
pomme de canelle, &c.

Les palmiers, favoir le cocotier, le palipou.

Les palmiftes ou choux palmiftes, tels que l'aouara,
le canmouri, le maripa, le mocaya ou moutcaya.

Confultez l'article de chacun de ces arbres dans le
catalogue général des plantes, bois & arbres d'ufage à
Cayenne. (Chapitre X).

Je ne puis me difpenfer d'ajouter ici une réflexion
fur l'habitude où l'on eft de planter au hafard des arbres
fruitiers. Rien de fi aifé que de fe ménager des avenues
ou des allées qui joindroient l'utilité à l'agrément. L'efpace qu'on laifferoit pour chaque allée feroit proportionné à celui qu'il faut pour la crue parfaite de l'arbre,
ainfi que la diftance de l'un à l'autre fur la même ligne.

La forme des arbres, leur port, leur élévation déci-
deront de l'arrangement qu'on doit leur donner. Ceux
qui font mal faits ou trop petits, trouveront place hors
rang & dans une efpece de verger.

Ces palmiftes fi utiles d'ailleurs, tant par l'huile
qu'on tire de quelques-uns, que par leurs feuilles fi néceffaires pour les couvertures, portent au haut de leur
tige ce qu'on appelle en Amérique un chou qui eft bon
à manger : pour avoir le chou il faut abattre l'arbre ;
l'avantage d'un moment ôte pour l'avenir des reffources
très-effentielles. Cette dégradation alloit jufqu'à couper
l'arbre uniquement pour avoir les feuilles dont on avoit
befoin. Quelle perte ! La plûpart renouvellent de feuilles
tous les ans. J'ai mis en ufage un moyen pour couper les
feuilles fans détruire le palmifte ; rien de fi aifé quand
il n'eft pas abfolument affez haut pour empêcher la
force & le jeu d'une ferpette emmanchée dans une gau-
lette ; autrement on fe fert, ou d'une chevre triangu-
laire, ou en prenant, à la maniere indienne, des liens

pour affurer les pieds, afin d'embraffer le corps de l'arbre.

ARTICLE IV.

Animaux domeftiques qui peuvent s'élever à Cayenne dans une baffe-cour.

On trouve de la volaille à acheter à Cayenne ; les Negres en élevent & en fourniffent la Ville.

Une poule coûte vingt fols, un chapon quarante, une poule pondante, dite *Maman*, coûte vingt-quatre fols ; la douzaine d'œufs autant. Le canard coûte trois livres, & la canne deux livres ; le dindon coûte fix livres, la dinde quatre livres ; la pintade ne vaut que deux livres, &c.

Il feroit plus avantageux à un habitant d'avoir une baffe-cour fur fon habitation : l'utilité en eft d'autant plus grande dans la faifon des pluies, que la chaffe & la pêche font moins abondantes. Le détail en regarde particulierement la Maîtreffe.

L'expofition & la conftruction d'un poulaillier demandent des attentions. La forme ronde en pain de fucre eft la plus avantageufe, en ce qu'elle donne moins de prife au vent. Entre chaque poteau on fait entrer des tançons à force, & fur les tançons on entrelace très-ferré & très-près des gaulettes. On ne boufille en bas qu'un pied & demi de terre fur la jonction des gaulettes & tout en haut. Par ce moyen le poulaillier eft comme à jour ; il y entre beaucoup d'air & de fraîcheur. En dedans il doit y avoir une efpece de petit poulaillier féparé, dans lequel on jette la volaille qu'on traite avec les Negres ou avec les Indiens, foit qu'on la deftine à être mangée, foit qu'on veuille renouveller ou augmenter celle qu'on a. Au devant du poulaillier il doit y avoir une galerie large & baffe, pour que la petite volaille puiffe à l'abri du vent s'y promener à l'aife & fans crainte. Quand elle y eft expofée, on court rifque qu'il ne porte dans leurs yeux de petits grains de fable qui l'aveuglent & la font périr.

Le poulailler doit encore être clos avec la plus grande exactitude, pour prévenir les ravages qu'y feroient les rats de terre & d'autres quadrupedes. Des trappes & des piéges en garantiffent. Les oifeaux de proie, *Conabiby*, *Pagari*, & une efpece de petite *Aigle rouge*, font auffi une guerre continuelle, fur-tout à la petite volaille. On ne s'en débarraffe qu'à coups de fufil. La volaille eft encore fujette au pian, qui fe paffe quelquefois, mais qui ne laiffe pas d'en détruire. Jufqu'à préfent on n'y connoît point de remede.

Il me refte à indiquer les foins particuliers que demande chaque efpece de volaille.

Les poules doivent être feules dans des paniers où elles couvent. Ces paniers font attachés au milieu du panneau, entre la fabliere d'en bas & la terre. Pour qu'elles puiffent pondre tous les jours, on a de grands paniers aux deux coins du poulailler, éloignés des gaulettes qu'on a foin de mettre en dedans par étages, pour donner aux poules la facilité de jucher. On a foin de leur donner de l'eau. En général les poules donnent beaucoup d'œufs, & les poulets réuffiffent fort bien.

Les dindons s'élevent difficilement dans de certains quartiers. Ils font fujets à la goutte qui les empêche de profiter. Pour la prévenir on les met dans des paniers remplis de foin.

La pintade eft moins commune. On néglige d'en élever, parce qu'il lui faut un endroit particulier, d'autant qu'elle nuit aux autres volailles, & que d'ailleurs le défagrément de fes cris continuels obligeroit à la reléguer loin de la maifon.

Le canard de Cayenne eft meilleur & plus gros que celui d'Europe : les petits demandent beaucoup de foins pendant les premiers mois. Les cannes pondent pendant l'hiver ; les grandes pluies leur font contraires. Il faut que le canard foit vieux, au lieu qu'il faut que le coq foit jeune, fi l'on veut que la volaille profpere.

Le canard fauvage eft monftrueux. Il a la chair moins compacte ; il s'éleve avec des canards domeftiques, & il en naît des petits dont le goût tient des deux.

Les pigeons font auffi d'un rapport très confidérable, pourvu qu'on les mette à l'abri des rats ; il fuffit que le colombier foit élevé fur des poteaux, auxquels on attache des godets renverfés qui empêchent les rats d'y monter.

Il eft aifé auffi de nourrir des lapins, mais dans des tonneaux.

ARTICLE V.

Animaux domeftiques & utiles qui s'élevent & peuvent fe multiplier dans les favannes.

Les favannes font des prairies naturelles, plus ou moins bonnes, fuivant la qualité de l'herbe qui y domine.

Avant que de fe décider fur telle ou telle favanne, il faut d'abord examiner fi dans les environs il y a quelque riviere ou des trous qui foient toujours remplis d'eau ; à la fin de l'été on les fera fouiller, pour s'affurer de leur profondeur & de la quantité d'eau qu'ils contiennent. Si l'herbe y eft verte, fi elle a du corps fans être extrêmement longue, on s'en contentera jufqu'à ce qu'on ait affez de forces pour y planter du chiendent. La favanne la plus étendue, mais qui ne feroit remplie que de mauvaifes herbes, telles que l'*herbe à bled*, le queue de biche favanne ou *yappe*, devroit être abandonnée, ou labourée plufieurs fois. Le bétail qu'on y éleveroit maigriroit, feroit moins fécond & moins bon à manger.

D'après ces obfervations, qui déterminent fur le choix de la favanne, on commence à faire conftruire un *Carbet* ou *Ajoupa*, pour que les beſtiaux puiſſent être à l'abri du vent & des grains de pluie. Il faudra en même tems faire un petit parc entouré de boutures de médecinier, qu'on attachera avec des lianes ſur des gaulettes fichées en terre, juſqu'à ce que le médecinier ait pris racine. Tous les ſoirs on y fera entrer ſes beſtiaux. Cette précaution les empêche d'être ſauvages, les met à l'abri des tigres, & raſſure ſur le tort que les beſtiaux en liberté pourroient faire aux voiſins.

Ce devroit être une convention entre tous les habitans d'enfermer le ſoir leurs beſtiaux pour l'intérêt commun de la Colonie. On ne peut imaginer le tort qu'ils peuvent faire. Sont-ils dans un champ de rocou, ils ſe frottent à tous les arbres, les ébranlent, ſur-tout quand ils ſont jeunes, & en font tomber les fleurs ; ſi c'eſt un champ rempli de bananes, de calebaſſiers, pour leſquels ces animaux ont un goût décidé, tout ſe trouve détruit en peu de tems.

L'ajoupa fini (qui ne doit ſubſiſter qu'en attendant un établiſſement plus ſolide) & le parc conſtruit, l'habitant jettera dans ſa ſavanne une couple de geniſſes & un bouvard, ſi ſes facultés le lui permettent, ou en ſociété avec un autre, à moitié de profit.

Les Cabrites proſperent ſi bien à Cayenne, ainſi que les moutons, qu'il y joindra une douzaine de l'une & l'autre eſpece. Mais il ne paſſera jamais le nombre de cinquante de chacune. J'ai remarqué, ainſi que bien d'autres, qu'en plus grande quantité ils dépériſſent à vue d'œil, au lieu qu'en ſe bornant à ce nombre, il n'y aura pas de ſemaine qu'il n'en puiſſe manger.

Le cochon eſt la meilleure reſſource ſans contredit, mais il cauſe à lui ſeul plus de dégâts que tous les autres beſtiaux réunis. Il faut pourtant en avoir toujours un à l'engrais, un autre mâle pour perpétuer l'eſpece, & qu'on coupe enſuite pour le mettre à l'engrais quand on tue celui qui y eſt.

En général les beſtiaux ſont plus gras & ont meilleur

goût quand ils vivent fur le bord de la mer. Les bêtes à cornes & les chevaux font moins attaqués de la maladie des barbes. Le fable que la mer a couvert & qu'ils lechent peut y contribuer.

Les cabrits y réuffiffent très-bien , les jeunes font auffi délicats que l'agneau.

Les moutons multiplient beaucoup. La bergerie doit être faite de maniere qu'il y entre de l'air , ainfi qu'on l'a obfervé par rapport au poulaillier.

Si on vouloit deftiner un nombre d'hommes fuffifant pour garder des troupeaux de cochons , ce feroit un grand avantage pour la Colonie.

Le lait des vaches eft bon , mais elles en donnent moins que celles d'Europe ; on en fait des fromages que l'on pourroit perfectionner.

Les bœufs, fi utiles pour la nourriture & pour le charroi , pourroient être encore plus communs. Il ne feroit pas même difficile d'avoir une boucherie ouverte à Cayenne ; mais on n'y en trouve que quand les fucriers en fourniffent. Le bœuf fe vend fept à huit fols la livre ; le taureau & la vache fix à fept fols ; le mouton , le veau , le cochon & la biche dix fols. C'eft le Procureur du Roi qui en fait le prix.

Une réflexion que je ne puis me refufer , c'eft que quand le bœuf deviendroit beaucoup plus commun , il faudroit bien fe donner de garde d'accoutumer les Negres à cette nourriture , qui les rendroit plus difficiles fur celle dont ils fe contentent. Si un fucrier perd un bœuf, foit qu'il ait été mordu par un ferpent , ou tué par des tigres , ou empoifonné par une efpece de petite grenouille verte qui vit fur l'herbe & qu'il avale quelquefois , il doit plutôt l'enterrer que le diftribuer à fes Negres ; le gardien du troupeau qu¹ laifferoit embourber un bœuf de façon à ne pouvoir plus rendre de fervice , mérite d'être puni très-févérement. Les Negres ne fe feroient point fcrupule d'eftropier un bœuf qu'ils feroient fûrs de manger.

ARTICLE VI.

*Animaux du pays qui servent à la nourriture des habi-
tans , & qu'ils peuvent se procurer par le moyen de
la chasse ou par le moyen de la pêche.*

§. I.

De la Chasse.

Les Blancs chassent au fusil , ou avec des chiens cou-
rans bien dressés & uniques en ce genre. Les chasseurs
negres vont communément sans fusil ; mais avec des
chiens qu'on appelle *chiens à trous* , à cause du gibier
qui terre dans des trous , & que ces chiens ont l'art de
découvrir. Une serpe suffit au Negre pour fouiller
dans l'endroit où est l'animal qu'il veut prendre.

Les quadrupedes sont l'*Agouti* , le *Pac* , le *Tatou* , le
Cabassou , le *Quachi* ou *Couachi* , la *Biche* , le *Cerf* , le
Manipouri & le *Cabiai*. Ces deux derniers sont amphi-
bies , & on ne les tue que par hasard.

Les *singes* , tels que le makaque simple , le cornu ,
le sapajou , le tamarin , le singe de nuit , le singe rouge ,
l'alouata ou couata.

Les *tortues* de terre , dont il y a dix à douze especes.

Les tortues de mer mâle & femelle , que l'on guette
la nuit sur le rivage pour les retourner sur le dos.

La tortue caouane , qu'on prend plutôt pour en tirer
l'huile , quoique les Negres en mangent.

Enfin des tortues de savannes , que les Indiens apportent d'Oyapock.

Le peu de remarques que j'ajouterai sur ces animaux ne contentera pas un Naturaliste , mais pourra
suffire à un habitant.

L'AGOUTI est le lapin d'Amérique. Il est gros comme
un chat tirant sur le roux. Il s'apprivoise. Sa femelle

rapporte cinq à fix petits au commencement du beau tems. Les chiens les prennent à la courfe dans les endroits découverts. On les fait tomber dans des trappes ; on en tue auffi beaucoup à l'affut. Les graines de l'arbre qui porte le nom d'agouti leur fervent de nourriture ; ils lui préferent la graine de *maripa*. Quand le *canmoun* eft en fruit, fi on ne trouve pas d'agoutis au pied, le chaffeur les fiffle, ils accourent, & il eft facile de les tuer.

Le PACK eft gros comme un cochon de lait ; il y en a de blancs marqués de noir, d'autres mouchetés fous le ventre. Sa chair eft entrelardée, appetiffante, mais raffafiante. Il plonge & refte dans l'eau plufieurs heures. Il eft difficile à chaffer pendant l'hiver ; les grandes eaux lui font favorables. Il porte au commencement des pluies. Il faut des chiens dreffés pour le prendre. Il fe cache en terre, mais peu profondément ; de forte que fouvent les chaffeurs en marchant enfoncent dans l'endroit où il eft caché, & le font partir. Il y a trois iffues en triangle dans la retraite qu'il fe fait. Il les recouvre de feuilles feches, qui font croire au chaffeur que c'eft un ancien trou abandonné ; quand on veut le prendre en vie, on bouche deux iffues, & on fouille la troifieme.

Le TATOU eft couvert d'une écaille qui lui forme une efpece de cuiraffe, qui eft pliante & fe prête à tous fes mouvemens. Il terre très-promptement ; il ne marche jamais que la nuit ; il vit de vers le long des rigoles. Il fait fes petits au commencement de Juin : la portée eft de quatre ; en le fouillant on court rifque de le voir s'échapper. Une journée ne fuffit quelquefois pas pour le joindre.

Le TATOU-CABASSOU eft plus gros du double. Il terre fur les mornes & craint l'eau. Il vit auffi de vers ; il eft moins bon que le tatou, & il fent le mufc. Il y a du rifque à le fouiller ; mais comme il n'a qu'un trou, on fait du feu deffus pour que la fumée l'étouffe. On en eft affuré quand il ceffe de faire du bruit. On le fouille alors fans rien craindre.

LE COUANCI ou le COATI a le muſeau étroit & long,
comme un grouin de cochon ; ſa mâchoire ſupérieure
avance plus que l'inférieure d'un pouce & demi. La
couleur de cet animal eſt brune ; il eſt auſſi fin que le
renard : c'eſt le deſtructeur des chiens qu'on employe à
cette chaſſe , & pour laquelle il faut qu'ils ſoient courageux. Sa dent eſt venimeuſe. On ne peut l'avoir qu'en
le tuant à coups de fuſil ; il faut même ne le tirer que
quand il fuit , & non quand il eſt arrêté. Sa chair eſt aſſez
bonne.

La BICHE & le CERF. On appelle indifféremment dans
le pays du nom de biche le mâle & la femelle , la biche
& le cerf. La biche ne diffère de celle de France que
par ſa groſſeur , le cerf par la petiteſſe de ſon bois. Mais
ils ne ſont pas auſſi agiles. Un chien ordinaire lance
une biche en plaine. Quand cet animal eſt pour-
ſuivi dans les bois , il écume ſi fort que les chiens ne
le quittent plus. On en tue beaucoup à l'affut dans les
magnocs, dont ils aiment la jeune feuille. La viande en
eſt fort bonne & délicate.

On mange généralement à Cayenne tous les *ſinges*.
Les plus communs ſont le ſinge makaque ſimple ; c'eſt celui qui s'apprivoiſe le plus aiſément. Quelques habitans
le mangent , malgré ſa chair filandreuſe. Le cornu , le
ſapajou , (akarima) dont la tête eſt petite & la couleur
olivâtre clair. Le tamarin , qui eſt très - petit & a des
oreilles d'éléphant. Le ſinge de nuit , le ſinge rouge
couata. On dit que ce dernier fait une ſoupe excellente , & qu'il eſt parfait en civet ; mais c'eſt le ſeul dont
je n'aye pu me réſoudre à manger. Je n'ai pu vaincre
cette foibleſſe dans les plus grandes néceſſités où je me
ſuis trouvé au milieu des bois ; & cette foibleſſe n'a
d'autre principe que le hideux de ſa figure. Son poil eſt
noir , long & ſemé fort clair , celui de la tête menace
le ciel , & entoure , en forme de rayons , un viſage
long , large par le haut , étroit par le bas , dont le fond
eſt ſang-de-bœuf clair. Il a le nez fort écraſé , l'œil rouge

& la prunelle noire, un col noir & alongé, presque sans poil, est placé sur des épaules étroites; son corps mince se termine tout-à-coup par un ventre aussi gros que celui d'un chien noyé : le tout monté sur deux longues cuisses où l'on ne voit qu'un os d'où part une main décharnée ; chaque doigt est aussi long que la moitié de la jambe.

LES TORTUES. Il y a dix à douze especes différentes de tortues de terre. Le hasard seul en fait la chasse. Les Indiens apportent d'Oyapock, à la fin de la belle saison, des tortues de savannes, qui sont très-bonnes, & plus ou moins cheres, suivant le plus ou le moins qu'ils en apportent.

Celles de mer qui montent sur le bord des anses de la mer, & communément sur celles de Senamary, ont quatre pieds de la tête à la queue. Les Indiens font exactement la sentinelle pendant la nuit pour les retourner sur le dos, quand elles cherchent le frais sur le sable ; elles viennent y faire leur ponte, qu'elles recouvrent avec soin de menu sable. On retourne peu de *carrets* ou de mâles de tortue, dont l'écaille, comme on le fait, est bien plus estimée.

La tortue CAOUANE se pêche assez communément sur les anses de Korou & de Senamary. La bonne tortue ne monte presque jamais dans les endroits habités par la caouane. Il faut que les Negres soient bien affamés pour en manger ; elle ne sert qu'à faire de l'huile qu'ils vendent un écu le pot. C'est en Mars & en Avril qu'on la pêche aux grands islets de Cayenne, avec des folles, ainsi que l'*espadon*, poisson dont on tire aussi de l'huile.

Les gros oiseaux ne sont pas faciles à rencontrer. Entre les petits il y en a tels, dont même une assez grande quantité ne payeroit pas la journée d'un Negre.

Les *OCOS* ou *HOCOS*, espece de dindes de bois, à qui on a probablement donné ce nom, parce qu'ils semblent exprimer par leurs cris les deux syllabes de

leur nom , ont la tête furmontée d'une hupe , compofée de plufieurs plumes comme étagées , qui a quelquefois plus de trois pouces de hauteur ; ces plumes
font blanches , mais noires à l'extrêmité , & fe replient
en devant. Cet oifeau leve & baiffe fa hupe à volonté.

Les *GROS BECS* ou *TOUCANS* ont la langue fin-
guliere , c'eft une plume fort déliée , qui a environ
demi-pied de long ; les *canards fauvages* , oifeaux de
paffage , fe repaiffent dans les favannes , les *faifans à
tête jaune* , dits *paraka* ou *parakoua* , les *tourtes* , &
autres femblables , fe trouvent communément.

Les autres oifeaux qui font communs à Cayenne font
les *ramiers* , le *pâle* & le *doré* , que l'on trouve en
quantité dans les abattis revenus ; la chair de ces oifeaux eft amere dans le tems qu'ils mangent la graine
de balifiers.

Les *CAILLES* , auffi délicates qu'en France, ne font
point rares dans les prairies de Makouria.

Les *TAIOUIOU* ou *TOYCOU* , appellés *Flamands* en
Europe , fe pofent par bandes dans les prairies en tems
de pluie : ils font gros comme des dindes ; leur corps
blanc eft haut monté ; ils ont le col long , la tête
noire & pelée , l'extrêmité des ailes noire , le bec aigu ,
terminé en pointe. On les apprivoife fort aifément ,
mais ils font difficiles à élever : pour l'ordinaire ils lan-
guiffent & meurent en très-peu de tems. Les groffes
plumes de ces oifeaux font excellentes pour les cla-
veffins.

L'*ESPATULE* a le bec terminé comme l'inftrument
de ce nom. Il habite les prairies fur le bord de la mer ;
c'eft une efpece de héron , dont les plumes changent
de couleur en vieilliffant ; ce qui eft affez commun à
plufieurs oifeaux de l'Amérique. Celles-ci deviennent
jaunes & rouges.

L'*ONOURÉ* eft un oifeau de marécage qui a les plumes émaillées de gris & de blanc , fon bec eft court &
pointu. Dès que la nuit eft venue il prononce exacte-

ment ces quatre mots, *ut*, *mi*, *sol*, *ut*. Les Negres en tuent beaucoup. Il n'est bon qu'à la daube.

Les SARCELLES, savoir les grosses *Kavirici* & les petites *Soucourourou*, couvrent les mares d'eau en tems de pluie ; elles sont excellentes rôties.

Il y a tant d'especes d'alouettes, toutes très-bonnes, qu'un seul coup de fusil tiré au bord de la mer sur le sable qui en est couvert, en tue par ricochet assez pour nourrir un homme pendant la journée.

Les AIGRETTES blanches & *grises* ne valent rien en hiver dans le tems des pluies ; c'est une espece de héron qui n'est gueres plus gros qu'un perdreau. Ses jambes ont un pied de haut : le corps est tout blanc.

Un chasseur a encore la ressource des perroquets pour nourrir son maître.

Le perroquet ordinaire, le *Krie*, dont le dos est jaunâtre ; le *Taucha*, qu'on préfere même à tous les autres ; le violet, *Kianko*, valent une poule dans la soupe & à la daube.

Le MEUNIER, l'amazone dont le plumage est d'un verd éblouissant ; l'*Arras* rouge *Connorou*, le bleu *Kararaoua* font une fois plus gros que les premiers. Tous, étant bouillis, ressemblent, pour le goût, à la chair de bœuf.

La PERRUCHE PAOUANE & ARRAS des savannes sont très communs au commencement du beau tems ; ils sont encore plus délicats que les autres perroquets.

§ I I.

De la Pêche.

Quiconque a un pêcheur, se nourrit très-bien, & peut encore tirer vingt sols par jour du poisson qu'il a de trop, & qu'il peut vendre à la Ville.

Les poissons de mer que l'on prend le plus ordinairement à la *folle*, (espece de filet dont les mailles ont un
pied

pied en quarré) font le *Maxoran* ou *Machoiran blanc*, la grande & la petite *Gueule*, les *Cocos* blancs & jaunes, &c.

Ceux qu'on fléche font les *Lubines* & autres poiſſons à écailles ; les *Vieilles*, dont il y a pluſieurs eſpeces, & qui peſent au moins un demi-quintal. C'eſt du bord des anſes qu'on fléche les *Gros-yeux*. On les laiſſe venir à la lame, pour les tuer plus commodément, quand la lame eſt déployée ſur le ſable. On les tue auſſi à la lueur d'un flambeau, qui les offuſque, & qui les empêche de retourner ſur la même lame qui les a apportés. Le *Crapaud* ſe prend à la ligne à baſſe mer, dans les trous de roche où il ſe plaît. On l'y enyvre auſſi quelquefois.

Les Negres pêcheurs à la journée ont le plus ſouvent une ligne de cinquante à ſoixante braſſes, de laquelle il ſort quantité de petites lignes en forme de rameaux, armées de trois ou quatre hameçons qu'ils déployent à la mer, après avoir mis leurs canots à l'ancre. Lorſqu'ils s'y endorment avec la fatale précaution d'attacher la maîtreſſe ligne au gros doigt du pied, ou au bas de la jambe, il arrive ſouvent qu'un gros poiſſon avalant ceux qui ſe ſont pris aux hameçons, attire à lui par des ſecouſſes réitérées le canot qu'il oblige à tourner. Les coups fréquens de nord enlevent chaque année des pêcheurs de prix pendant les mois de Janvier, Février & Mars.

Parmi les Negres, il y a ſouvent des flécheurs qui ſe déterminent à cet exercice par la crainte du châtiment. Les Indiens ſe payent par jour, ou même par mois, s'ils n'aiment mieux une aulne & demie de toile de Saint-Jean. On leur donne de plus deux coups de taffia par jour.

Il leur faut un canot *Couillara*, ou pointu des deux bouts, de quinze pieds de long ſur deux de large. Un jeune Negre accompagne toujours le flécheur Indien, tant pour apprendre le métier que pour gouverner le canot. L'Indien ſe poſte à l'avant du canot, d'où il

C

tire fa fléche fur le poiffon qu'il voit filer entre deux eaux.

Les poiffons de riviere, ou d'eau douce dans l'intérieur des terres, font les *Occarons*, dont la piquûre eft dange-reufe, par les deux éperons qu'ils portent au-deffous des ouies, ainfi que celle de la *Barbe à la roche cou-lant*, qui eft eftimé le meilleur de tous ceux des Sa-vannes, les *Patagais*, les *Gorrets*, les *Attipa* ou *Appas*, les *Langues-mortes*, les *Danaouagues*, qui mordent, les *Ayeya* blancs ou *Ayaya*.

Tous les terreins ont plus ou moins de trous, baffins ou rigoles, dont un habitant peut tirer de grands fe-cours pour lui & pour fes Negres. Il peut avoir facile-ment une *faine*, s'il a foin de planter de la *pitte* à la li-fiere de fon habitation. Prefque tous les Negres favent faire cette efpece de filet. Le *borgne* eft un autre inftru-ment de pêche qui fe fait avec la côte des feuilles du *Cau-moux*, fendue de longueur, entrelacée avec de la liane franche, ou de la liane crapée. On le pofe vers le mois de Juin, & alors des deux côtés de la rigole on met de fimples piquets, que l'on revêt du côté du courant de quelques feuilles de *baroulou* pour empêcher le poiffon de paffer. On bouche enfuite avec la tête du borgne l'intervalle oppofé au cours de l'eau. Comme le poiffon qui s'y prend n'y meurt pas, on peut être deux ou trois jours fans lever le filet. Le *Gouri* eft une efpece de borgne dont les mailles font plus ferrées; il faut y regarder tous les jours. On ne s'en fert qu'au commencement des pluies.

Il y a une autre forte de pêche fort en ufage pour les poiffons de l'intérieur des terres, & qu'on n'employe gueres pour ceux de mer, fi ce n'eft fur les bords, & quand elle eft baffe. C'eft par le moyen de plantes, dont le fuc trempé dans l'eau enyvre le poiffon & le fait venir fur l'eau. Et ces plantes font le *Senapou*, le *bois indien*, dont la racine pilée produit cet effet, le *Conani franc*, qui enyvre par fes feuilles, ainfi que le

Conani de Para, dont l'action est beaucoup moins prompte. Le lait que rend un arbre nommé *Ouassacou* en l'entaillant, mêlé avec autant d'eau & de la vase, & mis dans une feuille, ou du linge qu'on laisse tremper dans l'eau, a une vertu très-subite. Mais on n'employe gueres cette maniere, attendu qu'il faut sur le champ éventrer le poisson qui se gâte bientôt après ; & que d'ailleurs quand on entaille l'arbre à coups de hache ou de serpe, il seroit très-dangereux qu'il sautât de ce lait dans les yeux, car il est aussi corrosif que l'eau forte.

Je ne dois pas oublier les huîtres & les crabes, qui font un aliment très-général dans le pays.

Il y a deux sortes d'*Huîtres* à Cayenne, les huîtres des paletuviers, & celles de roche.

Les premieres sont petites, & s'attachent aux racines ou jambes de ces arbres, & même à leurs branches. Elles y sont placées quelquefois de façon à faire une espece de rameau qui pend ; elles sont excellentes en été, moins bonnes dans le temps des pluies ; elles se trouvent alors privées d'un certain goût salé, qui contribue à leur bonté.

Celles de roche sont plus rares ; elles sont excellentes, & leur largeur va quelquefois jusqu'à dix pouces de diametre. On les mange à différentes sauces. Il y en a dans la riviere de *Senamary*, mais le plus souvent ce sont les Indiens, ou quelques Negres libres qui en procurent. Leur coquille sert à faire de la chaux ; il n'y en a pas d'autre dans le pays jusqu'à présent.

Les crabes sont une nourriture des plus communes à Cayenne, & qui n'incommode jamais. Il y en a six especes, qu'on distingue par différens noms : les *crabes des paletuviers*, de *terre*, d'*eau douce*, les *blancs*, les *acalichats*, de *mer* ou *chancres*.

Les crabes des paletuviers sont plus ou moins bons, selon les saisons, délicieux en Mars, difficiles à fouiller dans le tems des pluies. Le gonflement des rivieres remplit alors d'eau les trous où ils se réfugient, dès qu'ils apperçoivent les Negres. Il faut de l'adresse & une sorte de précaution pour les prendre dans leur trou. Ils n'y entrent que de côté, c'est leur façon de marcher. Dans cette situation, ils présentent leurs serres pour leur défense. Le mal qu'ils font est quelquefois considérable. Les Negres, pour n'être point mordus, se servent quelquefois d'un bâton crochu pour les attraper.

Dans de certains tems ils couvrent la vase. On les prend alors aisément; mais ils sont mous, & moins bons que dans le reste de l'année. Leur têt ou coquille, appellée Tamarin à Cayenne, & Tamalin aux Isles, n'est alors qu'une espece de pâte sans consistance, & qui n'est pas de garde.

Les crabes de terre sont du double plus gros, & infiniment meilleurs. Leur couleur est plus foncée.

Les crabes d'eau douce tiennent, pour la grosseur, le milieu entre ceux de terre & ceux des paletuviers.

Les crabes blancs se trouvent dans les sables au bord de la mer. On les néglige.

Les acalichats sont de la largeur d'un écu de six livres, rouges en dessus, blancs en dessous. Ils se trouvent au bord de la mer sur les paletuviers, ainsi que dans les rivieres, ou criques, où ils remontent. Il y en a presqu'autant sur les arbres que dans la vase ou à terre. Le bouillon qu'on en fait est souverain contre le sang dissout, & pour les convalescens.

Les crabes de mer, ou chancres, sont plats & de la couleur de l'acalichat. Ils sont très-bons & très-gros dans certaines saisons. On les pêche à mer basse, dans les cavités qu'elle laisse remplies d'eau. On les attire avec des tripes au bord de la lame, ou dans quelque endroit assez creux pour qu'on puisse passer un panier au-dessous d'eux quand ils y paroissent.

Le chancre est gourmand, & pince plus fort que tout autre crabe.

Il y a plusieurs manieres d'apprêter la chair des crabes,

qu'on commence par hacher avec du fel, de la ciboule, du poivre & autres épiceries.

1°. On la met alors dans fon tamarin ou têt ; & on la fait cuire fur le gril.

2°. De la même chair hachée on fait des boulettes qu'on mange frites.

3°. On la mêle avec des œufs dans des omelettes.

A R T I C L E   V I I.

Des reffources que le Pays fournit pour l'affaifonnement des mêts.

On tire du *Pataoua* une huile excellente, & la meilleure de toutes pour être mangée en falade. On l'extrait comme celle de l'*Aouara*.

On tire de l'huile du fruit du *Caumoun*. Cette huile eft auffi très-bonne en falade.

Celle qu'on tire de la graine de *Sefame*, dit *Ouangle*, fert au même ufage, & équivaut à l'huile d'olives.

Le *Moncaya* en fournit une qui eft moins bonne que les deux premieres, mais dont on ne laiffe pas de fe fervir.

Celle qu'on tire de la chair du fruit de l'*Aouara* eft dans le même cas. Les Negres l'employent beaucoup dans leurs ragoûts.

Pour fuppléer au beurre qui manque, on tire des noyaux de l'*aouara*, dont la chair a donné de l'huile, après les avoir gardés en tas pendant une année entiere, une graiffe, qui conferve d'abord un peu de goût aromatique ; mais quand on veut l'employer en friture, on la fait bouillir avec un morceau de caffave, & le goût d'aromate difparoît.

Le beurre de Cacao eft connu en France comme remede adouciffant ; il eft, au befoin, très-utile à Cayenne pour la cuifine, & très-agréable à manger.

C iij

Le fucre eft d'une reffource infinie pour les gelées, confitures & marmelades.

Le Gingembre, les différens Piments font d'un ufage très-familier chez les Créoles, les Negres & les Indiens. On les cultive ordinairement dans les jardins & dans les plantations.

On tire encore du vinaigre de plufieurs fruits, qui, ainfi que le citron, donne du goût à différens mêts.

ARTICLE VIII.

Des différentes Boiffons.

OUICOU, & par corruption VICOU.

La farine de magnoc, non boucanée, paffée fimplement fur la platine pour lui ôter fa crudité, étant réduite en pâte dans l'eau tiéde, on y mêle trois ou quatre Patates gragées qui lui fervent de levain. Vingt-quatre heures après on la délaye dans l'eau, & quand on l'a paffée, la liqueur eft bonne à boire.

Quoique cette boiffon ne foit pas la meilleure, elle eft la plus en ufage chez les François & les Indiens. Nouvellement faite, elle eft aftringente, rafraîchiffante & très-agréable, fur-tout qnand on a fatigué. Elle perd fa vertu quand elle commence à vieillir. Elle donne même des vents, quand on en ufe habituellement.

La pâte, avant que d'être délayée dans l'eau, fe conferve affez de tems dans des *Catouris* de feuilles, efpece de hotte, qui, en laiffant écouler l'eau, empêche la pâte de s'aigrir.

CACHIRI, ou CASSIRI.

C'eft la boiffon la plus diftinguée des Indiens. Le magnoc fimplement gragé, & non mis dans la couleuvre, ou preffe, bout cinq ou fix heures avec une douzaine de patates gragées. Pour ne point manquer le point de cuiffon, on met en même tems une racine de magnoc entiere; quand elle s'écrafe fous les doigts, le cachiri eft potable.

Les Indiens friands y mettent un quart de farine de magnoc préparée, & connue fous le nom de couac; & comme le défaut d'une jufte cuiffon pourroit être préjudiciable, ils attendent qu'au bout de vingt-quatre heures ils apperçoivent une crême rougeâtre & collante fur toute la furface.

Cette boiffon paffe pour la plus faine. Elle eft laxative; elle refferre en vieilliffant, & n'eft bonne à boire que pendant cinq à fix jours. Elle a du rapport avec le cidre, & enyvre comme le vin.

PALINOT, ou CARIACOU.

On fait rouffir une caffave bien mince, avant que d'être boucanée; on la détrempe dans de l'eau chaude avec une douzaine de patates gragées, pour aider à la fermentation. La quantité d'eau eft de fix pots de mefure par chaque caffave; on y ajoute un peu de fyrop, ou de couac.

PAYA.

Il eft fait de caffaves non boucanées, épaiffes du double des caffaves ordinaires, en quantité proportionnée au vin que l'on veut faire. On les enveloppe dans des feuilles, pour qu'elles fe pourriffent & s'y gonflent, jufqu'à ce qu'elles foient rouges en dehors, ce qui les adoucit. Mifes dans l'eau chaude & réduites en pâte, les Blancs les font fermenter par le moyen de patates gragées, & les Indiens à force de les mâcher & remâcher. Le tout fe met dans un *Canari*, ou *Chamacou*, vafes de terre qui contiennent une barrique, que l'on remplit d'eau. Au bout de quatre à cinq jours on le paffe dans un *Manaret*. C'eft ce qui forme le *Paya*.

C'eſt le vin le plus délicat, & le plus eſtimé chez les Indiens, qui n'en boivent que dans les grandes occaſions. Il eſt plus fort que tous les autres.

DÉPÔT, ou MARC DE PAYA.

La liqueur qui en réſulte plaît plus aux Indiens que nos meilleures boiſſons. Elle paſſe pour mal ſaine, & cauſe les plus grands déſordres. Quand elle leur porte à la tête, ils entrent dans une telle fureur que la fête ne finit ſouvent que par le maſſacre de la moitié des convives.

VIN DE PATATES.

On ſe ſert préférablement de la patate rouge pour faire une liqueur agréable. On la fait bouillir dans de l'eau, après quoi on la paſſe dans un manaret. On la laiſſe fermenter; & quand la liqueur a acquis une odeur ſpiritueuſe, elle eſt à ſa perfection. Si le vaſe dans lequel on la fait a déja ſervi au même uſage, la fermentation s'y excite plus promptement, & le vin eſt plutôt en état d'être bu.

VIN DE BANANES, ou GRUAU DE BANANES.

Elles ſe cuiſent avec leur peau, qu'on ôte enſuite pour braſſer le fruit dans de l'eau, où il ſe délaye. Il en réſulte une boiſſon d'un bon goût, & qui eſt très-néceſſaire aux Negres.

VIN D'INHAME.

Les Indiens en général, ainſi que les Caraïbes, en tirent un vin, qui n'eſt pas ſi bon que celui de bananes.

VIN D'ANANAS.

On laiſſe fermenter le fruit, on y mêle un peu de ſucre; la liqueur eſt agréable.

VIN DE COROSOL.

On exprime le jus , & pour chaque pinte de jus on met un demi-quarteron de fucre blanc : en cet état la liqueur eft agréable & rafraîchiffante.

S'il fermente trente-fix à quarante heures, on a un vin très-bon , mais il s'aigrit au bout de deux jours. Pour le conferver un peu plus long-tems , il faut doubler la dofe du fucre. Ce vin porte à la tête , & fon ufage fréquent feroit nuifible.

Le vinaigre qu'on en tire eft un des plus forts que l'on puiffe tirer des fruits du pays.

VIN D'ACAJOU.

Il n'eft pas d'ufage à Cayenne ; il fe fait à peu près comme le vin d'ananas.

LIMONADE.

Il fuffit de dire qu'il y a beaucoup de citrons à Cayenne.

ORANGEADE.

Celle qui fe fait avec des oranges douces eft très-agréable. Celle qui fe fait avec des oranges ameres fe mêle avec de l'eau-de-vie de cannes, & du fucre à volonté. Cette boiffon plaît généralement.

L'ufage des boiffons dans lefquelles les acides végétaux dominent eft utile, & même néceffaire aux habitans de l'Amérique. Elles préviennent la trop grande fermentation du fang , & l'arrêtent même lorfqu'elle eft venue ; elles diffipent le fcorbut que l'air falin fur les bords de la mer & l'ufage des viandes falées pourroient occafionner. Elles font auffi utiles aux Negres qu'aux Blancs.

VIN DE RAISIN.

Le raifin n'eft pas encore affez abondant en Amérique pour en faire du vin. La maturité de fes grappes n'eft pas affez générale ; il eft affez ordinaire de voir dans la même grappe des grains en verjus & des grains déja pourris. Peut-être, que s'il étoit plus commun, on pourroit corriger fa verdeur, en y ajoutant un peu de fucre raffiné avant la fermentation.

CITRONELLE CANELÉE.

En faifant bouillir la feuille du *bois citron* avec du *bois crabe*, on a une liqueur qui tient de l'un & de l'autre.

CHAPITRE V.

Des fecours qu'on trouve à Cayenne, par rapport aux commodités de la vie, au détail du ménage & aux Manufactures.

LES Habitans fe fervent de l'huile d'*Aouara*, principalement pour s'éclairer. Elle brûle en entier, & fans qu'il y ait aucune perte.

Celle que fournit l'arbre *Carapas* n'eft bonne qu'au même ufage ; elle n'a aucune odeur, elle a pourtant la propriété de garantir des infectes les meubles qu'on en frotte légérement. On l'employe encore contre les vers qui attaquent les canots.

L'huile de la tortue, *Caouane*, dont la pêche fe fait en Mars & Avril aux grands iflets de Cayenne, ne fert qu'à brûler dans la forge & dans les autres endroits peu fréquentés des Maîtres. On s'en fert même très-peu pour frotter le cuir des foufflets de la forge ; elle le brûle & le coupe.

L'efpadon, qu'on pêche à la folle aux petites Ifles de Ramire, & qui eft ordinairement fort gros, & a douze pieds de long, donne encore une *huile* qu'on n'employe que dans les lampes.

La gomme réfine du bois rouge, paffée dans des bois mous, & l'écorce du courbaril étant allumés, font des efpeces de *flambeaux*, & l'effet du pin dans les Pyrénées.

Mais la nature, indépendamment des fecours dont j'ai parlé, a pourvu encore aux befoins en ce genre par l'*arbre à fuif* ; fa graine eft remplie d'une graiffe dont on fait de la *chandelle*. Le cotton filé donne les meches.

Il eft jufte de faire connoître celui à qui Cayenne doit une découverte fi heureufe. C'eft le fieur Bochard, habitant fur la riviere d'Oyapock, à qui les Indiens donnerent cette connoiffance, qu'il a communiquée à la Colonie.

On trouve de la terre propre à faire de la *poterie*, & les ingrediens propres pour leur donner une efpece de vernis. Il y a du choix pour la *brique* : celle de Racamon eft la meilleure.

Les cendres du bois canon, mêlées avec un corps de bananes, donnent de très-bon *favon*.

Le cœur d'un arbre nommé *Montouchi*, amolli à coups de marteau, fournit des *bouchons*.

La moëlle du caratas, ainfi que la tige de l'ouaye, fervent d'*amadoue*.

La gomme réfine que portent les vieilles branches de l'arbre *Many*, conferve le bois des pyrogues & canots.

Tant de lianes, qui font fort communes dans les bois & que les Negres favent travailler, font l'office de *cordes* de toutes groffeurs. L'écorce du *maho*, & quelques autres arbres, rendent le même fervice.

Parmi les arbres, il y en a dont on fait du mairrain pour les douves; d'autres étant refendus, servent de cercles pour les barriques.

Il y en a même qui, creux naturellement, tels que le *Sampa*, forment des *tuyaux* très-utiles pour la communication des eaux; d'autres peuvent servir d'*éviers*. C'est une précaution utile, & commode pour les esclaves, qui se trouvent incommodés d'être souvent courbés, pour laver sur les roches, ou sur les carreaux. Les *Arcabas* y seroient très-bons. Le *Carapas* y est encore plus propre. Il s'en trouve de quatre à cinq pouces d'épaisseur qu'on creuse pour cet usage.

Des corps d'arbres très-longs & creusés avec art, font les *pyrogues*, *canots* & tout autre bâtiment propre à naviger. On peut ajouter à ce que les Indiens savoient faire en ce genre: on a acquis à cet égard, & l'on peut acquérir davantage. On verra dans un Chapitre particulier ce que je propose pour perfectionner la construction des canots.

Je n'entrerai pas dans le détail des différens *meubles* utiles dans les maisons, & qu'on peut faire faire dans le pays. Ceux qui sont particuliers à chaque Manufacture se trouvent décrits dans l'article de la Manufacture même.

J'indiquerai seulement ici les bois connus qu'on employe le plus à cet usage, tels que le *bois marbré* ou de *Feroles*, le *bois tapiré*, le *bois satiné*, le *Benoît fin*, le *bois de lettres*, le *bois de Sainte-Lucie*, l'*ébene verte*, l'*acajou*, le *courbaril*, &c.

Je ne dois pas oublier les *arcabas*: ces racines larges ont jusqu'à sept ou huit pieds de haut, mais, sans être également larges des deux côtés, elles n'en sont pas moins utiles. Ces racines sortent de terre jusqu'à une certaine hauteur, d'après laquelle s'éleve le tronc de l'arbre. Il y en a de si grandes & de si droites, qu'on peut, à peu de frais, en faire des tables de cuisine, ou de magasin, ou pour repasser le linge. Des planches épaiss les rendroient le même service ; mais on a tant d'autres façons de les employer utilement , qu'on fait bien d'y employer des arcabas , qui ne font gueres propres qu'à cet usage.

Le Coupy , dont le bois est trop lourd pour être employé en bâtiment ; le Courbaril, qui vient très-gros, & qu'on est obligé de tronçonner pour voir si le cœur n'est point altéré , ce qui lui arrive souvent , font aussi employés à ces fortes de tables. Ils pofent fur quatre bons pieux de balatas , dont le tour est garni de lattes, pour fervir de cages à poulets dans la cuifine.

Quant aux divers uftenfiles de ménage , on a vu qu'on peut fe procurer toutes fortes de vafes de terre. Les feuls fruits des différens calbaffiers font des pots , des jattes , des verres , des plats & des affiettes. Les paniers, hottes , bailles , tamis, couleuvres, fe travaillent avec des plantes, qui font propres à chacun de ces objets. Les Negres & les Indiens connoiffent ces plantes , & favent les préparer pour l'ufage auquel on les deftine. C'est auffi à leur adreffe qu'on doit la conftruction des inftrumens de pêche dont j'ai parlé.

J'ajouterai feulement ici le nom particulier , foit Indien , foit François , de quelques-uns de ces différens uftenfiles.

CANARI. Vafe de terre qui contient à-peu-près ce que contient une barrique.

SAMACOU , ou CHAMACOU , nom commun aux Indiens, ainfi qu'aux Caraïbes. Ce font quinze de ces vaiffeaux qui fervent à mettre leur ouicou dans leurs feftins , & ces feftins durent jufqu'à ce que tout foit vuidé.

JARE. Qui contient moins de liqueur ; *Bouteïcha* en Caraïbe.

COUI. Nom François , qui fignifie la moitié d'une calebaffe.

MANARET. Efpece de tamis. *Manaret* est le mot corrompu du mot Caraïbe *manale*, qui fignifie la même chofe , & que les femmes Caraïbes appellent *hebechet* ,

mot qui eſt auſſi devenu françois aux Iſles. *Voyez* le P.
du Tertre.

PAGARA. Corbeille.

COULEUVRE. Preſſe.

PLATINE.

CATOURY. Eſpece de hotte, qu'on fait avec des
feuilles.

CHAPITRE VI.

DES moyens de voiturer ſes marchandiſes & denrées.

§. I.

PAR EAU.

Canots à naviger, & de la maniere de les fabriquer en général.

LES arbres propres à la conſtruction des Canots à
naviger, ſont les cedres blancs, noirs, jaunes ; le bagaſſe, le fipanaou, le grignon, le ſaouari pour les Canots de pêche, l'ouaille, le coupy pour les courbes &
fourches des canots, l'angelique, le couipo rouge & le
blanc, le maho, le gagou, le bois de lettres jaune, le
pagaye. *Voyez* leurs différens articles dans le Chapitre
ſur les Bois, &c.

Je ne peux trop recommander à l'habitant de veiller
à la conſervation des arbres de ce genre qui tombent
dans ſon abattis. C'eſt un grand préjudice que de négliger de nettoyer la place où l'arbre doit tomber. Souvent ſans cette ſage précaution, il eſt ſujet à ſe briſer
ou à s'endommager.

Pour que les Canots en général ſoient navigables &

d'une forme gracieuse, les proportions qu'on doit leur donner font toujours les mêmes.

Il y a trois fortes de Canots à Cayenne ; le grand Canot ou pyrogue, qui fert aux charrois de force ; le Poftillon, employé pour les bagages légers & la vîteffe ; & enfin le Canot de pêche.

Un arbre de douze pieds de tour s'ouvre ordinairement de quatre pieds & demi, & ainfi en diminuant ou en augmentant, felon le plus ou le moins de circonférence. La longueur du Canot doit porter trois pieds au-delà de fon tour, fans compter l'étrane, qui devient plus ou moins longue & forte, fi le bordage qu'on deftine au Canot eft plus ou moins haut ; ce qu'on doit encore obferver, relativement à fon ouverture ; car elle doit être combinée avec la nature de ce même bordage, & être plus grande, s'il eft plus haut ; fans quoi le Canot feroit trop léger & périlleux.

Il y a des bois qui demandent à être travaillés verds, comme le grignon ; fans quoi ils fe percent, & font de l'eau continuellement. Ceux qui ont beaucoup d'*Aubour*, ou d'écorce, font affez fujets à ces inconvéniens. Il n'y a nul avantage à les laiffer pourrir avant que de les mettre en œuvre, vu qu'ils ne peuvent pourrir fans affecter le cœur du bois. Il convient donc de rogner l'arbre par les deux extrêmités à la longueur déterminée ; il eft même bon de l'entourer auparavant de fortes lianes, à un pied plus haut qu'on ne le rogne, dans le cas où l'on craint qu'il ne fe fende. On confidere enfuite avec attention le côté le plus propre à lui donner la façon. Ce doit être toujours celui qui préfente une fuperficie convexe, autrement il faudroit diminuer le Canot. Il faut auffi examiner où fe trouve l'enflure du bois ; car fi elle fe trouvoit à l'une ou à l'autre extrémité, on ne pourroit pas s'empêcher d'arrondir l'arbre parfaitement, en lui ôtant fon aubour, ou fes groffeurs ; ce qui ne fe fait cependant pas toujours, lorfqu'elles fe rencontrent au centre.

Les bois ainſi contournés ont ordinairement le côté oppoſé concave, c'eſt celui qu'on deſtinera préciſément à être ouvert. On arrondit alors les côtés qui ſe préſentent, & on les dépouille juſqu'au vif de tout ce qui les entoure; puis on retourne l'arbre perpendiculairement, pour lui faire préſenter la partie concave.

Après avoir élevé l'arbre ſur des chantiers à quatre ou cinq pouces de terre, on étage les extrêmités de bons piquets, puis on trace des lignes d'un bon pied, quand le bois eſt d'une belle groſſeur. Enſuite par un à-plomb exact, tiré du milieu de ces deux lignes, qui doit être auſſi abſolument celui de l'arbre, on abaiſſe une perpendiculaire, dont la façon du derriere du Canot ſe prend au quart; c'eſt-à-dire, que ſi la ligne perpendiculaire a vingt-quatre pouces de long, on tire une ligne d'équerre, dont les côtés s'élevent inſenſiblement, comme on peut le voir à l'inſpection de la planche ſur la conſtruction des Canots.

On en fait autant pour donner la façon du devant, obſervant que la ligne du devant doit être continuée juſqu'au tiers du deſſous du Canot, afin de l'élever inſenſiblement, & de lui donner, en naviguant, de l'avantage ſur les eaux, ce qui eſt abſolument néceſſaire pour la marche. Car il faut remarquer que ſi le deſſous du Canot touche trop l'eau de l'avant en arriere, il gouverne mal, & marche imparfaitement; de même que s'il a trop de façon il ſe défend mal à la mer, & devient ſujet à chanvirer, ou à tourner à la moindre lame.

Quoiqu'un Canot ſoit tracé dans toute ſa proportion, il faut encore beaucoup d'intelligence pour lui donner la façon. Sa rondeur ne doit être ni trop plate, ni trop courbe, mais toujours d'une forme égale, & diminuant toujours en deſcendant. Il faut la même attention pour les flancs de l'avant ou de l'arriere.

Cette façon exactement donnée, on tire des lignes

d'un

d'un pied quarré, que l'on croise par d'autres, pour être percées dans tous les angles avec trois vrilles différentes, & marquées selon la profondeur que l'on veut donner aux trous, ce qui détermine l'épaisseur qu'on veut donner au Canot.

Depuis le bord du Canot jusqu'à l'épaisseur d'environ dix-huit pouces, la vrille doit être marquée à quatorze & quinze lignes; de-là au flanc, la seconde de dix-huit à vingt; & la troisieme, de vingt-quatre à vingt-six, lorsqu'on descend vers le fond. Cette épaisseur n'est que pour les Canots qui ne doivent jamais être mis à sec, ni conséquemment traînés sur le sable; car alors il faut qu'ils ayent au moins trois pouces au fond, sans quoi ils sont bientôt hors de service.

Cette opération achevée, on remet le Canot d'à-plomb comme il étoit lorsqu'on a tracé les deux lignes paralleles de son ouverture, qu'on fait à la hache, tant qu'elle peut jouer; il faut au moins trois à quatre pieds de jeu pour chaque Negre, sans quoi ils s'incommoderoient.

Les outils qui succedent à la hache sont ceux de revers, les tilles plates & courbes de toutes longeurs, dont on ne cesse de se servir, que lorsqu'on rencontre les trous; le Negre doit alors ménager ses coups, afin de rendre la coque unie & également forte par-tout.

Il faut augmenter le nombre des piquets autour de la coque à mesure que l'on creuse, afin d'en empêcher l'écart & le travail. Pour cet effet il sera bon d'amarrer la tête des piquets, afin de les assujettir plus positivement, ainsi que la coque. On doit aussi ne la point laisser exposée aux ardeurs du soleil lorsqu'on cesse d'y travailler.

Quand on fouille le Canot, il faut lui laisser au moins un demi-pied en arriere, ainsi qu'en avant, pour l'empêcher de se fendre: les gens bien instruits ne le débarrassent même qu'au moment où ils veulent l'ouvrir.

Au reste avant cette préparation, on jette la coque préparée, comme je l'ai déja dit, dans une matte d'eau,

D

où on la laisse tremper pendant quinze jours, ce qui la rend beaucoup plus facile à ouvrir.

Le jour pris pour son ouverture, l'on fait couper des bois gros comme la cuisse, d'environ six à sept pieds de long, que l'on fend également en deux d'un pied & demi, & dans la fente on insinue en travers un autre morceau de bois gros comme le poignet, que l'on attache avec une liane. Ces bois se nomment tenailles. On les place de pied en pied le long des bords du Canot, & de la maniere qu'on le voit dans la figure. Le Canot est soutenu de l'avant à l'arriere par deux crosses chevillées, afin qu'elles puissent s'élargir, à mesure que les enailles pesent & que le feu travaille. On ne sauroit pporter trop de précaution & de patience pour l'ouverture du Canot ; car cette opération décide de son succès ou de son désavantage.

On remplit le fond & les flancs du Canot de sable, ou de terre, à la hauteur de deux pouces, afin de pouvoir y placer du feu sans l'endommager, ce qui le contraint à s'ouvrir facilement par en haut ; & comme le Canot n'est élevé de terre que d'un pied, on place aussi du feu dessous afin de faire agir les flancs & le feu également. Il ne faut pas perdre de vue les lianes qui sont attachées à la tête des tenailles, afin de les roidir également sur leurs poteaux, & de procurer au Canot l'ouverture qui doit se faire au gré de l'ouvrier, & non par le plus ou le moins de pesanteur des tenailles qu'on aura eu soin de fabriquer de la même grosseur. A mesure que la coque s'ouvrira, on l'humectera continuellement avec l'eau qu'on tirera des bailles, ou réservoirs, dont on se sera muni. Un endroit ne doit pas être plus chauffé qu'un autre. Il faut éviter de rien brûler, & se souvenir que les deux extrêmités sont sujettes à se fendre, quand on ne conduit pas les croisées avec bien du ménagement. Les fistules ôtent le poids à un Canot, & souvent le rendent très-incommode à l'entretien. On bouche les trous avec des chevilles de bois de grignon, qui se gonfle à l'eau.

J'ai fait connoître à l'article des bois tous ceux qui font utiles pour les arcabas, étraves, bordages, courbes, bancs & avirons. Il n'y a pas d'habitant un peu entendu qui ne finiſſe un Canot, dès qu'il eſt bien ouvert. Les courbes les plus groſſes ne rendent pas un Canot plus fort. La quantité eſt plus néceſſaire que l'épaiſſeur. Les pyrogues deſtinées aux forts charrois doivent les avoir de deux pieds en deux pieds, abſolument jointes au corps de la coque. Il faut avoir à cet effet un modèle de courbes pliantes, voyez la figure.

Je ne recommanderai jamais à un habitant une quantité de Canots, ſur-tout en riviere ; ce ſont des chevaux à l'écurie, qui dépériſſent ſouvent ſans avoir fait rentrer leurs frais.

Il faut avoir, quoi qu'il en coûte, un Canot de pêche qui ſoit parfait. Le peu d'attention de quelques-uns à cet égard les expoſe ſouvent à de grandes pertes, s'il arrive que les Negres périſſent & ſoient engloutis dans les eaux par cette négligence.

§ I I.

PAR TERRE.

1°. Les tranſports ſe font ſur des bêtes de ſomme, telles que des mulets, des ânes, des chevaux. Je ne ſaurois trop dire combien il ſeroit utile de multiplier les ânes, qui coûtent ſi péu à nourrir, qui exigent ſi peu de ſoins, qui rendent de ſi bons ſervices. Il eſt encore bon d'avoir des mulets, dont l'avantage eſt aſſez connu.

Les premiers chevaux furent portés à Cayenne par Guerin Spranger, lorſqu'il s'y établit en venant du Para. Auſſi les chevaux créoles ont-ils la taille Eſpagnole. Ils ſont vifs, courageux, ſoutiennent le travail ; mais ils ſont naturellement quinteux. En général ils n'ont point de bouche, ce qu'on doit attribuer ſur-tout à la façon

dont les Negres les domptent, qui leur offense entierement les barres. Ils produisent beaucoup, mais le
peu d'attention qu'ont les habitans pour les élever
rend leur fécondité peu utile. Ils les laissent à l'air, sans
abri, jusqu'au tems où ils en veulent tirer du service.
C'est alors qu'en les examinant, peut être pour la premiere fois, ils s'apperçoivent de leurs difformités, &
souvent de leurs blessures. J'ai suivi une route toute op-
posée, & je m'en suis parfaitement bien trouvé.

Les Anglois en amenent de tems en tems à Cayenne,
où ils n'ont même d'entrée que par ce commerce ; mais
il faut se garder d'acheter des chevaux qui ayent atteint
dix ans ; aucuns à cet âge ne réussissent.

Les chevaux sont la plûpart destinés au service du
moulin dans les sucreries. On s'en sert peu pour tirer,
& le plus souvent les marchandises, ou denrées, se transportent à tête de Negre, plutôt qu'à dos de cheval.

En 1746, dans le tems que je formai une Compagnie de Cavalerie à Cayenne, les Indiens m'ont assuré
qu'il y avoit des chevaux sauvages entre Senamary &
Marony, qui s'étoient multipliés après s'être sauvés à la
nage d'un navire Anglois qui s'étoit perdu à cette côte.

Il seroit fort aisé de fournir Cayenne de chevaux excellens & à bon compte. Un cheval ne coûte au Para
que très-peu en traite.

2°. PAR CHARROIS. Ils ne se font que par des bœufs,
qu'on éleve dans les savannes, ainsi que les autres bestiaux, & que l'on garde ensuite dans des parcs particuliers, à portée de l'habitation, où ils sont destinés au
service journalier.

Ce n'est point un tems perdu que de les faire garder
quand ils sont en pâturage. Un Negre raisonnable doit
en avoir soin. Il sera aidé par de petits Négrillons, que
cet exercice rendra ingambes, & qu'il accoutumera à
obéir.

Le Vacher doit, soir & matin, rendre un compte
exact des bestiaux malades ou absens. Le Maître fera

bien d'être préfent tous les jours au panfement qui s'en doit faire.

Il n'eft pas moins néceffaire, pour la confervation des bœufs, de veiller fur les conducteurs des charriots, ou cabrouets. Un Negre de confiance doit avoir le commandement fur les autres. C'eft à lui que le Maître s'en prendra, fi par fa négligence, ou celle de ceux qui font fous lui, les bœufs s'écornent, ou fi les équipages fe brifent, foit qu'ils s'embourbent par leur mal-adreffe, foit qu'on charge trop les voitures, ou qu'on les charge mal.

C'eft un abus très-grand que de vouloir doubler, ou forcer le travail des bœufs. Ils ne courent aucun rifque dans les gros charrois, quelque forts qu'ils puiffent être, pourvu qu'on fe ferve d'un diable.

Avec toutes ces précautions, on confervera les beftiaux, & on en tirera le fervice qu'on doit en attendre. Mais elles feroient encore inutiles, fi l'on n'avoit l'attention continuelle de veiller fur la commodité des chemins. Il faut avant tout avoir foin de les rendre praticables, & ne pas négliger de les entretenir.

On s'imagineroit, en voyant les chemins publics & de traverfe d'une habitation à l'autre, que les Sauvages font encore habitans du pays occupé par la Colonie de Cayenne. Le peu de goût & d'attention des Chefs eft la caufe de cette incommodité, comme de toutes les autres qui nuifent au bien général. Tout manque à cet égard. Les chemins font à travers les bois, ainfi qu'il plaît aux Negres de les tracer. On s'éloigne de fa route à chaque moment; ils font fi étroits & fi embarraffés de bois qui y tombe, qu'on auroit peine à les croire deftinés à aller & venir.

On n'y trouve aucune marque pour indiquer & montrer le chemin, chofe cependant indifpenfable, fur-tout en tems de guerre, où les piquets obligés de battre la campagne, ne peuvent fouvent exécuter leur devoir, pour avoir fait quatre fois plus de chemin qu'il

D iij

ne faudroit. Les ruiſſeaux, ou criques, ſont ſans ponts, & l'on ne découvre rien qui faſſe connoître que le pays eſt occupé par des Européans.

On trouve cependant dans le pays de quoi rendre les chemins commodes. On peut voir à l'article des ſucreries ce qu'on y peut employer de mieux.

CHAPITRE VII.

Des différentes Manufactures, ou des divers objets de Culture.

DU COTTON.

LE Cotton eſt de toutes les denrées de l'Amérique la plus facile à cultiver, & qui exige le moins de Negres. C'eſt auſſi par elle que les nouveaux habitans commencent.

Le Cottonnier vient de graines. Il ſe plante en Octobre & Décembre. Il vient également bien planté en Janvier & en Février. Lorſqu'un habitant plante des Cottons, il doit, autant qu'il peut, calculer de ſorte que le tems actuel ſoit humide pour le développement des germes, & que la récolte arrive dans un mois chaud.

Tout terrein convient aſſez au Cotton, lorſqu'une fois il eſt ſorti de terre. On met communément trois graines dans chaque trou. On en met juſqu'à ſix dans une terre où il y a des fourmis, ou ſur les anſes de la mer.

Son bois ne vient jamais ni fort haut, ni fort gros. Dans le premier ſarclage qu'on lui donne, on a ſoin d'ôter les jets qui occaſionnent de la confuſion. La touffe du Cottonnier pâtit ſouvent de ce travail. On doit recommander aux Negres, pour ne pas fatiguer la tige dont ils veulent retrancher l'excédent, de mettre le pied aussi près de la racine qu'ils peuvent.

Lorsque l'arbre est parvenu à la hauteur de sept à huit pieds, on lui casse le sommet, & il s'arrondit.

On le coupe au raz de terre tous les trois ans, pour le renouveller ; les nouveaux jets qu'il donne portent un Cotton plus beau & plus abondant.

Le Cottonnier porte du Cotton au bout de six mois. Il y a deux récoltes, une d'été & une d'hiver.

La premiere est la plus abondante & la plus belle. Plus le tems est chaud, lorsque la cabosse qui renferme le Cotton s'ouvre, plus le Cotton est propre & sec. Cette récolte se fait en Septembre & Octobre.

Celle d'hiver, qui est communément en Mars, est moins avantageuse, par rapport aux pluies qui salissent le Cotton, & aux vents qui fatiguent l'arbre.

La négligence des Negres occasionne quelquefois la détérioration de cette denrée. Ils cueillent les cabosses à poignée, & mêlent au Cotton des feuilles seches qui le salissent. Le moulin s'embarrasse de ces feuilles, & la qualité de la denrée en est altérée.

Pour bien cueillir le Cotton, un Negre ne doit se servir que de trois doigts.

Il résulte de la négligence que l'on a de ne point casser le sommet du Cottonnier, lorsqu'il a atteint une certaine hauteur, un inconvénient très-grand. Le Negre qui cueille, pour avoir une cabosse qu'il ne peut atteindre, attire à lui la branche. Le bois du Cottonnier mol & fragile, cede au moindre effort & se rompt. Cinq à six autres cabosses vertes encore, ou près de leur maturité, attachées à cette branche cassée, ne reçoivent plus la nourriture du pied, & sont en pure perte pour l'habitant.

Un Maître attentif doit visiter ses esclaves au travail, & voir dans la cueille du Cotton, si par paresse, ou pour éviter de faire le tour de l'arbre, ils n'attirent pas à eux les branches, & ne se mettent pas dans le cas d'en casser.

D

Pour ce travail le Negre n'a befoin que d'un panier, dans lequel il met le Cotton ; le panier doit en contenir une cinquantaine de livres en graine.

On expofe au foleil pendant l'efpace de deux à trois jours, le Cotton nouvellement cueilli, après quoi on le met en magafin.

On trouvera dans une des planches le plan de la cafe à Cotton. Les godets de fer-blanc, qui y font, empêchent les rats d'y monter. Ces animaux en font très-friands.

On fe fert de moulins à une, deux & quatre paffes pour éplucher le Cotton & pour en féparer la graine ; ceux à deux & quatre paffes font fort en ufage à Cayenne. Lorfqu'il eft épluché, & qu'on veut le mettre en balle, voici la façon dont on s'y prend.

On coupe de la toile, proportionnellement à la grandeur qu'on veut donner à fon fac. On prend ordinairement celle de Vitré, qui a quarante-fix pouces, ou trois pieds dix pouces de large. On la coud le mieux qu'il eft poffible ; on mouille le fac, afin que le Cotton s'y attache & qu'on puiffe le fouler. Un Negre entre dans le fac, fufpendu en l'air par des traverfes attachées à des poteaux ; il foule le Cotton qu'on lui donne peu à peu, & le foule également. Lorfque le fac eft plein, on coud l'ouverture. Une balle bien faite doit contenir autant de quintaux de Cotton qu'on a employé d'aulnes de toile. En cet état le Cotton eft marchand, & peut être envoyé en France.

OBSERVATIONS.

Avant que de mettre le Cotton dans le fac, il faut fonger à laiffer au fac deux oreilles pleines de Cotton, afin de le pouvoir remuer quand il eft plein ; & avoir foin, en le foulant, de frapper la balle en dehors pour la mieux arrondir.

C A C A O.

Le Cacao eft le fruit d'un arbre appellé *Cacaotier.*
Cet arbre vient naturellement dans plufieurs cantons de
la terre ferme de l'Amérique. Il y en a des forêts entieres dans les hauteurs d'Oyapoc dans la Province de
Guyanne. Après le Cotton , c'eft la denrée qui exige le
moins de force. Il fe plante de graines. Toute terre ne
lui eft pas indifférente, comme au Cotton. Il faut, avant
que de planter une Cacaotiere , fonder le terrein qu'on
y deftine ; la maîtreffe racine du Cacao pouffe avant
dans la terre , perpendiculairement à fon tronc. Un lit
de tuf, ou de pierres, qu'elle rencontre la fait rebrouffer ,
& l'arbre ne trouvant plus de nourriture périt bientôt.
Il faut que la terre ait au moins fix pieds de profondeur.

Lorfqu'on a trouvé un terrein de cette nature , &
qu'on l'a nettoyé , on divife & on trace l'étendue
qu'on veut y employer. A cet effet on fe fert de cor-
deaux de la longueur du terrein , divifés par des nœuds ,
à la diftance de huit pieds : on plante un piquet à chaque
nœud.

Lorfque le premier alignement eft fait ; on reporte
le cordeau à huit pieds de diftance , & on continue ainfi
de fuite. Il y a plufieurs raifons de prendre cet alignement ; 1°. pour l'agrément , l'ordre eft préférable à la
confufion ; 2°. dans une Cacaotiere bien alignée , les
Negres au travail ne peuvent échapper aux yeux du Maître , ou du Commandeur ; 3°. dans le tems de la cueille ,
on fuit les allées les unes après les autres , & ainfi on
n'eft pas expofé à laiffer du fruit aux arbres.

Les Cacaotiers fe plaifent ordinairement fur des col-
lines , près des ruiffeaux , dans des lieux qui ne foient
ni trop fecs ni trop humides.

Quelques Auteurs ont écrit que le vent faifoit du tort
aux Cacaos. Je ne connois que les ouragans qui puiffent
leur en faire. Car ceux de la côte de Malhuri font très-

expofés, & font néanmoins très-beaux & d'un grand rapport.

Au furplus, il eft facile à un habitant d'y remédier, en plantant des lifieres autour de la Cacaotiere, ou en laiffant autour des bouquets de bois. Il eft bien plus important de les abryer du foleil, lorfque les arbres font jeunes ; ce qu'on fait en plantant des bananiers auprès d'eux.

Le terrein étant aligné & divifé, on porte à chaque piquet un petit panier, dans lequel on a fait germer des graines de Cacao. On les enfouit en terre felon l'alignement des piquets.

La délicateffe de ce jeune arbre exige, dans les terres où il y a des fourmis, criquets, ou autres petits infectes, la précaution de planter la graine dans des paniers de la forme d'un cul de chapeau ; un Negre en fait trente par jour. On fait lever la graine dans un endroit choifi où les fourmis ne donnent pas : lorfque le plan a acquis une certaine force, il eft moins expofé aux torts que peuvent lui faire les infectes ; on les plante alors en pleine terre, le panier s'y pourrit. Lorfque la nature du terrein n'exige pas ces précautions, on feme les graines dans des trous creufés à la profondeur de quatre à cinq pouces. L'amande doit y être mife droite, le gros bout en bas. On en met trois dans chaque trou. Lorfque les arbres ont un pied & demi de hauteur, on laiffe le plus beau, & on leve les deux autres, s'ils font venus. Les pépinieres de Cacao ne conviennent nullement ; car la racine de ce jeune arbre eft fi délicate, qu'en le levant de terre & le replantant, il eft impoffible de ne le pas offenfer. Le panier remédie à cet inconvénient.

On plante, comme je l'ai déja dit, des bananiers ou du magnoc dans les allées, pour préferver ce jeune arbre des rayons du foleil. On entretient fa terre bien propre, en la farclant. Le magnoc ne s'arrachant qu'au bout de dix mois ou d'un an, & pouffant plus rapidement que le Cacao, fait office de parafol pour cette plante délicate pendant ce tems-là.

Au bout de deux ans & demi, le Cacao a quatre pieds de haut, & commence à fleurir. Le fruit qu'il rend alors est si peu de chose, que bien des gens font tomber les premieres fleurs, pour que l'arbre se fortifie davantage. A trois ans on cueille du fruit. A six ans le Cacaotier est dans toute sa force.

Lorsqu'il est parvenu à une certaine hauteur, il n'exige aucun soin de sarclage; l'ombre qu'il donne à la terre, ses feuilles qui le couvrent, empêchent l'herbe de venir, & servent à le fumer.

Lorsqu'on cueille le Cacao il faut avoir attention d'en ôter les guis, d'arracher ou de faire tomber les vieilles cabosses, & de couper les branches seches, ainsi que les branches gourmandes.

La précaution de tailler le bout des branches de cet arbre me paroîtroit nécessaire, quelle que soit la négligence des habitans à cet égard. Le tems de le faire est quinze jours avant l'hivernage; les Espagnols de Carraque en usent ainsi, & je crois que c'est à cette pratique que le Cacao de cette Province doit la réputation dont il jouit.

La forte récolte du Cacao se fait au mois de Juin; il est bon alors de visiter souvent sa Cacaotiere, crainte de laisser germer ou noircir les cabosses, qui tombent quelquefois d'elles-mêmes, lorsqu'on laisse trop long-tems le fruit sur l'arbre.

Lorsque les Negres cueillent les cabosses de Cacao, il faut empêcher qu'ils ne secouent trop les arbres avec leurs serpettes emmanchées: ils font tomber alors quantité de fleurs, dont l'arbre est souvent chargé lors de la récolte, & appauvrissent par-là la récolte à venir, dans laquelle ces fleurs tombées eussent donné des fruits. Chaque Negre a son panier qu'il emplit de cabosses, pour les porter de la Cacaotiere à la case où l'on fabrique le Cacao. Lorsqu'il fait beau tems, on casse la cabosse sous le Cacaotier même, & on la jette au pied de l'arbre qui l'a produite. Elle lui sert de fumier, & on ne porte que les graines à la Manufacture.

Dans le cas où on y porte les cabosses, il ne faut pas que les graines y restent plus de trois jours, sur-tout dans le tems des pluies, car elles sont sujettes à germer.

Les cabosses ont neuf à dix pouces de long sur trois à quatre de diametre. Elles ressemblent à des concombres partagés par des côtes ; elles renferment communément vingt-cinq amandes. Aussi-tôt que les amandes sont à la Manufacture, on les met soit dans des cuves, soit dans des vases ou des canots, pour en exprimer le vin ; on les couvre de feuilles de balizier, on met des planches & des pierres dessus pour les charger, & aider la fermentation qui s'y excite. Elles fermentent ainsi pendant quatre à cinq jours ; on a soin de les brasser & remuer tous les matins.

Lorsque les amandes ont acquis une couleur rouge-obscur, on les tire de la cuve, & on les expose au soleil pour sécher. On les met ensuite en magasin, d'où on les sort de tems en tems pour les sécher.

Si on les met à l'étuve, elles conservent une couleur violette.

Le Cacao est, après le Cotton, la marchandise la plus aisée à cultiver & à fabriquer, sur-tout pour ceux qui n'ont pas beaucoup de Negres. Cette denrée est incomparable pour la facilité.

Les outils nécessaires consistent en serpettes emmanchées de différentes longueurs, en paniers, sacs, canots à cuver, grandes caisses de grignon, exposées au midi, élevées de terre, & contenant un millier ou cinq quintaux d'amandes.

La méthode de les faire sécher dans des tiroirs à coulisses, comme on le voit au plan de la case de cette Manufacture, est, au défaut d'étuves, ce qu'il y a de mieux imaginé.

DU CAFFÉ.

Le Caffé fait l'objet d'un grand commerce entre l'Amérique & l'Europe ; c'est une des meilleures denrées à laquelle un habitant puisse s'attacher.

Le Caffé se plante de graines ; la terre qu'on lui destine doit être égale pour la profondeur à celle d'une
Cacaotiere, bien nettoyée d'herbes à la surface, & autant qu'on le peut, de souches & de racines.

On aligne le terrein, & l'on plante les piquets de
sept en sept pieds. On choisit pour planter le Caffé les
plus grandes pluies. Le tems sombre & les brouillards
sont préférables. On leve les plans de Caffé pour les
transplanter, lorsqu'ils sont arrivés à la hauteur de sept
à huit pouces. On nettoie & on fouille profondément
le trou dans lequel on les met.

Le vent du nord n'est pas favorable aux Caffés. La
plante jeune est assez délicate & amie de l'ombre ;
avant que de faire sa plantation de Caffé, il convient
que le terrein qu'on y destine soit couvert de magnoc,
ou de bananiers, pour l'ombrager.

Il ne faut pas toujours se fier à la belle apparence du
Caffé. Cet air de prospérité qu'on lui trouve n'est souvent qu'à la superficie de la terre. Si la racine trouve un
tuf différent, il jaunit ; il arrive même qu'il vient mal
d'abord, & qu'il renaît ensuite à vue d'œil, lorsqu'il a
trouvé le lit de terre qui lui est propre.

On a soin d'entretenir la terre nette autour de ces
jeunes plantes, & on ne doit pas se dégoûter de sarcler les mauvaises herbes qui leur nuisent. Il faut être
exact à en détruire les branches gourmandes & les guis.

Comme les Caffés viendroient à une hauteur trop
considérable, pour la facilité de la récolte des graines,
on les borne à six ou sept pieds de hauteur, en leur coupant le sommet : on l'oblige par-là de se couronner &
de se garnir.

Un habitant sucrier, ou travaillant à toute autre denrée qu'au Caffé, doit en avoir un parc pour l'usage do-
mestique. La cabosse du Roucou & les graines du Cotton
sont un très-bon fumier pour cet arbre.

Le Caffé croît assez vîte lorsqu'il est bien entretenu.
Il vient naturellement très-rond par le pied. Ses branches

partent du tronc avec une régularité qui produit un effet agréable ; il ne rapporte qu'au bout de trois ans. Il fleurit en Octobre & Novembre. On le recueille en Juin. On fait deux récoltes de Caffé par an ; celle d'hiver est la plus abondante. Ses fleurs ressemblent à celles du pêcher , & les fruits qu'il produit a une petite cerise. Ils sont d'abord verds , rougissent à mesure qu'ils approchent de leur maturité. Une couleur tannée en est un indice certain. On les cueille alors ; cette cueille ne se fait qu'à mesure qu'ils mûrissent. Les Negres , pour cette récolte , n'ont besoin que de paniers & de leurs doigts ; & ils la portent à la maison destinée à cette Manufacture.

On se sert , pour séparer le Caffé de son enveloppe, d'un moulin appellé à cet effet moulin à Caffé. L'enveloppe tombe d'un côté , & le Caffé en parchemin de l'autre. Le peu d'habitans qui cultivent uniquement cette denrée à Cayenne , rend l'usage de ce moulin très-rare ; mais on peut juger du tems que doivent perdre ceux qui sont obligés de faire cette séparation par l'unique moyen de leurs doigts.

Quelques habitans laissent sécher au soleil leur Caffé avec l'enveloppe ; les autres en parchemin. Lorsqu'il est bien sec, on le pile dans de grands mortiers de bois, pour enlever le parchemin & avoir la graine marchande ; on le trie , & on sépare les graines défectueuses d'avec les bonnes. On l'évente lorsque le rebut en est séparé. On a , pour cet effet , un moulin plus rare encore à Cayenne que le premier dont j'ai parlé.

Pour que le Caffé soit de la premiere qualité , il doit être petit & de couleur de corne , dur au point de crier dans la main en le remuant.

L'humidité que les pluies occasionnent dans l'air le fait blanchir souvent à Cayenne. Je crois que pour remédier à cet inconvénient, il feroit nécessaire en hiver d'avoir une étuve pour le faire sécher à petit feu , avec l'attention de ne le pas mettre trop épais sur les étages.

On eſt quelquefois ſurpris de voir dépérir un beau Caffé en peu de tems ; cela eſt ſouvent occaſionné par la mouche appellée *mouche à Caffé*, longue de ſix pouces, qui porte à ſa tête deux ſcies avec leſquelles elle entaille ces arbres juſqu'au vif. Lorſqu'on rencontre de ces mouches, on ne doit pas héſiter de les tuer.

Il arrive auſſi que les pucerons, petits inſectes blancs, attaquent les Caffés, & non-ſeulement les empêchent de produire, mais même les font périr. Dans ce cas, il eſt impoſſible de préſerver les Caffés de leur ruine par une autre voie que par celle de planter des ananas dans les allées. Les inſectes quittent les Caffés pour ce fruit qu'ils préférent, & dont ils ſe gorgent. L'acide de ce fruit ou les tue, ou les empêche de pulluler.

Lorſque le Caffé eſt en rapport, & ſuffiſamment fourni de branches, il ne demande preſque point d'entretien ; l'ombre qu'il donne empêche les mauvaiſes herbes de pouſſer. J'ai examiné que l'extrême humidité des Caffés nuiſoit aux Negres lors de la cueille ; il eſt bon à un habitant de les obliger à ſe couvrir pendant ce travail.

DU ROUCOU.

Le Roucou eſt une teinture rouge, produite par la pellicule des graines d'un arbre appellé *Roucouyer*. Cette denrée eſt d'un bon débit en Europe, & a ſur-tout ſoutenu Cayenne, où on la fabrique mieux, & en plus grande quantité que dans toutes les autres Colonies Françoiſes.

Une terre eſt bien mauvaiſe ſi elle ne rapporte pas du Roucou. Telle qu'elle ſoit, on la nettoye, & on fait de petits trous avec la houe à la diſtance de dix pieds les uns des autres, dans leſquels on enfouit trois ou quatre graines.

Lorſqu'on ne veut pas aligner ſon terrein avec la même exactitude que pour le Cacao, ou pour le Caffé, il faut faire mettre le pied du Negre dans le premier trou,

& faire fouiller l'autre à la longueur de la houe & du bras, en portant toutefois le pied droit en avant, & en suivant exactement le rang. Les trous se trouvent alors, à peu de chose près, à une distance égale.

Le tems de le planter est en Décembre, ou Janvier, au plus tard.

Le Roucouyer planté de graines dure plus long-tems; il faut près de deux ans à l'arbre pour qu'il produise. Les arbres sont plus beaux de plan, ils rapportent au bout de dix-huit mois, mais ils durent moins. Dans le cas où on préféreroit cette derniere méthode, il faudroit se mettre en plan une année auparavant. On choisit toujours, ainsi que pour les autres plantations, un tems humide.

Il est important de sarcler le plus qu'on peut le jeune plan. En été on met beaucoup de halliers au pied de l'arbre; la chaleur les tue. En hiver le fumier qui provient des halliers pourris, sert à donner du frais à la plante.

Lorsque l'on sarcle dans la mauvaise saison, qui est celle des pluies, & qu'on laisse les herbes sur la place, elles ne meurent pas, & elles étouffent la jeune plante. Il est alors essentiel de les tirer hors du terrein; on fait d'ordinaire un trou dans lequel on les jette, & où elles se pourrissent.

Quand le *Roucouyer* pousse trop haut, on l'étête afin qu'il s'arrondisse. Il est de la grandeur d'un noisettier, mais plus touffu. Lorsqu'il est en rapport, ses fleurs rassemblées en touffes d'un rouge couleur de chair, & sa *cabosse* d'un rouge foncé, font un agréable contraste avec le verd de ses feuilles.

Il faut ôter exactement les guis (espece de petites lianes) qui, en entrelaçant les jeunes Roucouyers, les gênent dans leur croissance, les font languir, & souvent mourir.

Lorsqu'on a mis du magnoc dans l'intervalle des Roucouyers, on le sarcle ainsi que les plans, & le tems où on l'arrache, eſt celui de tailler les Roucouyers & de leur donner de l'air.

On fait deux récoltes de Roucou par an ; celle d'hiver eſt la plus abondante. Le Roucouyer eſt immortel dans certaines terres, & dure cinq à ſix ans dans les moindres ; quelque ſoin qu'on prenne d'entretenir ces arbres, les guis multiplient en Décembre & en Janvier. Il faut dans ce tems redoubler de ſoin pour les en débarraſſer, car c'eſt alors que la ſeve travaille le plus, & que ces lianes peuvent lui nuire davantage.

Le Roucouyer fleurit en Décembre, on le cueille en Avril ; il ſe tranſporte par paniets à tête de Negres. Dans les ſituations commodes, une petite charrette gauletée en deſſus & en deſſous en forme de treillage, porteroit à la Roucouyerie en un ſoir toute la coupe d'un jour. Ce ſeroit une avance conſidérable, puiſqu'on pourroit ſe paſſer d'un *Carbet* au milieu de la plantation, & quelquefois d'y conſtruire même la Roucouyerie, ce qui devient incommode à la longue, & ſur-tout en tems de pluie.

Le Roucou épluché & pilé ſe 'met dans le canot à tremper avec de l'eau au prorata de la graine. On la paſſe ſix jours après d'abord dans de gros *Manarets*, & dans de plus fins ſucceſſivement. On en a pour cet effet de quatre eſpeces garnis de toile, ils ſont de plus en plus ſerrés, & par conſéquent meilleurs pour faire de belle marchandiſe.

On occupe à cet emploi les vieilles Négreſſes ou les Negres malingres. Lorſqu'on a paſſé la graine par quatre *Manarets* de plus en plus fins, en la pilant chaque fois, on dépoſe le tout dans un canot de décharge pour étouffer & faire *Suer*. On couvre ſoigneuſement ce canot pour empêcher les ordures d'y tomber. Le Roucou cale au fond ; on tranſvuide l'eau qui ſurnage, elle eſt bonne à faire tremper de nouvelles graines, s'il en reſte.

Toutes ces opérations finies, on prend le Roucou calé pour le faire bouillir dans de grandes chaudieres, juſqu'à

E

ce qu'il commence à se gonfler & à former des bulles d'air qui crevent à la surface. Alors on diminue le feu, on laisse refroidir le Roucou jusqu'au lendemain matin. On le tire de la chaudiere, & on l'étend dans des caisses, que l'on observe de poser sur un endroit élevé, pour le préserver du sable & de la poussiere qui altere sa couleur & sa qualité, & diminue souvent son prix dans les ventes où on l'expose à différentes épreuves. Le Roucou seché à l'ombre par le vent est infiniment plus coloré que celui qu'on expose au soleil, qui en rend la couleur moins vive.

On a observé que plus on travaille le Roucou en fortes parties dans les chaudieres, plus sa couleur étoit vive : avantage qui lui manque lorsqu'il est cuit en petites parties, il contracte alors de la noirceur.

Dès qu'il est sec au taux des Marchands on le livre, ou on le met en magasin, pour être pilé au besoin & être reconnu marchand ; ce qui se fait de différentes manieres.

Les uns en écrasent un peu le long d'une porte pour voir s'il ne contient pas de corps étrangers. D'autres en mettent dan sun verred'eau & l'y délayent. Si le Roucou est pur & bien fait, il s'y dissout entierement. S'il y a des matieres étrangeres, on les apperçoit errantes dans la liqueur, ou précipitées au fond du verre. On en écrase aussi entre deux doigts, & on voit, à force de les laver, le tems qu'on met à colorer l'eau.

Le Roucou, pour être de bonne qualité, doit être couleur de feu, plus vif intérieurement qu'extérieurement, doux au toucher. Sa consistance doit être telle, qu'une balle de plomb jettée dessus de la hauteur d'un pied & demi environ n'y entre pas : si elle s'y enfonce, le Roucou est trop humide, & conséquemment n'est pas marchand.

Quelques personnes, pour l'essayer, en tiennent dix livres dans la main ; s'il n'en découle pas, il est bon quant à la consistance. D'autres enfin le jugent à l'œil, épreuve suffisante pour des vendeurs & des acheteurs droits & équitables.

On a fait pendant long-tems à Cayenne de fort mauvais Roucou, faute d'observations nécessaires, de précautions sages & souvent de bonne foi. Cette denrée a été par là en discrédit, & la Colonie ne s'en est pas mieux trouvée. On a donné le nom de *Gigodaine* à ce mauvais Roucou altéré par des mêlanges & par la mauvaise fabrique.

Pour vouloir trop tirer parti du Roucou, bien des gens se servent de la graine pilée quatre fois & passée de même, & la soumettent à une cinquieme opération. Rien n'est plus mal entendu que cette conduite; la graine ne conserve plus alors de parties colorantes; on n'en peut obtenir que de la paille & de la terre, corps étrangers qui se précipitent avec la couleur qu'on retire des nouvelles graines que l'on met tremper dans l'eau qu'on nomme rouge.

Il n'est pas moins absurde de laisser échauffer la graine pendant quatre à cinq jours avant que de la piler, afin de la reduire en pâte & d'en atténuer les parties par la fermentation, & de les rendres miscibles avec l'eau.

On ne cherche dans cette graine que la couleur: on obtient par cette voie plus de matiere; mais assurément le Roucou est de moitié inférieur à celui qui est bien fabriqué.

Quelques habitans moins délicats encore, réduisent quatre canots de graines en un, pour l'incorporer avec de la graine neuve; ils pilent le tout jusqu'à ce qu'ils l'ayent reduit en pâte, ce qu'on appelle *Bal*, terme honnête qui signifie la paille & le bled.

D'autres fripons plus hardis encore, n'ont pas craint de mêler à leur Roucou de la terre rouge tamisée, ou de la brique pilée. Cette coquinerie grossiere ne peut réussir qu'une fois, encore difficilement. Il faut avoir l'ame bien vile pour sacrifier l'honneur à un si petit intérêt. De tels brigandages nuisent trop au commerce pour

n'être pas reprimés ; la faine politique du gouvernement , la juftice , & l'intérêt des Colonies , exigeroient
que de pareils colons fuffent punis corporellement. Le
facrifice de l'honneur n'eft rien pour des gens fans principes ; mais il eft important pour l'Etat de ne pas fouffrir
que des brigands mettent en difcrédit des denrées utiles
aux arts , & dont la culture plus encouragée & la fabrique perfectionnée , rendroient la Colonie de Cayenne
fupérieure à toute autre.

Les uftenfiles néceffaires au travail du Roucou font les
canots ou auges : l'habitant qui aura peu de forces en
aura en quelque forte plus qu'il ne paroîtra en avoir
befoin ; l'habitant aifé doit en avoir quinze ou feize.
On deftinera la plus grande de toutes pour caller.

La pile (c'eft ainfi qu'on appelle une efpece de mor-
tier dans lequel on écrafe les graines de Roucou) doit
être faite du bois le plus dur , tel que le *Ouapa* ou
Oouapou; ces piles durent long-tems. Elles doivent avoir
fept pouces d'épaiffeur par en bas , cinq à. fix fur les
flancs , en diminuant jufqu'à deux & demi fur le bord.

Les pilons qui ont cinq pieds de long , ont ordinairement aux extrêmités une groffeur double de celle de la
partie moyenne , & le gros bout taillé comme celui d'un
œuf , & non quarré. S'il étoit quarré , non-feulement il
dureroit très-peu & uferoit la pile , mais il ramafferoit
& écraferoit moins de graines au fond de la pile.

Le bois le plus propre aux pilons eft celui de *Lettre
blanc* , on n'en prend que le cœur ; les autres bois durs
peuvent y être employés.

MANARETS. Il en faut quatre pour ceux qui ne veulent faire que de belle marchandife. Ceux qui font faits
de toile font les plus ferrés & les meilleurs.

CHAUDIERES. Il en faut deux des plus grandes, par
la raifon que le Roucou eft d'autant plus beau que la quantité qu'on en cuit eft confidérable. On les fait monter
fur des fourneaux qu'on maçonne : on travaille alors avec
plus de commodité & de propreté.

CUILLERES pour braffer le Roucou. On les fait de bois dur lorfqu'on n'en a pas de fer. A leur défaut on em-manche de groffes callebaffes, elles font plus légeres & moins coûteufes.

CAISSES. Elles font faites de canots hors de fervice, larges & portatives ; elles fervent autant que celles qu'on fabrique de planches, & coûtent moins d'entretien.

I N D I G O.

L'Indigo eft une couleur bleue tirée d'une plante de ce nom, & qu'on cultive beaucoup dans les Colonies françoifes. C'eft une des meilleures cultures de l'Amé-rique ; mais auffi une des plus délicates, qui demande la plus grande attention de la part de celui qui cultive, & peut-être une des meilleures qualités de terre.

M. Rouffeau, Officier & habitant, eft le feul qui foit parvenu à faire l'Indigo avec fuccès. La qualité à laquelle il a porté cette denrée doit fervir d'encourage-ment à ceux qui auroient envie de fe livrer à cette cul-ture, & dément la prétendue impoffibilité dans laquelle on croit les habitans de Cayenne de réuffir en ce genre.

L'Indigo fe feme dans une terre plate, unie, un peu humide & très-graffe. Il eft affez indifférent dans les autres plantations que les corps d'arbres, les fouches, les racines, &c. reftent à pourrir fur le terrein ; mais il eft effentiel pour cette plante de le débarraffer autant qu'on le peut. On fait alors des trous alignés à un pied de diftance, auxquels on donne trois pouces de profon-deur avec la houe. Les Negres femeurs mettent dix graines dans chaque trou, qu'ils recouvrent foigneufe-ment avec leurs pieds.

Pour cette opération on doit choifir un tems humide ou qui promette de la pluie. Les graines rifqueroient d'être deffechées par un tems fec, & l'Indigo qui forti-roit de terre feroit de mince efpece. Lorfque la pluie

E iij

vient après la plantation faite, on voit sortir la plante
au bout de cinq à six jours.

Les mauvaises herbes lui disputent bientôt le terrein
& les sucs de la terre. Il faut être soigneux à l'en débar-
rasser en les sarclant légerement, sans offenser les jeunes
plantes ; ou si les Negres n'ont pas assez de légereté, il
faut les leur faire arracher avec la main.

Au bout de deux mois ordinairement l'Indigo est
bon à être coupé, ce qui se connoît par la facilité que
les feuilles ont à se casser, par leur couleur vive & foncée. Il est essentiel de couper l'Indigo à propos. Lorsque
la feuille se seche ou se fane, la coupe est desavanta-
geuse, & le produit perd beaucoup en quantité & en
qualité.

Il faut un tems aussi humide pour couper l'Indigo que
pour le semer ; si le soleil venoit à paroître & à darder
avec vivacité sur un champ d'Indigo nouvellement coupé, il se feroit une crispation à l'orifice des souches des
plantes, & la végétation seroit ralentie, si les plantes
ne mouroient pas, ce qui nécessiteroit à arracher & à
semer de nouveau.

Une piece d'Indigo bien entretenue peut durer deux
ans, après lesquels il faut l'arracher ; rien ne ressemble
tant à une piece de luzerne. Lorsqu'on fait les coupes on
se sert de faucilles ; on met la plante coupée dans de
grands morceaux de toile pour la porter à la Manufacture. Quelques uns la tiennent en bottes comme du foin ;
mais la premiere méthode convient mieux, parce qu'on
ne perd rien.

L'Indigo coupé avant sa maturité donne une plus belle
couleur, mais rend beaucoup moins. Lorsqu'on le coupe
trop tard on perd encore plus, & on a un indigo de
mauvaise qualité.

Il y a un moyen de voir si l'Indigo est mûr, en prenant à poignée une tige de cette plante, & coulant la
main du bas en haut ; si la feuille crie, l'Indigo est bon à
couper.

Cette plante eſt ſujette à une eſpece de chenille qui vient par vol comme une nuée & la mange totalement dans peu de tems. Cet inſecte eſt commun, ſur-tout à Saint-Domingue. La ſeule reſſource de l'habitant eſt de couper ſon Indigo dans l'état où il eſt. On le jette dans l'eau avec les chenilles qui rendent gorge. C'eſt ſans doute un grand malheur. Mais malgré le peu d'Indigo qu'on tire, ce n'eſt pas tout perdre. Il eſt encore un moyen ex-périmenté pour la deſtruction des chenilles qui paroîtra ſingulier. Si-tôt que l'Indigo en eſt attaqué, on laiſſe entrer un ou pluſieurs cochons dans la piece d'Indigo. Ces animaux avec leur nez font remuer la tige & en font tomber les chenilles, ſur leſquelles ils ſe jettent avide-ment.

Il faut, pour fabriquer l'Indigo, avoir trois cuves poſées les unes à côté des autres à des hauteurs différen-tes. On les place dans un endroit où on puiſſe avoir l'eau à diſcrétion. *Voyez* la Planche.

La premiere eſt d'ordinaire de quinze à dix-huit pieds de long ſur douze de large, & trois à quatre de profon-deur. On lui donne un pied & demi d'épais, & on la ci-mente bien.

La ſeconde eſt communément de la moitié moins grande que la premiere, & la troiſieme d'un tiers plus petite que la ſeconde. Les trois cuves ſont diſpoſées de maniere que par des ouvertures fabriquées dans le fond, elles puiſſent recevoir de celles qui leur ſont ſupérieures les liqueurs qui y ſont contenues.

On appelle la premiere cuve la *Trempoire*, parce qu'elle reçoit la plante dans une quantité d'eau qu'elle contient, & elle y fermente. La ſeconde s'appelle la *Bat-terie*, parce qu'on y bat l'eau de la trempoire qu'on y a introduit. La troiſieme ſe nomme le *Diablotin*; c'eſt celle où le produit des deux autres ſe raſſeoit, & dans la-quelle l'Indigo s'acheve.

Il eſt important que ces cuves ſoient bien enduites &

ayent une certaine épaiffeur pour réfifter à la fermentation qui s'y excite. Elles fe font ou en briques, ou en
pierres.

Si elles fe font de bois creufé, & qu'on veuille
qu'elles durent long-tems, il faut les doubler de plomb
très-mince.

On pratique dans les côtés de la batterie des robinets
à différentes diftances, pour faire écouler l'eau lorfque
la précipitation de la fécule eft faite.

La plante coupée, eft apportée à tête de Negres :
l'Indigo par paquet fe jette dans la premiere cuve ;
lorfqu'elle eft pleine d'herbe, on met deffus des pieces
de bois de deux à trois pouces, moins l'arges que l'intérieur de la cuve, pour empêcher que l'eau dont on
la remplit ne faffe élever l'herbe. L'eau doit couvrir
toute la plante de trois ou quatre pouces par deffus. La
fermentation s'excite plus ou moins vîte, felon que la
plante a été coupée plus ou moins mûre. Il eft rare
qu'elle foit plus de vingt heures à s'exciter.

La liqueur s'échauffe & bouillonne, elle fe colore,
& fe charge des principes huileux & falins de la plante.
Lorfqu'elle a acquis une couleur bleue, tirant fur le
violet, on ouvre les robinets qui font au fond de la
cuve, & on laiffe tomber toute l'eau dans la batterie.
On jette les herbes qui ont fubi cette fermentation, &
on nettoye la trempoire, pour y recommencer cette
opération avec une herbe nouvelle. Cette eau colorée
étant dans la batterie, on l'agite continuellement par
différens moyens. Ceux qui donnent le plus grand mouvement avec moins de bras font préférables. Les fléaux,
les manivelles font employés le plus communément.

L'objet de ce travail eft de lier enfemble, par le
mouvement continuel qu'on donne à l'eau, les principes de la plante que la fermentation a extraits & atté-
nués dans la trempoire. La grande agitation fait que les
parties errantes fe rencontrent dans le fluide, s'uniffent
pour former ce qu'on appelle le grain. L'adreffe de

l'Indigotier confifte à faifir l'inftant où il fe forme.
Pour cet effet, pendant que les Negres battent, il tire
de l'eau de la batterie dans une taffe d'argent, ou de
criftal, (cette derniere eft préférable à caufe de fa
tranfparence)'il examine fi la fécule fe précipite, ou
fi elle eft encore errante. Il fait ceffer le travail, fi elle
fe précipite, & fait continuer, fi elle eft errante.

L'inconvénient de faire ceffer trop tôt le mouvement, ou de le continuer trop, eft également préjudiciable. Dans le premier cas, la précipitation ne fe
fait pas, ou ne fe fait qu'en partie. Dans le fecond, le
grain formé fe diffout par la décompofition des parties
huileufes, falines & terreftres.

Un Indigotier ne fauroit donc trop apporter de vigilance à faifir le moment où il fait ceffer de battre.
Lorfqu'il eft fûr de fon opération, il fait retirer les
Negres batteurs, & laiffe la liqueur tranquille, la précipitation fe fait; l'eau dégagée de fon grain s'éclaircit
peu à peu, & laiffe voir au fond une matiere boueufe.
Pour lors on ouvre les robinets dont j'ai parlé, & on
fait écouler l'eau jufqu'à la hauteur du marc.

On ouvre enfuite les robinets du fond, pour faire
tomber le marc dans le diablotin, où il fe raffeoit encore un peu de tems. Dans cet état on prend la fécule,
ou le marc, avec une cuilliere; on en emplit des chauffes de toile de figure conique, de la longueur de 15 à
20 pouces. On fufpend ces chauffes à des perches; l'eau
interpofée entre les parties de cette matiere fe filtre. A
mefure que l'humide fe diffipe, l'Indigo acquiert une
confiftance de pâte.

On vuide alors ces chauffes dans des caiffons quarrés,
ou oblongs, d'environ deux pouces & demi à trois pouces de profondeur. On le fait fecher à l'ombre, expofé
à l'air, mais jamais au foleil, qui détruiroit la couleur.

La pluie, ou une trop grande humidité, ne lui font
pas moins contraires. La pluie fur-tout, le corromproit
en le faifant diffoudre. On le coupe en petits pains

quarrés , & on les met dans des barriques pour les en=
voyer en France.

L'habitant qui cultive l'Indigo ne sauroit avoir trop
d'attention à le perfectionner. Plus cette denrée est
belle , mieux elle se vend. Elle n'a jamais de prix fixe ,
ainsi que le Caffé , le Cotton , & le Cacao. Sa qualité
détermine toujours son prix.

Il ne doit pas tant viser à la quantité qu'à la qualité.
Ceux qui battent les herbes dans la trempoire, afin que
les feuilles & l'écorce se mêlent à la liqueur , gagnent
en apparence , & perdent en effet. Les acheteurs savent
trop bien faire la différence d'un Indigo pur , d'avec un
Indigo chargé de matieres étrangeres.

Celui de Cayenne est d'un fond plus bleu que celui
de Saint-Domingue : il n'est pas si sujet aux chenilles.
La graine sauvage rapporte beaucoup plus , & lui donne
un coup-d'œil plus marchand , & par conséquent préférable.

Il faut peu d'ustensiles pour cette Manufacture : la
plus grande dépense consiste dans l'entretien des cuves,
qu'il faut bien visiter , de peur qu'il ne s'y fasse quelque
crevasse , par laquelle toute la liqueur se perdroit. Je
conseillerois de les faire de bois , sur-tout la trempoire. Si on n'a pas de piece de bois assez forte , pour
les faire d'un seul arbre creusé , on peut faire de grandes cuves de plusieurs morceaux , observant de les bien
calfeutrer & godronner en dehors.

Du reste , il ne faut que des faucilles , des quarrés
de toile avec des cordons aux bouts pour lier les paquets
d'herbe , des fléaux , ou manivelles , pour la batterie ,
des chausses & des caisses pour secher l'Indigo.

DU SUCRE , des Sucreries , & de tout ce qui y a rapport.

La Manufacture de Sucre est la plus considérable de
celles de l'Amérique. Elle exige la plus grande force de

bras, des établiſſemens vaſtes, & demande tant d'autres parties différentes & inſéparables, que ſi celui qui
en établit une, ne ſait pas les lier, & les faire mouvoir
toutes enſemble & chacune en particulier, ſelon l'exigence des cas, tout languit & ſe détruit.

L'état d'habitant Sucrier étant celui qui donne le plus
de conſidération aux colons, quant à la partie de la
culture, bien des gens le préfèrent à celui de Caféyer,
d'Indigotier, &c. & ſont ſouvent les dupes de leur va-
nité, & de leur peu de réflexion. On ne fait jamais de
démarche à faux dans cette partie, ſans qu'on n'ait lieu
de s'en repentir. L'imprudence & le défaut de calcul,
détruiſent la fortune de quiconque tente cette entrepriſe
ſans la connoître.

De vingt-ſix Sucreries qui étoient à Cayenne en
1724, plus de la moitié ont été détruites par cet inconvénient. Il faut donc compter avec ſoi-même, & calculer tous les accidens, avant que de ſe porter à une
entrepriſe ſujette à tant de revers.

Le plan d'une Sucrerie doit être fait long-tems avant
l'établiſſement même ; on doit auſſi avoir prévu tous
les obſtacles & les moyens de les ſurmonter.

Bien des gens ont été ruinés, tant à Cayenne que
dans les Antilles, pour s'être promis un produit aſſuré
de leurs jumens, de leurs bœufs, &c. ſans avoir prévu
tous les accidens que le haſard peut faire naître, &
pour s'être déterminés dans cette confiance à l'établiſſement d'une Sucrerie. Enſuite la récolte s'eſt trouvée
malheureuſe, ils ont perdu des beſtiaux : il a fallu
payer, réparer ces pertes & le tems perdu ; à peine
ont-ils fait un revenu pour les dépenſes annuelles, &
au bout de dix ans tout leur profit s'eſt trouvé borné
au vain honneur d'avoir entrepris une Sucrerie.

Mon deſſein n'eſt pas, en expoſant aux yeux des Habitans ces réflexions, tirées de l'expérience, de leur
inſpirer du dégoût pour cet établiſſement, & de dé-
courager ceux qui auroient des vues d'agrandiſſement.

Mais j'écris pour tout le monde. L'homme sage & prudent se reconnoîtra dans les précautions & dans les maximes que je propose, l'ambitieux y trouvera un frein utile. Tel peut avoir une grande Roucouyerie, qui n'auroit qu'une Sucrerie languissante. C'est témérité & imprudence de faire un changement de culture, s'il n'y a du gain.

M. *Coutard* pere, ancien Roucouyer de Cayenne, voulut quitter le Roucou pour faire du Sucre. Il avoit la réputation du plus parfait habitant de Cayenne : il la soutint par le tems qu'il laissa entre la naissance & l'exécution de son projet. Il avoit du terrein & des Negres ; l'essentiel lui manquoit encore, savoir les Negres ouvriers, sans lesquels une Sucrerie tombe. Il en acheta, & n'entreprit sa Sucrerie que lorsqu'il fut muni d'un nombre suffisant d'ouvriers de toute espece.

Il faut nécessairement des Charrons, qui doivent servir de Charpentiers dans l'occasion, des Forgerons, des Potiers, des Tonneliers, des Maçons, & un parfait Commandeur ; il faut avoir ces ouvriers dans la Sucrerie même, & parmi ses esclaves, pour les réparations & les entretiens continuels de la Manufacture.

L'habitant prudent formera donc des ouvriers d'avance. Un Negre intelligent, tel qu'on a coutume d'en choisir pour cette destination, peut apprendre son métier en dix-huit à vingt mois. J'ai éprouvé dans la sucrerie que j'ai à Cayenne, dans le quartier de Timoutou, que sans ce secours, un tel établissement rapportoit à peine de quoi faire face aux inconvéniens, pour lesquels on est forcé de recourir à la main-d'œuvre étrangere.

Pendant que les ouvriers sont en apprentissage, je fais construire mes bâtimens sur un terrein choisi avec attention. Avant que faire mes abattis, je songe à joindre l'agréable à l'utile. Je place mes cases sous mes yeux, sans cependant qu'elles m'ôtent la vue de mes parcs, jardins, trous à formes, &c.

Mes bâtimens finis, je les meuble de leurs uftenfiles néceffaires, & je me mets en équipage pendant les dix-huit mois que mes cannes font à croître.

Les bâtimens que j'ai fait conftruire font :

Un MOULIN. Il y en a de trois efpeces, ou qui font mûs par trois agens différens ; favoir, l'eau, l'air & les beftiaux.

Une SUCRERIE. Où l'on cuit le Sucre.

Une PURGERIE.

Une ÉTUVE.

Une VINAIGRERIE.

Un MAGASIN.

Un HÔPITAL.

Une FORGE.

Un MAGASIN GÉNÉRAL du Groffier, qui doit conte-nir la Tonnellerie & tout ce qui y a rapport.

Une REMISE.

Tous ces bâtimens doivent être fournis des attirails néceffaires.

On doit trouver au Moulin, fontes, crapaudines, pinots, culs-d'œufs, plaques, pinces, lanternes, clo-che à fonner les quarts & à tenir le Garde du Moulin éveillé, (une horloge de cuivre à reveil feroit d'une utilité infinie) leviers, voles garnies.

A LA SUCRERIE.

Gourmand, quatre chaudieres courantes, & un jeu de chaudieres pour le befoin, refroidiffoire, corbin, quatre écumoires, quatre cuilleres, des balais, deux paffoirs & leurs quadres, quatre lampes, une pour chaque chaudiere, pots, formes, chaux & cendres en barrils.

A LA PURGERIE.

Quarrés à braffer la terre à terrer le Sucre, quatre palettes en forme d'avirons, chaux, refervoirs à fyrops, pots, formes, poids à flots, piles, pilons, lampes ambulantes & stables, canots pour passer la terre, coüis pour terrer, battes de forme, truelle à terrer.

A L'ÉTUVE.

Le bâtiment est une maçonnerie de seize pieds de haut, & large de douze pieds dans l'intérieur. On lui donne une porte de deux pieds & demi de large sur sept de hauteur. On fait ses étages de deux en deux pieds, avec des lattes. Il faut une serre, un coffre à feu, ou, à son défaut, une chaudiere, deux lampes, des grattoirs, des balais.

A LA VINAIGRERIE, où se fait l'eau-de-vie de cannes.

Deux chaudieres pour le moins & leurs chapiteaux, pot à vinaigre destiné à cet usage, cinq canots à boisson, pour faire du taffia tous les jours, un reservoir de petite eau-de-vie, deux couleuvres au moins, deux à trois bayes, & un puits dans la Vinaigrerie.

AU MAGASIN DE LA VINAIGRERIE.

Des jarres, qui contiennent au moins cinq cens pots de taffia; des dames-jeannes, au défaut de barrils, qui contiennent cinquante pots; de grands & de petits entonnoirs, des pots, des pintes, des pipes avinées pour réservoirs, des palans, des cordages, du bray, des étoupes, des doubles palans, des clous de toute espece, boucans élevés pour des dames jeannes.

A L'HÔPITAL.

Remedes, boucans, & leurs paillasses; chaudiere à tisane; un étui de chirurgie, garni des pieces ordinaires, pour remédier aux accidens journaliers d'une habitation.

A LA FORGE.

Enclumes, grands & petits marteaux, foufflets, tenailles, établi garni de différentes limes, différens fers, forge maçonnée, canot à tremper, charbon, graiffe à huiler le foufflet tous les mois.

Le magafin général du groffier eft néceffaire; & les Habitans de Cayenne qui ne convenoient pas de fon utilité, en jugerent autrement, quand ils virent le parti que je tirai de celui que je fis conftruire dans ma Sucrerie. Il doit contenir :

La Tonnellerie, fur dix-huit pieds quarrés, avec tout ce qui y a rapport, comme mains, cercles, lianes, &c.

Remife, Charronnerie, & tout ce qui en dépend, fers de quatre cabrouets montés, & leur attirail.

Un Appentis de trente pieds de long fur autant de large, dans lequel on place du bardeau, courbes, entraves, arcabas, en un mot, tout ce qui eft néceffaire à l'entretien. On évite par-là de perdre du tems à chercher au loin ce dont on a befoin, & de retarder fouvent des travaux qui preffent.

Cet Appentis, ou Magafin, doit être à jour, bâti de baletas, de groffes fourches fort en tirans, fur lefquelles traverfe de long bois rond liané à diftances, pour placer à l'air le mil dépouillé, ainfi que des planches de pinot, pour fervir à ferrer ce qui ne doit pas être abfolument fous la main, comme planches, lattes, gaulettes, &c.

J'ai cru devoir entrer dans le détail de tous les uftenfiles néceffaires, avant que de parler des plantations & de la maniere de fabriquer le Sucre; car c'eft d'après la poffibilité de fe les procurer, qu'on doit fe décider à s'établir Sucrier.

Le Moulin eft un des établiffemens les plus utiles à

une Sucrerie. Il faut, autant qu'on peut, qu'il aille par le moyen de l'eau. Après l'eau, le vent eſt l'agent le plus propre à l'objet d'une Sucrerie ; mais l'inconſtance de cet agent, qui ne peut être aſſuré que dans un pays où on jouiroit d'un vent reglé, fait qu'il faut, outre le Moulin à vent, un autre Moulin mû par des beſtiaux, lequel ſoit d'une ſtructure auſſi légere que ceux de Saint-Chriſtophe. Ceux de Cayenne exigent une charpente qui coûte plus que les uſtenſiles du Moulin.

Après avoir conſideré les uns & les autres, j'ai imaginé un Moulin à vent, enté, pour ainſi dire, ſur un Moulin à beſtiaux, tel qu'on peut le voir ci-après. *Voyez* la Planche. J'ai dit que l'eau étoit le meilleur agent. Il faut donc, lorſque le terrein le permet, ſe placer de façon qu'elle puiſſe ſe porter d'elle-même par-tout où elle peut être néceſſaire.

Mon nouvel établiſſement de Sucrerie (*Voyez* la Planche). eſt exécuté de même chez moi. Quelques Habitans ont d'abord commencé par le critiquer, & m'ont enfin imité. Au reſte, je n'ai pas toujours été le maître de conformer entierement ma ſituation à mon plan, parce que, pour conſerver quelques bâtimens qui ſe trouvoient neufs, il m'a fallu arranger autrement une partie de ce que je propoſe de plus utile, de plus commode & de moins coûteux.

Je ne donne ici une idée de mon plan, que pour qu'il ſerve à donner aux bâtimens un arrangement & un ordre, où puiſſent ſe trouver également & l'agréable & l'utile, ce qu'on a négligé juſqu'ici à Cayenne, quoique l'on y ait en abondance de beaux arbres pour faire une conſtruction ſolide.

Ce plan peut s'exécuter, dans quelque terrein que ce ſoit ; il s'agit ſeulement de bien reconnoître les lieux, avant que de rien entreprendre. On tournera la vue de l'établiſſement du côté des eaux, afin de jouir de tout à la fois. La Sucrerie ſe placera toujours ſous le vent de toute l'habitation, de ſorte que les caſes à *Bagaſſe*,

qui

qui n'en peuvent être trop éloignées, n'y puissent pas nuire, ni en recevoir préjudice.

On ne peut trop travailler à se procurer des eaux abondantes, & à les faire circuler près des bâtimens où elles sont nécessaires, sur-tout pour la Buanderie, sur laquelle on doit veiller.

La Vinaigrerie doit particulierement avoir un puits, d'où, par le moyen des dalles, l'eau se distribue à la Sucrerie & à la Purgerie, soit qu'on l'y conduise pendant la veillée, par des reservoirs faits de canots, ou dans d'autres tems, selon l'exigence des besoins. Un seul Negre peut le faire, sans se déranger de l'occupation à laquelle il vaque, près du feu, en travaillant au Taffia.

Comme les divers bâtimens de cette Manufacture ne forment qu'un édifice commun, on ne doit souffrir qu'une seule porte. Elle doit être large, & s'ouvrir à deux battans. Toutes les croisées seront grillées, & donneront sur la cour, excepté celles qui sont nécessaires pour voir les fourniers & la case à *Bagasses*, lorsqu'on est dans la Sucrerie.

Les eaux qui se trouveront dans l'intérieur du bâtiment, pourront être conduites par elles-mêmes jusques dans les citernes. En acceptant ma méthode de les y porter, on réformera tous les pots, & autres dépenses & incommodités inséparables de l'ancienne méthode.

Ayant été obligé de faire exécuter ce plan dans une gorge & au-dessous de l'eau, il paroît différent dans la forme & à la vue, quoiqu'il n'y ait cependant ni plus ni moins de bâtimens, l'eau & la situation du terrein ne m'ayant pas permis d'autres arrangemens. Il paroît cependant dans une situation agréable, réguliere & commode.

Quelques personnes regardent comme inutile le lieu qui doit servir à assembler les Negres pour la priere. Pour moi je déclare qu'on ne pourroit s'en passer, que dans des lieux où la facilité de bâtir seroit moins grande qu'à

F

Cayenne. Indépendamment de la décence, la néceſſité où eſt chaque Negre de ſe trouver à ſa place marquée, donne au Maître la facilité de remarquer d'un coup d'œil ceux qui manquent. D'ailleurs s'il pleut, ils ſont à couvert, & de la galerie le Maître peut les compter, & leur donner ſes ordres. Enfin, ce lieu eſt toujours très-utile dans une grande habitation, dans les cas où l'on a des choſes à mettre à l'abri, & qui doivent être miſes à vue pour quelques jours.

Aprés l'édification des bâtimens, on s'occupe de les enclore, avec des portes pratiquées dans l'abattis, & on fait l'entourage.

Il faut enſuite conſtruire des chemins, partie eſſentielle dans toute habitation, & ſur-tout dans une Sucrerie. Il en faut qui conduiſent de la Sucrerie au dégras, & de l'établiſſement aux plantations; il en faut qui conduiſent à travers les plantations mêmes, pour ne point nuire aux plantes.

Le chemin le plus important, eſt celui qui mêne de la Sucrerie au dégras. On fait aboutir à celui-là, autant qu'il eſt poſſible, tous les chemins de traverſe. Il ne faut pas toujours prendre le trajet le plus court pour percer les chemins; il faut voir, ſi en l'augmentant un peu, on ne pourroit pas rencontrer un terrein meilleur, & une iſſue plus favorable pour les autres chemins qui y doivent aboutir. Il arrive ſouvent qu'en une récolte, on perd plus de beſtiaux, par la négligence à rendre les chemins aiſés, qu'on ne feroit en dix, lorſque les voitures roulent avec facilité.

On ſe ſervoit à Cayenne, pour affermir les chemins, de bois rond ou fendu indifféremment. Mais voyant que les inégalités qui reſtoient entre chaque buche occaſionnoient des ſecouſſes qui ébranloient les jantes, les clous, les bandes, ce qui exigeoit des réparations continuelles, je me ſuis ſervi d'une eſpece de palmier nommé *Bache*, ou *Latannier*, que je faiſois fendre & couper de la largeur du chemin, & incruſter dans la boue:

cette méthode eft encore d'autant meilleure, que le *Bache* croiffant dans des endroits marécageux, fe conferve dans l'eau. Le chemin que j'ai fait ainfi conftruire il y a dix ans, & qui mene de mon habitation à la mer, n'a été réparé que par le remplacement de quelques morceaux de bois coupés par les charrois. Au défaut de *Bache*, les *Pinots*, fur-tout ceux de marais, font bons. Le *Moncaya* peut être également employé à cet ufage.

Cette précaution ne fuffiroit pas pour les chemins des plantations faites dans les abattis : il faut, avant que de les ferrer, déterrer les chicots. Au moindre détour ils briferoient une roue. On peut faire cet ouvrage au clair de la lune.

Lorfqu'on deftine le terrein d'un abattis à une plantation de cannes, il faut avoir foin de le bien nettoyer; on le partage enfuite en quarrés de 100, ou 120 pieds. Entre ces quarrés, on laiffe un chemin de 18 pieds de large, tant pour le paffage des cabrouets, que pour empêcher, ou au moins retarder la communication du feu, dans le cas des incendies. On plante fur les bords de ces chemins des pois d'Angole, ou de fept ans. En difpofant ainfi le terrein, les plantations de cannes forment des allées & des promenades.

Les cannes à Sucre font des efpeces de rofeaux partagés par des nœuds, qui font plus ou moins diftants les uns des autres, felon le degré de bonté du terrein. De ces nœuds partent des feuilles, qui tombent à mefure que la canne mûrit; & lorfqu'elle fe couronne de feuilles à fon fommet, elle approche de fa maturité.

Les cannes viennent communément à la hauteur de 10 à 15 pieds. Il leur faut depuis 14 jufqu'à 18 mois pour parvenir à une maturité convenable. Mais comme il n'eft pas de regles fixes pour aucune récolte, parce que la végétation va plus vîte dans un tems que dans un autre, voici des expériences qui font connoître la maturité des cannes.

Lorſqu'elles ſont jaunes, que leur écorce eſt liſſe, qu'elles ſont peſantes, que la matiere ſpongieuſe qu'elles renferment, de blanche qu'elle étoit ſe brunit, que le ſuc qu'on en exprime eſt doux & gluant, il faut les couper & les porter au moulin.

Les terres *graſſes & fortes* produiſent de belles cannes, qui donnent un Sucre mauvais & difficile à travailler.

Les terres *peu profondes*, ſous leſquelles on rencontre le tuf à une petite profondeur, ne produiſent que des cannes maigres, noueuſes, & dont on retire peu de Sucre.

Les terres *fortes & rouges* donnent des cannes groſſes & hautes. Mais il faut les couper à propos; car ſi elles ſont un peu vertes, le Sucre eſt difficile à dégraiſſer.

Les terres *profondes, légeres, ponceuſes*, qui ont aſſez de pente pour que les eaux puiſſent s'écouler, & qui ſont continuellement expoſées au ſoleil, depuis ſon lever juſqu'à ſon coucher, ſont les meilleures de toutes.

Les terres neuves abondent tellement en huile & en ſels, qu'il faut ſouvent les dégraiſſer avant que d'en obtenir des cannes dont le Sucre puiſſe être travaillé. C'eſt ce qu'on fait, en coupant les premieres cannes au bout de ſix mois; on met de côté de quoi replanter, & on fait du taffia avec le reſte; on brûle enſuite les pailles des cannes ſur le terrein. Les cannes qui viennent des rejettons, donnent un Sucre moins huileux & plus facile à travailler. Il convient de bien aligner ſon terrein, pour la facilité de ſarcler, & d'appercevoir les files de Negres au travail. On choiſit, pour planter les cannes, un tems humide, & la ſaiſon des pluies.

On plantoit communément à Cayenne, les cannes inclinées vers la terre, ce qui ne permettoit aux pouſſes de ſortir que par chaque bout.

A la Martinique, & aux autres Iſles Françoiſes, elles ſe plantent couchées, ce qui vaut aſſurément mieux, puifque les jets fortant de toutes parts dans cette pofition, forment des touffes confidérables.

Aux Ifles Angloifes, & nommément à Saint-Chriftophe, où j'ai eu le malheur d'être conduit prifonnier en 1762, je me fuis apperçu qu'on les plantoit encore mieux, à en juger par la beauté des champs de cannes que produifent d'une année à l'autre les mêmes terreins.

En coupant les cannes, on a l'attention d'égalifer les pailles à mefure fur la terre, on fillonne large de deux bons pieds, en relevant à foi la terre d'un pied de haut en talus, & fucceffivement. Ces fillons font fi bien alignés, qu'on les croiroit l'ouvrage de la charrue.

En coupant les fillons, on eft contraint de couper les pailles, & de les démêler d'avec la terre, ainfi que les fouches, qu'on a foin de placer fur le talus de la rigole pêle-mêle avec de la terre, afin que cette partie releve le fumier, & l'apprête à être rigolé une autre année, où fucceffivement elle doit être plantée; les quarrés qui ont rapporté une année, fe repofent dans cet état l'année fuivante, pendant qu'un pareil nombre de quarrés eft mis en valeur, afin que le revenu foit toujours le même; car le but des Habitans de Saint-Chriftophe, n'eft pas de faire plus de revenu une année qu'une autre; ce qu'ils poffédent de terre eft économifé dans fa plus grande valeur. Le plus ou le moins de revenu annuel, dépend du plus ou moins de féchereffe, qui réduit fouvent à moitié les revenus de certains quartiers de l'Ifle.

Le tems de la plantation des cannes étant venu, on repaffe cette rigole, & à mefure le rang des Negres fait des trous dans la rigole de deux en deux pieds, vis-à-vis le plan de l'année précédente, quand le terrein eft bon: fi le terrein n'eft pas bien bon, on les creufe angulairement. Les Négreffes fuivent, plantent, & couvrent à mefure.

Les cannes plantées veulent être farclées jufqu'à ce qu'elles couvrent la terre autour d'elles. Deux farclages

F iij

suffifent au commencement. Lorſqu'elles ont cinq à ſix mois, on leur donne la derniere façon ; elles ſont alors trop hautes pour que la houe puiſſe jouer ; les Negres arrachent les mauvaiſes herbes & les lianes, & on ne les touche plus juſqu'à leur maturité.

Un habile habitant doit, autant qu'il peut, faire ſes plantations de maniere qu'il puiſſe couper ſes cannes vers le commencement de la ſaiſon des pluies ; car les rejettons qu'on obtient des ſouches, ont autant beſoin d'humidité, que les ſouches elles-mêmes, lorſqu'elles ont été plantées.

Lorſqu'on voit les cannes mûres, & qu'il eſt queſtion de les couper, on diſpoſe les Negres & Négreſſes le long de la piece qu'on va couper, chacun une ſerpe à la main, & à la diſtance de trois pieds les uns des autres, pour qu'ils ne ſe bleſſent pas. Le nombre des coupeurs doit être proportionné à la force de l'équipage qui travaille aux cannes. Seize ſuffiſent ordinairement pour un moulin mû par des bœufs ; il faut y joindre trois amarreurs, lorſque les cannes ſont ſerrées & bien fournies, deux ſuffiſent quand elles le ſont moins. Lorſque la hauteur des cannes le permet, le coupeur en abat l'œil, ou la tête, à trois ou quatre pouces de diſtance de la feuille la plus baſſe ; il traite ainſi chaque rejetton, après quoi il coupe la canne par le pied, le plus net qu'il eſt poſſible. Si la canne eſt trop haute, on n'en coupe la tête que lorſqu'elle eſt abattue. On les coupe enſuite en deux ou trois parties, ſelon leur longueur. Des Negres qui ſuivent la file des coupeurs, les mettent en tas, & les amarrent avec les extrêmités des têtes des cannes. Le commandeur les fait porter au bord du quarré, où les cabrouets les reçoivent pour les voiturer au moulin.

Il faut éviter d'en couper plus que le moulin n'en peut écraſer en vingt-quatre heures. On décharge les cannes dans un parc couvert auprès du moulin, d'où on les tire pour les mettre entre les cylindres. Quatre

Négreffes fuffifent ordinairement pour le fervice du moulin.

L'une, qui expofe les cannes à la preffion du moulin, eft occupée à les pouffer toujours entre les cylindres, & a foin de ne les laiffer jamais vuides, fans les embarraffer. Une autre, poftée de l'autre côté des cylindres, reçoit les cannes qui fortent d'entre le premier & le fecond cylindre, & les repliant en deux, les fait repaffer entre l'intervalle du fecond & du troifieme. Un autre enfin prend les bagaffes, c'eft-à-dire, les cannes paffées au moulin, en fait des paquets, & les porte fous de grands appentis, qu'on appelle cafes à *Bagaffes*.

L'art de faire le Sucre à Cayenne, n'étoit qu'une pratique aveugle, fans principes affurés. J'ai reçu fur cette partie des lumieres plus étendues d'un Econome que je fis venir de la Grenade en 1761 : elles me mettront en état d'en traiter avec plus de connoiffance. Je ne prétends pourtant pas la traiter à fond ; mais ce que j'en dirai, pourra fervir à établir des principes généraux. Enfuite la pratique, mieux que tous les fyftêmes, fera connoître les variations qu'apportent dans ce travail la nature du terrein, & les différentes qualités des cannes.

Les Sucres de Cayenne ont péché jufqu'aujourd'hui par le défaut d'enyvrage & de cuitte, par la malpropreté des Manufacturiers, qui laiffoient paffer des journées entieres fans nettoyer leurs chaudieres, fans y brûler de l'eau-de-vie, les gratter, & en ôter ce que les différentes cuiffons du Sucre y dépofent à la longue, & qu'on prendroit pour la matiere de la chaudiere même.

On ne fe fervoit ni de *Blanchets*, ni de *Paffoirs*. On n'employoit que deux Negres à écumer les chaudieres, lorfqu'il eft certain qu'il en faut autant que de chaudieres, occupés continuellement à ce travail.

On fe fervoit machinalement de leffive, faite d'un certain bois, que l'on verfoit dans les chaudieres, plutôt pour satisfaire à la coutume que par raison. Cette lessive étoit l'enyvrage général. On en mettoit plus ou moins, sans avoir égard à la qualité du *Vesou*, communément appellé vin de cannes, ni à la qualité de la terre sur laquelle on avoit coupé les cannes.

Le jus des cannes appellé *Vesou*, exprimé par le moulin, coule par des dallots dans un grand canot, d'où, par le même moyen, on le fait couler dans la premiere chaudiere, appellée la *Grande*. C'est dans cette chaudiere que l'on enyvre le *Vesou*, par le mêlange de la cendre & de la chaux.

La chaleur que l'on donne à cette chaudiere, l'échauffe jusqu'au frémissement de la liqueur. Les parties alcalines de la cendre & de la chaux la purifient des matieres grasses, qui montent à la surface en écume qu'un Negre a soin d'enlever, avec la précaution de ne pas troubler la liqueur. Comme l'action du feu n'est pas assez violente pour faire monter les écumes avec rapidité, le Negre qui sert cette chaudiere, est chargé de laver les blanchets & les formes, dès qu'ils ont servi.

Dans l'ancienne méthode des Sucriers de Cayenne, cet ouvrage regardoit le fournier, qui peut à peine subvenir à son occupation. De-là la malpropreté produite par l'impossibilité où étoit le fournier de remplir son travail.

C'est dans l'art d'enyvrer le *Vesou* que consiste la science du Raffineur. C'est cette opération qui doit décider de la qualité du Sucre.

Lorsque le *Vesou* est blanc, il demande plus d'enyvrage. Mais il faut observer que le trop de cendre le grille, & trop de chaux le rougit ordinairement. Lorsque le *Vesou* en demande une trop grande quantité, c'est une preuve de la mauvaise qualité des cannes.

Un Raffineur doit tâtonner aux premieres batteries de cannes coupées dans un terrein neuf. Si elles proviennent d'un terrein morne, un tiers de chaux suffit contre deux de cendre. Si elles viennent d'un terrein humide, il en faut le double. On ne peut donc donner de regles certaines fur cette matiere, puifque tout dépend de la qualité des cannes. C'eft au Manufacturier à la bien re-connoître, pour leur donner au jufte l'enyvrage qu'elles demandent.

Il faut que les quatre chaudieres foient pleines, afin que le feu qui augmente de chaudiere en chaudiere juf-qu'à la *Batterie*, ne les brûle pas ; & lorfque la *Batterie* eft tirée, & que les trois chaudieres ont le *Vefou* préparé pour leur ufage, on paffe la liqueur enyvrée de celles-là dans la grande, par le moyen d'un *Blanchet*, qui eft un gros drap blanc.

On emplit la feconde chaudiere, nommée la *Propre*, de ce jus de cannes purifié. Il y fouffre une ébulli-tion encore plus forte que dans la *Grande*. On met fur l'écumoir deux ou trois pincées de chaux & de cendre ; on les fait fondre ainfi à la furface de la liqueur, pour l'obliger à rendre le refte de la matiere graffe qu'elle peut contenir. Elle veut être alors écumée continuelle-ment. L'évaporation qui s'en fait par l'ébullition, lui donne peu à peu une confiftance moins liquide, & la matiere du Sucre fe rapproche.

Lorfque le *Vefou* nouveau a fuffifamment bouilli & pouffé des écumes dans la *Grande*, on vuide la *Propre* dans la troifieme chaudiere, appellée le *Flambeau*.

Le dégré de feu du *Flambeau* eft plus grand que celui des deux premieres. Il faut écumer, avec toute la dili-gence poffible. Si la liqueur forme des yeux huileux à la furface, c'eft une marque qu'elle demande encore de l'enyvrage. On y jette, petit à petit, des cuillerées d'eau de chaux, avec le foin de bien mêler la liqueur, pour qu'elle recoive dans toute fon étendue l'addition qu'on y jette.

Lorfque la liqueur, autant purifiée qu'il eft poffible, acquiert la confiftance de fyrop, on la tranfvuide dans la *Batterie*, quatrieme & derniere chaudiere.

Le feu que l'on donne à cette chaudiere eft le plus

violent; on éleve, avec l'écumoir, le fyrop qui y bout, afin de lui donner de l'air ; il s'y gonfle, & rejailliroit hors de la *Batterie* par la violence du feu, fi de tems en tems on n'y jettoit une pincée ou deux de fuif, & quelquefois un peu d'eau froide. Il faut avoir attention de n'expofer fon Sucre au feu de la *Batterie*, que lorfqu'on eft fûr de l'avoir bien dégraiffé.

On s'apperçoit que le Sucre eft cuit, à la forme du bouillon qu'il prend. Mais comme cette connoiffance n'eft que pour ceux qui ont un grand ufage de cette opération, on peut paffer le doigt légerement fur la cuillere, pour attirer le Sucre de bas en haut. Lorfqu'il file peu, qu'il fe caffe, & qu'il fe recoquille, il faut tirer la *Batterie*.

On doit obferver que la premiere *Batterie* fe tire cuite à fon point, la feconde beaucoup plus, afin de donner au Sucre une confiftance qu'il n'a pas fans cela, & qui lui eft néceffaire à Cayenne, à caufe de la grande humidité.

On braffe la premiere *Batterie* dans le *Refroidiffoir*, dès qu'elle y eft tombée, afin d'unir le grain du Sucre. On juge qu'elle eft cuite, par une crême grisâtre qui paroît au-deffus. Elle s'y forme promptement, lorfque le Sucre eft bien cuit. Lorfqu'on joint la feconde *Batterie* à la premiere, on braffe une feconde fois, avec une efpece de rame, & on répete cette opération une troifieme fois fur la maffe, afin d'unir le grain qui s'eft attaché aux bords avec le refte, & d'aider, par le mouvement, la formation des autres grains.

Une demi-heure après, tout au plus, on met le Sucre dans les formes ; le Negre qui porte le *Bec-de-corbin* le partage également dans quatre ou cinq formes, & les remplit ainfi dans plufieurs voyages, donnant à-peu-près égale portion de fon bec-de-corbin à chaque forme. Elles doivent avoir été trempées auparavant dans l'eau. L'humidité qu'elles retiennent, facilite le lochement du Sucre. Vingt-quatre heures après, il faut en boucher le trou inférieur.

Le Sucre bien préparé par l'enyvrage & bien cuit, se congele d'abord, il a un œil verdâtre comme une glace. S'il n'a pas cette qualité, il est censé manquer de cuitte, ou d'enyvrage. Lorsqu'on voit la matiere prête à prendre consistance, on la brasse à droite & à gauche avec une palette. On ratisse le long de la forme jusqu'en bas, en tournant le Sucre vers le centre de la forme. Ce mouvement sert à former le grain, & à le faire monter en haut. Lorsque le Sucre est bien fabriqué, on peut lever la forme le soir même, pour être mise sur le pot, après l'avoir toutefois percé avec une cheville mouillée, pour laisser écouler le syrop.

Ceux qui ont vu & jugé de la commodité de mes dalles, se garderont bien de leur préférer les pots. Je m'en passe aussi absolument que si je ne faisois que du Sucre brut.

On perce une seconde fois les formes, avant que de les passer à la purgerie, ou bien on a soin de les placer le plus d'à-plomb qu'il est possible, afin d'être travaillées aussi tôt qu'on en aura fait écouler les Sucres, &c. On fouille la forme, afin d'égaliser le Sucre & de le disposer à être *terré*.

La préparation de la terre qu'on employe à cette opération, se fait dans un canot où on la met tremper. Les qualités de cette terre doivent être, de ne pas teindre l'eau dans laquelle on la met, de la laisser filtrer également, de ne pas s'imbiber de la graisse du Sucre lorsqu'elle est sur la forme.

Quand on aura bien égalisé le Sucre dans la forme, l'eau ne le creusera pas inégalement. S'il paroît quelqu'enfoncement à la surface, on le bouche par une addition de terre. Aussi tôt que cette terre se détache des bords de la forme & de la surface du Sucre, on la leve pour égaliser le Sucre une seconde fois & le rebattre, en examinant s'il a trop ou trop peu coulé. Cette remarque doit servir de regle pour la seconde terre qu'on y doit ajouter.

Il faut avoir foin de fermer les fenêtres de la purgerie, afin que le vent ne deffeche pas trop l'humidité de la terre qui recouvre les formes.

Si le Sucre eft bien fait, deux terres fuffifent pour le blanchir dans toute l'étendue de la forme. La feconde terre ôtée, on ouvre les fenêtres de la purgerie, afin que l'air qui y entre feche le Sucre, qui peut enfuite être mis à l'oifir dans l'étuve.

On doit avoir un oreiller épais, rempli de feuilles de bananes, de la largeur de la porte, fous laquelle on loche les formes, en les jettant adroitement, l'ouverture en bas fur le paillaffon : un feul coup fuffit pour en détacher le Sucre net. On range ces pains de Sucre fur les planches de l'étuve, faites en pinots, à la diftance d'un pouce l'un de l'autre, excepté l'étage qui eft immédiatement fur le fer d'étuve. La trappe ne s'ouvre que dans cette opération, & fe referme bien, ainfi que la porte, afin de mettre le feu au fourneau deux ou trois fois par jour foigneufement, fans cependant le pouffer trop.

Il ne faut jamais laiffer l'étuve fans feu, tant qu'il y a des pains de Sucre dedans; car alors ils y feroient expofés à l'humidité. Il faut être preffé de livrer fon Sucre, pour ne pas lui donner au moins quinze jours d'étuve, & le faire apprêter au milieu de la journée, puifque chaque veillée peut fournir une ou deux barriques, qu'il faut faire fermer le lendemain, pour conferver au Sucre fa qualité. Il n'y a qu'à Cayenne où il faille prendre tant de précaution contre l'humidité; car dans toutes les autres Colonies Angloifes & Françoifes, il eft en magafin fur le bord de la mer, quelque tems qu'il faffe.

OBSERVATIONS SUR LE MOULIN.

Le Moulin n'eft pas moins digne d'attention que les autres lieux occupés à la fabrique du Sucre. Un bon

Garde-Moulin eſt précieux. Par ſon attention, tout vâ heureuſement. Les beſtiaux ſont ménagés ; il a ſoin de les changer exactement aux heures marquées ; pour qu'ils ne s'échappent pas, il les lie à des endroits marqués. Il eſt bon de ſonner les heures & demi-heures, afin de regler l'ordre de chaque opération avec juſteſſe. J'ai fait placer, pour cette raiſon, un horloge à reveil ſur le chaſſis appellé Garde-Moulin. Cette précaution eſt inutile dans les Moulins à eau ou à vent. Mais dans un Moulin mû par des beſtiaux, elle eſt eſſentielle, & ſur-tout à Cayenne, où il importe extrêmement de conſerver les beſtiaux qui y ſont chers. Les Negres n'écoutent pas volontiers ces leçons d'économie.

Le Garde-Moulin doit d'ailleurs veiller à ne pas laiſſer crier le Moulin, ni engager les cylindres par la quantité de, qui *Bagaſſes*, s'y accumulant, arrêtent l'équipage, & briſent ſouvent quelque choſe d'eſſentiel. Il doit aller & venir continuellement, pour prendre garde que les dalles, dans leſquelles coule le *Veſou*, ne s'engorgent, & que la table du Moulin ne ſe rempliſſe de *Bagaſſes* briſées, ce qui fait répandre le *Veſou*. Ces inconvéniens ſont plus fréquens la nuit que le jour.

La prudence demande qu'on tienne tout monté le double des pieces néceſſaires à un Moulin, ſur-tout de grands & de petits rouleaux, afin de les avoir tout prêts, dans le cas que quelqu'un vienne à manquer.

On lave le Moulin l'été à quatre & à huit heures. La propreté du Sucre dépend de cette précaution.

VINAIGRERIE.

La Vinaigrerie eſt un bâtiment où l'on fait, avec de l'eau & du ſyrop, un vin qui fermente, & duquel on retire, par la diſtillation, une eau-de-vie nommée *Taffia*.

La force & la bonté de cette liqueur dépend de la proportion d'eau & de ſyrop qu'on employe, de l'inſtant où l'on prend la liqueur fermentée pour la jetter dans la chaudiere. Les vases dans lesquels on met les mêlanges d'eau & de syrop, sont ordinairement des canots nommés canots à boisson. On les emplit d'eau jusqu'aux deux tiers, quelquefois jusqu'aux trois quarts, on acheve de les emplir avec du gros syrop & des écumes de sucre. On les couvre, afin que l'air n'empêche pas la fermentation.

Au bout de trois ou quatre jours, la liqueur est tranquille. Il faut être exact à visiter les canots pleins, afin que quand la liqueur rend une odeur vineuse, & qu'elle ne bout plus, on la mette dans une chaudiere. Quand elle en est remplie, on l'écume, on la couvre de son chapiteau, & on distille.

L'esprit monte par une couleuvre, qui passe par un tonneau rempli d'eau, qu'il faut renouveller de tems en tems. On distille tant qu'on voit de la *preuve* à la liqueur; lorsqu'elle n'en donne plus, on l'appelle petit taffia. On le rejette sur une seconde quantité de liqueur fermentée, il sert à fortifier le taffia qu'on en tire. Car on peut, au lieu d'eau, employer ce qui reste de la distillation précédente, pour remplir les canots, pourvu cependant qu'elle soit fraîche.

Il faut avoir soin de tenir bien nettes les couleuvres, de bien rafraîchir l'eau des bayes par où elles passent, de bien nettoyer les chaudieres & les chapiteaux.

Dans certaines Sucreries, on reçoit l'eau-de-vie dans des *Bâtiaux*. Ils sont fermés & jaugés, de sorte que la preuve du taffia n'est jamais altérée, ni la quantité diminuée.

Il faut empêcher que les Negres, qui sont naturellement voleurs & yvrognes, ne s'accoutument à cette boisson, qui est toujours nuisible, comme toutes les liqueurs fortes dans un pays chaud, & qui leur fait toujours commettre quelque désordre.

Il est important de bien nettoyer les canots à boisson toutes les fois qu'on *repose*, & de les rincer à chaque travail.

Je me flatte, quant à la partie de l'économie dans les bâtimens, d'être arrivé à l'arrangement le plus commode pour ce travail. Cette commodité vient de la difposition de mes dalles, qui, fe réuniffant toutes de la Sucrerie à une dalle commune, portent tous les fyrops dans une citerne qui fert de refervoir, &c. Les fyrops de la Purgerie s'y rendent auffi par chaque tête des dalles, percée à l'extrêmité, & toutes élevées d'un demi-pied au-deffus de la citerne.

Le plan de la Vinaigrerie fera fentir à tous ceux qui voudront employer ma méthode, pour l'écoulement des liquides, tout l'avantage dont je jouis pour la facilité du travail, & le peu de monde qu'exige ma nouvelle Sucrerie, & tout ce qui y a rapport en général.

DES INCENDIES A L'EGARD DES SUCRERIES.

Malgré les précautions les plus fages, il eft fouvent difficile de garantir les plus beaux champs de cannes d'être ravagés par le feu. Il ne faut pour cela qu'un efclave marron mal infpiré, ou l'imprudence de quelqu'autre, qui, paffant près d'un abattis de cannes, en va couper, fans confiderer qu'il a une pipe à la bouche, & qu'il peut tomber du feu, foit en fe baiffant, foit même en fecouant fa pipe pour la remplir de tabac.

Les habitations coupées de favannes & de bois qu'on abat pour y planter des cannes, font plus fujettes que d'autres à ces inconvéniens, vu qu'elles font ordinairement plus fréquentées par les Negres vachers, qui font inconfidérement du feu; cela occafionne chaque année, dans les quartiers de Timoutou & de Malhouri, des embrâfemens de trois ou quatre lieues de prairies, où fouvent on ne peut apporter de remedes, qu'après avoir effuyé déja des dommages irréparables.

Il n'eft point d'endroit où l'on foit plus en garde contre le feu qu'à la Martinique, & où l'on puniffe plus féverement la moindre négligence fur ce fujet. Les

exemples funeftes de divers embrâfemens de la Ville
prefqu'entiere, ont appris qu'il eft quelquefois néceffaire de févir contre un délinquant. Un feul exemple
de vigueur en ce genre à Cayenne, remettroit la tranquillité chez les Sucriers, qui ne dorment qu'en tremblant depuis Mai jufqu'en Octobre, tems des grandes
chaleurs & celui des récoltes ; les caufes de ces accidens
n'y étant jamais recherchées, ils s'y multiplient tous les
jours. Il eft bien fingulier qu'on tolere de tels abus,
fans punir l'efclave qui aura mis le feu, ou le maître
qui le lui aura ordonné, dans la vue d'engraiffer les
beftiaux par de nouvelles herbes. Si cela eft néceffaire,
pourquoi le Maître lui-même ne fe tranfporte-t-il pas,
avec quelques Negres, dans la favanne qu'il veut renouveller, pour marquer l'endroit qu'il veut faire brûler, obfervant de fe mettre à l'extrêmité de la favanne
qui eft fous le vent, & ne laiffant gagner le feu que du
côté où il peut s'éteindre, fans porter préjudice à perfonne ? Avec cette précaution, on peut fans danger
faire mettre le feu aux favannes, afin qu'elles produifent des herbes propres à engraiffer les beftiaux.

Pour remédier à ces malheurs, auxquels on eft expofé par le peu d'attention qu'on y apporte, je crois,
1°. qu'il devroit être défendu à tout habitant de mettre
jamais le feu à fes abattis, favannes, &c. fans en avoir
averti préalablement fes voifins ; 2°. que ce même habitant devroit, au défaut de cela, répondre corporellement des torts qui réfulteroient de fa négligence, fi fes
biens n'étoient pas fuffifans pour les réparer.

3°. Que tout Negre trouvé depuis le mois de Mai
jufqu'au mois d'Octobre avec un tifon, une pipe, même
fans être allumée, ou garde-feu pendu à fa ceinture,
devroit fubir une punition corporelle, & qu'à cet effet
il feroit permis à tous Blancs, ou Negres de Maréchauffées, de les arrêter fur les chemins publics ou de traverfe, & aux Commandeurs Blancs ou Negres des habitations,

bitations, de les mettre aux fers, s'ils en rencontroient en contravention pendant le tems fufdit.

Si, malgré ces précautions, le feu prenoit à un champ de cannes, il eſt plus difficile de l'arrêter lorſqu'il ſe trouve au vent que ſous le vent; parce que dans ce dernier cas, la fumée n'incommode pas les travailleurs, qui peuvent ouvrir des chemins de dix-huit à vingt pieds de large, en coupant promptement les cannes, & les jettant le plus loin qu'ils peuvent ſur celles qui brûlent, tandis que les Négreſſes de leur côté débarraſſent les pailles, & les jettent également du côté que le feu ravage.

On occupe cependant quelques vieux Negres à fouiller des trous de diſtance en diſtance, afin que les Négreſſes puiſſent emplir d'eau des pots & des couis. Cette manœuvre eſt néceſſaire lorſque les cannes ſont dans un fond; on détache quelques Negres pour couper des branches de *Bache*, ou d'autres arbres dont le feuillage ſoit verd & bien fourni, afin d'étouffer le feu qui pourroit ſe communiquer au chemin, ou trouver d'autres iſſues.

Mais ce n'eſt pas avoir tout fait que d'avoir empêché le feu de gagner au-delà du chemin, il vit quelquefois encore ſous la cendre & dans chaque tronçon, racine, ou corps d'arbre qui ſont reſtés debout au tems où l'on a fait l'abattis. Les *Pinots*, les *Maripas* & autres Palmiſtes, ſont ſur-tout à craindre en pareil cas, & on doit s'en défier, parce qu'ils reſtent allumés intérieurement, & s'enflamment très-ſouvent deux jours après. Alors les vents emportant les étincelles ſur les endroits que l'on a pris ſoin de garentir, occaſionnent de nouveau les mêmes accidens. Il faut donc, auſſi-tôt que l'Incendie eſt arrêté, jetter de l'eau ſur tout ce qui eſt encore allumé par terre, ou qui fume debout. La prudence même exige, outre ces précautions, qu'on laiſſe ſur les lieux un ou deux vieux Negres pour éteindre ce qui pourroit ſe rallumer.

G

J'ai dit, à l'article des cannes brûlées, qu'on en tiroit du Sucre brut pendant deux jours, quand on avoit eu la commodité de les jetter dans l'eau ; mais qu'elles ne pouvoient rendre que du syrop pendant huit à neuf jours, encore falloit-il les couvrir, pour que le soleil ne desséchât pas ce que le feu leur avoit laissé.

Quoi qu'il en soit, j'ai éprouvé que ce travail forcé ne paye jamais les peines qu'on se donne. Aussi ai-je regardé comme une faute de combinaisons de recourir à ses voisins de trois ou quatre lieues.

Un Sucrier n'a pas malheureusement de quoi réparer par cette ressource, le quart de son infortune, quand même il viendroit à bout de rassembler cent Negres & cent chevaux en vingt-quatre heures ; il semble d'abord, à ceux qui ne connoissent pas cette partie, que plus il y a de bras & de forces, plus il y a de travail ; que les chevaux allant le galop, le moulin presse plus de cannes, & qu'il y a par conséquent une plus grande quantité de vesou. Mais si un Sucrier est quelqu-fois obligé de faire arrêter le moulin lorsqu'il tourne sans être pressé par le trop de vin de cannes, il doit être bien plus forcé de le faire lorsque son moulin fournit le triple de liqueur. On lui aura donc procuré effectivement quelque secours ; mais on lui auroit rendu un service beaucoup plus essentiel si on lui eût prêté des chaudieres, des fourneaux & du bois.

Il y a très-peu de Sucriers qui ayent deux jeux de chaudieres, ce qui est une grande imprudence, non-seulement en cas d'Incendie, mais encore parce qu'au milieu d'une récolte une batterie peut manquer. Mais quand on supposeroit deux jeux de chaudieres, qui peut se flatter d'avoir une provision de bois pour un tems aussi urgent, tandis que pour tourner à l'aise on n'en coupe que quelques jours avant la récolte, & qu'on en manque souvent avant que de finir de broyer ?

Je me suis moi-même trouvé dans ce cas, faute de savoir encore qu'un bon économe doit employer les

jours de pluie tous ses Negres au bois sucre, & doit le
leur faire mettre en pile sous le vent de la Sucrerie les
jours où l'on ne peut ni sarcler ni recueillir, afin d'a-
voir non-seulement le bois nécessaire pour sa récolte,
mais encore ce qu'il faudroit pour un jour de malheur.

La chose la plus nécessaire en cas d'Incendie, n'est
donc pas, comme on pourroit se l'imaginer, de s'attendre sur le secours de ses voisins. On doit, en pré-
voyant ce malheur, se procurer les moyens de le réparer.

Dans les Colonies bien établies, la proximité des habitations le rend beaucoup plus réparable. Les voisins
n'envoyent pas pour lors leurs chevaux ni leurs esclaves
pour accélerer le transport des cannes brûlées, mais ils
les font apporter chez eux, ce qui facilite bien davantage le travail & diminue la perte de beaucoup. Comme
il n'est rien de plus naturel que de recourir à l'assistance
de ses voisins en pareil cas, il n'y a rien aussi de plus
honnête de leur côté que de se porter d'eux-mêmes à
faire éteindre l'Incendie d'une habitation dès qu'ils s'en
apperçoivent; mais il faut convenir qu'il est imprudent
d'exiger ce secours quand un abattis de cannes est en feu,
à moins qu'au préalable on n'ait chez soi plusieurs jeux
de chaudieres & une bonne provision de bois.

DU CHARBON.

Quand on examine tout ce qui a rapport à une Sucrerie, on n'est pas surpris qu'un établissement en ce
genre se soutienne difficilement à Cayenne, où l'on
est dans l'usage de ne rien tirer, pour ainsi dire, de son
propre fonds, mais de recourir au contraire presque
toujours, faute d'industrie, au dehors pour se procurer
les besoins journaliers. Le Charbon, par exemple,
coûte au Sucrier 8 à 10 liv. le barril en argent, tandis
qu'il pourroit se dispenser de cet achat, & même en
céder aux autres, s'il vouloit mettre à profit ses propres

reſſources , & employer les moyens qu'il a de n'en jamais manquer.

On ne doit ſonger à faire du Charbon que dans le
fort du beau tems , c'eſt-à-dire, en Août ou en Septembre. Le lieu deſtiné à le faire doit être garni de bois de
gaulettes , de bois rouge , &c. en un mot , des jeunes
bois les plus durs , dont la groſſeur n'excede pas celle du
poignet. Pour cet ouvrage , il ne faut qu'un coup de
main de tout l'attelier. Les Negres abattent les bois , &
coupent en deux ceux qui ſe trouvent trop longs. On
les fait enſuite charroyer par une Négreſſe au lieu deſtiné. Là , les Negres les tronçonnent , & les reduiſent à
un pied & demi de longueur.

Pendant que les monceaux de ces bois s'accumulent,
deux Negres commencent à former l'enceinte du bûcher , en fichant en terre trois gaules droites & groſſes
comme le bras , angulairement & à la diſtance d'un
pied & demi l'une de l'autre.

Les gaules doivent avoir 12 à 13 pieds de longueur,
& leurs têtes doivent être appuyées ſur un cercle de lianes de 5 à 6 pouces de circonférence , ajuſté au haut du
bûcher , pour laiſſer un paſſage libre au feu. On adapte
pareillement un ſecond cercle de lianes à cinq pieds
d'élévation de terre , pour contenir davantage les gaules
& les affermir.

On diſpoſe enſuite des pailles , des copeaux & autres
matieres combuſtibles pour allumer le bûcher quand on
le ſouhaitera. Mais on garnit auparavant les intervalles
des gaules , de quelques bois dont la tête doit également
porter ſon appui ſur le cercle ſupérieur , & de quelques autres gaules plus courtes , en obſervant de laiſſer
de petits eſpaces pour la communication de l'air & du
feu. Il faut auſſi garnir la terre d'un bon lit de paille ,
ou de matieres ſeches , afin d'éloigner l'humidité du
pied du bûcher , à meſure qu'on le garnit.

Le ſuccès de ce travail dépend preſque toujours de la
bonne façon d'opérer. Il faut que les tronçons de bois

deſtinés à être convertis en charbon, ſoient rangés avec
égalité autour du centre, s'élevent avec ordre, & ſoient
bien garnis, de façon qu'il n'y reſte que peu d'intervalles vuides, quoiqu'appuyés & un peu penchés ſur les
gaules. La gradation de ce travail ſe continuera avec le
même ſoin ſucceſſivement, & toujours en diminuant,
avec la figure du bûcher qui eſt toujours conique.

Cette opération faite, on laiſſe ſécher le bûcher pendant huit jours, puis on l'enduit de bas en haut de l'é-
paiſſeur d'environ un pouce & demi ou deux pouces,
avec de la vaſe ou de la terre délayée, à laquelle on laiſſe
une bonne conſiſtance. On ſe ſert, pour cet ouvrage,
d'échelles faites avec des gaules & des lianes, par-là
on vient à bout d'enduire les lieux les plus élevés du
bûcher.

On choiſit un jour extrêmement chaud pour irriter le
feu, qu'on met par l'endroit indiqué vers les dix à onze
heures. On laiſſe l'extrêmité du bûcher ouverte juſqu'au
moment où l'on en voit ſortir la fumée, qui indique
que le feu agit ſur la matiere. On la referme alors pour
la r'ouvrir cependant ſi le cas l'exige.

Il faut avoir des bailles conſtruites avec des palmes de
Baches de toutes longueurs, on les emplit d'eau s'il y
en a auprès, ou bien on fait des reſervoirs à côté du
bûcher, pour arroſer les endroits de la terre qui ſechent
trop ardemment. On ſe ſert auſſi de couis pour envoyer
l'eau dans des endroits où elle ne peut ſe porter commodément.

Si le bûcher eſt exactement boiſé, comme je le pref-
cris, le feu brûlant également fait de bon charbon, qui
ſe trouve réduit vers les quatre à cinq heures du ſoir,
lorſque le bûcher n'a été employé qu'à la proviſion ordinaire. Car s'il en contenoit davantage, il y faudroit
mettre le feu plutôt.

Comme la pluie & l'humidité nuiſent au charbon, on
doit le dépoſer dès qu'il eſt éteint ſous un *Ajoupa*, ou
appentis de grandeur ſuffiſante, & n'y pas manquer,

G iij

quand même on feroit fûr de le faire transporter au magafin dans peu de jours,

Un bûcher de quatorze pieds de haut & de douze de diametre, doit rendre vingt-cinq barrils de charbon, fans y comprendre ce qu'on appelle le rebut.

CHAPITRE VIII.

DES Negres.

C'EST ordinairement avec les Negres qu'on cultive les terres en Amérique, & leur nombre fait la richeffe de l'habitant.

Ceux dont on fe fert communément dans nos Colonies viennent de la côte d'Afrique. Je parlerai en fon lieu de l'achat des Negres; mais je dois donner auparavant une idée de leur caractere, qu'il eft important à un habitant de connoître.

Le peu d'éducation qu'ils reçoivent dans leur pays natal, les feroit foupçonner plus près de la nature que les Européans, & par conféquent peu fufceptibles de grands vices comme de grandes vertus. Mais la même caufe qui leur donne une couleur différente de la nôtre, paroît auffi leur rendre l'ame mauvaife.

Ils font rufés, hypocrites, méchans, railleurs, menteurs, fuperftitieux, pareffeux, adroits à connoître le foible de leurs Maîtres & à en profiter, vindicatifs & orgueilleux dans leur état abject. Voilà les vices ordinaires des Negres; je ne parlerai pas de leurs vertus. On ne leur en connoît gueres en Afrique, où ils jouiffent d'un état libre, & l'efclavage où ils font réduits dans nos Colonies n'eft pas capable d'en faire naître en eux.

Tels qu'ils font, ils font néceffaires. On apprivoife les animaux les plus féroces; il eft moins difficile à un homme éclairé de tirer un parti avantageux des Negres, tout méchans qu'ils font.

Le premier but d'un habitant doit être de s'établir un

caractere de fupériorité, de juftice, de fermeté fur tous fes efclaves. Il doit enfuite étudier chacun d'eux en particulier, connoître leurs inclinations bonnes ou mauvaifes, faire même tourner leurs vices à fon avantage, ou enfin les mettre dans l'impoffibilité de nuire.

L'orgueil & la fuperftition font entre les mains d'un Maître habile des armes contr'eux. La façon de s'en fervir dépend du degré de force dont ils en font affectés, & de l'habileté du Maître.

La fermeté d'un Maître ne doit pas fe fignaler par la feule crainte; il doit fe faire refpecter, & ne jamais déroger à fon être, en fe familiarifant avec eux; il doit punir féverement leur défobéiffance, & les accoutumer à refpecter les Blancs, & le Negre auquel il a confié le commandement pour les travaux; il faut qu'il leur cache fes foibleffes autant qu'il eft poffible, & qu'il ne leur montre que des vertus. C'eft-là le moyen de faire naître le refpect en eux.

Le caractere de juftice n'eft pas moins néceffaire. Quelque peu familiers que les Negres foient avec les vertus, ils en ont les notions les plus exactes. Rien ne leur échappe dans l'étude qu'ils font de leurs Maîtres fur cet article; & comme ils fe décident d'après l'expérience, ou pour la haine, ou pour l'amour, il eft important à un habitant de ne point errer dans fes principes.

Il ne doit jamais exiger de fes efclaves rien qui foit au-deffus de leurs forces : il doit leur fournir exactement leur nourriture, s'il s'en charge, ou leur laiffer la libre jouiffance du Samedi pour cultiver leur petit jardin.

Il ne leur infligera de punition que quand ils l'auront méritée; elle doit fervir d'exemple aux autres, & être toujours proportionnée aux fautes; il eft néceffaire de prouver le délit devant les autres efclaves, pour qu'ils voyent que ce n'eft ni le caprice, ni la paffion qui le détermine.

On ne doit les récompenfer que rarement du bien qu'ils font, afin de les accoutumer à penfer qu'ils le

doivent toujours faire; ou si l'on veut marquer à un esclave quelque satisfaction, on doit lui en laisser attendre
quelque tems les témoignages, & paroître lui faire plutôt une grace que lui rendre justice.

Au contraire quand ils font le mal, il faut les punir
sur le champ. La pratique de cette maxime est impor-
tante. Le Negre coupable profite souvent de l'intervalle
qu'on lui laisse pour devenir *Marron*. On prévient cet
effet de sa crainte, par la punition qui délivre sa conf-
cience de la crainte du châtiment.

La trop grande douceur a un inconvénient aussi funeste que l'extrême rigueur; l'une inspire l'arrogance,
& l'autre cause le désespoir.

L'habitant le plus sage, sera celui qui se fera respec-
ter de ses Negres, & qui ne paroîtra pas craindre de les
punir lorsqu'ils manquent à leur devoir. On doit être
ferme, sans être dur. Il est utile de conserver son sang-
froid, & de remarquer l'effet que le châtiment produit
sur les spectateurs. Si le murmure éclate, il faut paroître
n'y pas faire attention, & redoubler de fermeté. Lorsqu'on ne peut réussir à leur en imposer par une bonne
contenance, il faut alors recourir à des voies de rigueur,
& ne pas être arrêté par aucune vue d'intérêt. Ces situa-
tions sont rares; un Maître prudent les prévient. Mais
s'il y est réduit, il doit choisir le plus mutin & le plus
coupable, & le frapper. La sédition s'éteint avec son
chef.

Un des principaux objets que doit se proposer un
habitant, est d'attacher les Negres à son habitation, &
de prévenir leur fuite, ou *Maronage*, mal très-commun, & que l'on doit attribuer souvent autant aux vices
du Maître qu'à ceux de l'esclave.

La plûpart des esclaves achetés à la côte d'Afrique,
font esclaves nés; les autres, sujets d'un Prince despo-
tique, qui les vend aux Européans en échange des
marchandises de nos Manufactures, ont toujours été
dans un état au-dessous de l'esclavage même. La bonne
conduite d'un Maître pourra leur laisser faire, en faveur

de fon habitation, la comparaison de leur état passé &
de leur état actuel.

Voyons ce qu'il doit faire pour rendre leur état aussi
supportable qu'il peut l'être.

Il les logera le plus commodément qu'il pourra ; il
placera leurs cases dans la situation la plus agréable
après la sienne, la crainte des Incendies demandant
qu'on les tienne séparées de vingt pieds. Il leur distri-
buera derrière un terrein pour se faire un petit jardin,
qu'ils sépareront chacun avec des palissades, dans lequel ils cultiveront des légumes, des racines, des fruits ;
leur Maître leur fournira de quoi planter. Ces commodités les attacheront à leur petit domicile. Cette pos-
session, quelque petite qu'elle soit, nourrira & flattera
leur amour propre.

Le Maître les visitera de tems en tems, accompagné
de son Econome ou de son Commandeur. Si quelqu'un
d'eux manque du nécessaire, il le lui fera donner : il
témoignera son contentement à ceux qui tiendront leur
case mieux rangée, dont le jardin sera mieux cultivé ;
il fera naître par-là l'émulation entre ses esclaves, dans
cette partie trop négligée dans nos Colonies, & dont
les personnes sensées connoîtront l'importance.

Il donnera à ses Negres nouveaux une couple de volaille, sur-tout lorsqu'ils auront recueilli du mil dans
leur jardin ; ils les élevent, & dans des jours de fête,
où ils se regalent entr'eux, cette ressource leur fait plaisir. Je n'ai gueres vu de Negre aller marron, lorsqu'il a
un jardin cultivé près de sa case, un cochon, des volailles, & les autres douceurs qu'un Maître humain leur
peut procurer sans se faire tort. Il leur en coûte trop
pour se décider à perdre ces avantages.

Outre le jardin de leur case, lorsqu'on ne les nourrit
pas, on leur donne un terrein qu'on appelle abattis des
Negres, où ils plantent chacun des vivres de toute espece. Le Maître doit visiter ces abattis, & voir s'il n'y a
pas quelqu'un de ses Negres, qui, par paresse, comme

il arrive souvent, laisse son abattis inculte. Il arrive même que quelques - uns d'entr'eux négligeant leur jardin, vivent du vol qu'ils font sur leurs compagnons, ou attendent leur nourriture de leur compassion. Lorsqu'un Maître ne peut parvenir à intéresser à sa subsistance un Negre de cette sorte, le meilleur parti est de se charger de sa nourriture, en lui refusant le Samedi.

Il faut, autant qu'on le peut, marier ses Negres. Il faut, à la vérité, pour cela un nombre égal de mâles & de femelles, qui ne sont pas aussi utiles que les hommes; mais on gagne plus à les marier qu'à les laisser dans le célibat.

Les Negres sont de complexion amoureuse, & leurs mariages sont ordinairement assez unis; ce qui vient probablement de l'attention à ne pas les priver du seul plaisir sur lequel les Maîtres ne peuvent exercer leur autorité.

Un habitant doit s'interdire toute communication avec les femmes de ses Negres. Outre l'indécence d'une telle conduite, par laquelle on déroge au caractere de Maître, en se rapprochant d'une esclave, c'est l'acte le plus tyrannique qu'il puisse exercer. On devient la fable de ses esclaves, qui ne manquent jamais de saisir le ridicule de pareilles actions. Ils chansonnent entr'eux leur Maître, avec toute la malignité dont ils sont capables.

Au lieu de troubler la jouissance des plaisirs que le mariage offre à ces malheureux, un Maître doit veiller, autant qu'il peut, à maintenir l'union dans le ménage de ses Negres. Ce n'est pas dans ces occasions où il doit faire montre de son autorité. Il les éloigneroit plutôt que de les rapprocher. Il faut prendre les voies de la douceur, lorsqu'il voit que la brouillerie ne porte pas sur des objets essentiels; s'il s'agit de fautes graves & avérées de la part des femmes, il doit les faire punir exemplairement.

Le soin qu'il prend des enfans, est encore un moyen de s'attacher les peres & meres. Toute dépravée qu'est

leur nature, elle eft encore capable d'amour & de ten-
dreffe pour leurs enfans. Ceux qui naiffent des Négreffes
non mariées, ont un égal droit aux bontés du Maître,
l'humanité & l'intérêt l'exigent.

Je dois parler d'un abus malheureufement trop commun dans nos Colonies, & qui eft auffi contraire à la
population qu'outrageant à l'humanité. C'eft le facrifice
que les Négreffes non mariées font de leurs enfans. Une
politique mal entendue de la part des Maîtreffes, l'af-
fectation criminelle d'une dévotion fans principes, &
le point d'honneur mal placé, mettent fouvent ces
malheureufes dans la néceffité d'outrager la nature, pour
éviter les châtimens rigoureux qu'on leur inflige dans
les cas de galanterie. Une Maîtreffe doit fans doute veiller à la bonne conduite de fes Négreffes; mais lorfque
celles-ci trompent fa vigilance, c'eft un malheur fur
lequel elle doit prendre fon parti. Les châtimens de la
premiere n'étoufferont pas dans les autres le penchant
de la nature, mais les rendront plus ingénieufes à en
cacher les fuites. Et de-là mille défordres plus crimi-
nels que la faute même qu'elles veulent fouftraire aux
yeux de la Maîtreffe.

L'attention à faire foigner les Negres dans leurs maladies, que leurs travaux & leur mifere rendent plus
fréquentes chez eux que parmi les Blancs, eft encore
un moyen de fe les attacher. Ils n'attendent d'autres fecours alors que de l'humanité de leurs Maîtres. Je parlerai dans fon lieu de leurs maladies & de la façon de
les traiter.

Il eft prudent à un Maître d'attacher fes Negres les
Dimanches à fon habitation, pendant lefquels après avoir
affifté à la Meffe, ils font libres le refte du jour. Il le
peut aifément, en leur procurant quelques petits di-
vertiffemens, auxquels ils pourront tous prendre fous
fes yeux une part égale.

En retenant ainfi les Negres dans leur habitation, on
prévient les affemblées nombreufes qui fe font dans les

habitations voifines , & où fe forment les complots &
les liaifons de cœur avec les Négreffes.

Un jeune Negre amoureux n'héfite pas de faire deux
ou trois lieues pendant la nuit , & de s'expofer à toutes
fortes de dangers pour aller voir fa maîtreffe. Il vient
le lendemain dormir fur fa houe. L'épuifement de fes
forces le met hors d'état de fuivre la file des travailleurs , & lui attire de la part du Commandeur des coups
de fouet , qu'il offre à fa maîtreffe. Il tombe bientôt
malade , & périt miférablement.

Je ne finirois pas , fi je voulois épuifer cette matiere.
Je n'ai parcouru que les circonftances générales où fe
peut trouver un Maître ; pour les cas particuliers, chacun tient la conduite que fa prudence lui fuggere. Paf-
fons aux enfans des Negres ; reffource précieufe pour un
habitant qui fait la faire valoir.

D E S   N É G R I L L O N S.

On appelle Négrillons les enfans des Negres ; il en
vient quelquefois de la côte d'Afrique ; ceux fur-tout
dont je vais parler naiffent dans les habitations , & s'appellent Créoles.

Il eft furprenant que nos Colonies ne foient pas encore peuplées entierement de Negres créoles depuis
qu'elles fubfiftent , puifque le mariage des Negres s'accorde avec leur propre inclination & avec l'intérêt des
Maîtres. Il y a fans doute quelque vice dans la conduite
des Européans à l'égard de leurs enfans , puifqu'on eft
obligé de renouveller continuellement les efclaves de
Guinée.

Il n'y a pas de comparaifon entre l'adreffe d'un Negre créole & celle d'un Negre d'Afrique. Outre leur
fervice , l'avantage de voir leur attelier fe multiplier ,
devroit engager les Habitans à porter fur cette partie
l'attention la plus exacte.

Certains habitans deviennent affez indifférens fur cette

partie économique , parce que leurs befoins & leur nourriture détournent leurs meres de leur travail. Mais s'ils veulent confiderer , qu'au tems de l'accouchement près , ces enfans ne détournent leurs meres que médiocrement , que leur nourriture eft prife fur le fonds de l'habitation , ils conviendront qu'ils jugent auffi mal que ceux qui diroient que le commerce des poulains eft défavantageux , parce qu'ils ne peuvent pas encore être utiles.

Quelque voie que la nature employe pour la reproduction , elle eft toujours avantageufe. Un habitant qui en eft perfuadé , loin d'être indifférent fur la population de fes efclaves , doit au contraire l'encourager par toutes les voies que la décence permet.

Une Négreffe porte fon enfant aux travaux derriere elle , on le lui laiffe jufqu'à ce qu'il foit fevré. On les fevre en Amérique plutôt qu'en Europe. L'habitant doit alors fuppléer par fes foins , à ceux que la mere occupée aux travaux ne peut plus leur donner. Ces petites attentions font ordinairement du reffort de la Maîtreffe. Celles qui font fenfibles , trouvent dans ce petit détail une occupation fatisfaifante. Elles leur apprennent les premiers principes de la Religion , & acquierent fur eux le titre de bienfaitrice , par le bien qu'elles leur font. Lorfqu'ils font parvenus à un certain âge , on exige d'eux les travaux proportionnés à leurs forces. On les accoutume de bonne heure au refpect & à l'obéiffance. On les met enfuite au jardin , à la garde d'une vieille Négreffe hors d'état de fervir , qui leur diftribue mille petits travaux. Les uns gardent les beftiaux , les volailles , les éloignent de la cafe du Maître ; les autres portent du fumier dans de petits paniers. Il faut avoir foin fur-tout de ne pas leur donner des tâches fupérieures à leurs forces. C'eft ce manque de confidération , qui fait que l'on voit dans les habitations tant de Negres eftropiés.

Le Maître doit avoir foin de vifiter fes Négrillons

deux ou trois fois par femaine, de les faire laver, rafer, lorfqu'ils en ont befoin, tirer leurs chiques, infectes communs à l'Amérique, & qui attaquent les pieds des Negres. Il examine leur langue, pour reconnoître s'ils ne mangent pas de la terre ; examen qu'il répete toutes les fois que le hafard les lui fait rencontrer. Ce vice eft commun aux jeunes Negres, & en fait périr une grande quantité. On doit les punir féverement, lorfqu'ils font dans ce cas.

Il y a des Habitans qui portent l'attention pour leurs Négrillons, jufqu'à leur deftiner un coin d'abattis où ils font planter des Ignames, des Patates, des Bananes, des Calalous, & autres vivres capables d'aider les Négrillons à fe fortifier. Le foin qu'un habitant prend des enfans de fes Negres, tourne toujours à fon profit. Il eft eft auffi nuifible qu'injufte pour lui de les négliger.

DU COMMANDEUR.

Le Commandeur eft celui qui conduit les Negres dans leurs travaux, & qui eft commis pour faire exécuter les ordres du Maître. C'eft quelquefois un Blanc, le plus fouvent c'eft un Negre. Un Maître ne doit confier cet emploi qu'à celui de fes efclaves qui eft le plus intelligent & le plus fidele. Lorfque le nombre des efclaves eft petit, un habitant doit être lui-même Commandeur, & les travaux n'en vont que mieux. Lorfqu'il eft plus confidérable, on prend celui d'entr'eux qui paroît le plus propre à commander aux autres. Ce pofte eft affez diftingué parmi les efclaves, pour qu'ils le defirent.

Lorfqu'une fois le choix eft fait, l'habitant doit procéder aux formalités les plus fimples, pour le faire reconnoître fupérieur à tout l'attelier.

Le devoir d'un Commandeur eft de conduire les Negres à la priere du matin & du foir, & aux travaux que le Maître a ordonnés. Il a foin que chaque Negre farcle, plante, ou cueille, observe son rang, & que tous aillent ensemble & d'une marche égale ; ensorte qu'il n'y ait dans la ligne du terrein où les travailleurs sont occupés, d'autre inégalité que celle que le terrein même offre quelquefois ; que tous les travailleurs laissent entre chacun d'eux un espace libre pour le mouvement de la houe, & pour qu'ils ne s'embatrassent pas mutuellement.

Si le Commandeur voit un Negre en arriere de la ligne des autres travailleurs, il doit aller le presser, & si ses paroles n'ont pas d'effet, lui décharger quelques coups d'un fouet qu'il doit toujours porter à la main. Il doit empêcher que les Negres ne volent le Maître, ce qui leur arrive assez souvent, sur-tout pour des vivres, comme du Ris, du Mil, &c. Pour cet effet, il doit se placer sur un endroit élevé, afin de voir celui qui se baisse, ou s'éloigne, pour cacher son vol à la faveur des plantes qui sont à portée.

Les Negres & Négresses ont coutume de sortir de leur rang de propos délibéré, & sous prétexte de besoins, ce qui leur fait perdre un tems considérable. Un bon Commandeur ne le souffrira pas, ou ne les laissera sortir que les uns après les autres.

On donne aux Negres une demi-heure à déjeûner, une heure & demie à dîner, ensuite on reprend le travail jusqu'au soir. Une horloge de sable posée sur le lieu où ils travaillent, indique la fin du travail & la durée du repos. Le Commandeur y veille.

Le soir il ramene les esclaves à la case du Maître, rend compte de ce qui s'est passé au jardin, porte les plaintes qu'il peut avoir à faire contre les Negres en faute, les punit selon qu'il en reçoit ordre, instruit le Maître des absens de l'attelier, soit pour cause de maladies, ou parce qu'ils sont détournés par ordre même du Maître. Il prend les ordres pour le lendemain, & distribue les Negres aux ouvrages de la veillée.

OBSERVATIONS SUR LES COMMANDEURS NEGRES.

Dès qu'un Commandeur Negre se porte au bien, & qu'il prend à cœur les intérêts de son Maître, il est certain qu'il peut faire manœuvrer l'attelier mieux qu'un Blanc. Etant Negre, il connoît les détours de ceux de son espece, & les prévient, au lieu qu'ils échappent au Blanc le plus clairvoyant. Les travaux sous lui se font à point nommé, & avec une précision singuliere. Il arrive souvent que les Negres n'aimant pas un conducteur si actif, lui suscitent des embarras & des traverses; C'est à la prudence du Maître d'approfondir ce qui en est, afin de châtier les coupables.

Quelque bon que soit un Commandeur Negre, il faut être toujours en garde, & ne pas lui faire sentir le cas qu'on fait de lui; car il est toujours Negre, quoique meilleur que les autres. S'il étoit possible qu'il fût sans parens dans l'habitation, les choses n'en iroient que mieux.

Quand on est satisfait de ses travaux, on lui doit chaque année une culotte, une chemise, une veste & un chapeau de paille, chaque semaine du poisson ou du bœuf salé, une bouteille de Taffia. S'il étoit porté à boire, on exigeroit qu'il vînt prendre toutes les fois son coup de Taffia.

Il ne lui est pas permis de donner plus de six coups de fouet; passé six, il doit rendre compte de la faute.

Rien n'approche de l'avantage d'avoir un bon Commandeur Blanc. On ne doit pas regarder au prix, il gagne toujours ses appointemens, s'il est humain, sobre, vigilant & sage. Ces vertus dans un Commandeur sont impayables. Les Negres désolés d'avoir un surveillant si attentif, ne manquent pas de faire tout de travers, pour le faire tomber dans quelque faute. S'il avoit quelque défaut, ils en instruiroient bientôt.

Lorsqu'on

Lorfqu'on ne voit pas un Commandeur Blanc fumer, ou prendre du tabac avec les Negres & fe confondre avec eux, on peut alors lui paffer quelque chofe en faveur de ce qu'il eft exempt de ces foibleffes.

Le libertinage du Commandeur Blanc avec les Négreffes, eft plus à craindre que celui du Commandeur Negre. C'eft fur quoi il faut fur-tout exactement veiller.

Un Commandeur Blanc violent, eft un homme dangereux; il faut alors lui défendre de ne porter que le fouet, & lui marquer le nombre de coups qu'il lui fera permis de frapper.

Au refte, quelque faute qu'il faffe, il eft bon de ne jamais l'en reprendre devant les Negres; il vaudroit mieux le renvoyer, que de lui donner le deffous en leur préfence.

Le Commandeur Blanc doit avoir fa cafe fituée de maniere qu'il voye tout. On doit avoir foin de le bien nourrir, & de marquer pour fa couleur & fa qualité de Blanc, une confidération qui en impofe aux Negres.

Un Maître ne doit pas toujours s'en rapporter aux foins de fon Commandeur, qui fouvent peche, ou par trop de févérité, ou par trop de foibleffe pour fes femblables. Il doit fouvent vifiter fon jardin, pour voir fi on y exécute fes ordres, & fi le Commandeur eft exact. S'il s'apperçoit qu'il ait pris, comme il arrive quelquefois, un Negre en averfion, & qu'il le molefte injuftement, il lui en fera des reprimandes en particulier. Enfin s'il abufe de fon autorité, ou ne fait pas la faire valoir, ou bien fi on lui trouve des défauts dans l'exercice de fon emploi, il faut le lui ôter, & faire un autre choix.

Souvent la dureté & l'injuftice d'un Commandeur, ont contraint tout un attelier à aller marron pour éviter fa cruauté.

H

ORDRE JOURNALIER POUR LE TRAVAIL.

L'habitant doit établir un ordre journalier pour le travail de ses Negres, & accoutumer son attelier à l'observer avec exactitude. Il faut qu'il soit toujours le même, quels que soient les travaux. Si quelque circonstance particuliere exige du changement, il faut le faire avec beaucoup de ménagement.

Les ordres pour le travail du lendemain se donnent toujours, soit avant, soit après la priere du soir. On les adresse, ou directement aux Negres mêmes, ou au Commandeur, qui les fait connoître à tout l'attelier, si la nature du travail demande tous les bras de l'habitation, ou bien en détail à chacun des esclaves.

Il est dans l'ordre, outre le travail de la journée, d'exiger des Negres une veillée de trois heures, soir ou matin, selon que le cas le requiert; il seroit injuste d'en demander deux.

La veillée du soir commence ordinairement à six heures & demie, & finit à neuf & demie. On proportionne les tâches de chaque Negre à l'espace de tems qu'elle occupe. Lorsque les pluies, ou le défaut de clair de lune, font préférer à l'habitant la veillée du matin, qui s'appelle à Cayenne le *Coq chanté*, & qui commence à trois ou quatre heures du matin, on n'exige pas celle du soir. Il y auroit de l'inhumanité à vouloir que des gens qui ont travaillé une journée entiere à des ouvrages pénibles, se levassent le lendemain à trois heures du matin pour recommencer. J'avoue qu'il y a des travaux qui exigent, dans de certaines occasions, un mouvement plus continu : tel est le tems où les Sucreries tournent; mais l'établissement du quart empêche que le Negre ne soit vexé ou surchargé, il est même très-satisfait de cet ordre, & chacun devroit le suivre chez soi.

Lorsque la priere est faite, il est du bon ordre que les

Negres ne retournent point à leurs cafes, mais qu'ils fe rendent où l'ouvrage les appelle.

Tout l'attelier doit un paquet de bois chaque jour à la cuifine : il eft égal au Maître que chaque Negre apporte le fien le foir ou le matin ; mais il faut tenir la main à cette corvée, que les Negres exécutent toujours le plus mal qu'ils peuvent. Afin qu'ils puiffent remplir cette obligation, on doit leur faire quitter le travail un quart-d'heure plutôt.

OUVRAGES différens auxquels les Negres font employés, & leurs tâches.

TASCHE DES NEGRES SUCRIERS.

Un Negre employé à la latte, doit en rendre cinquante toutes dolées de feize à dix-huit pouces de long, & foixante de douze à quinze pouces.

Trois Negres au bardeau, dont deux fcieurs & un fendeur, doivent donner par jour cinq cens bardeaux, & mille fi l'on met deux fcieurs de bardeau marchand, portant quatre pouces & demi. Il y a des tâches où l'on exige que les Negres dolent le bardeau : alors ils n'en doivent que trois cens ; cette tâche n'eft pas avantageufe, parce qu'il y a certaines Manufactures de Sucre fujettes à intervalles, fur-tout aux veillées, fi elles n'avoient toujours en magafin du bardeau à doler, ou d'autres ouvrages femblables : le bardeau le plus haut doit avoir feize pouces.

MAIRINS. Le même nombre de Negres qui travaillent aux bardeaux, fuffit aux mairins; la tâche eft de trois cens mairins valides pour douvelles, & quatre cens cinquante pour les fonds de bonne largeur, c'eft-à-dire, à quatre au plus pour chaque fonds.

POSTES. Au bois à terre, trois Negres rendent par jour quatre-vingt poftes de huit pieds de long & de fix pouces de large, fur tous les fens. Lorfque le hafard

n'en donne que de quatre à cinq pouces, & que le bois
est commun, on peut les faire de dix pieds, afin de les
retourner au bout de dix ans, si elles se trouvent faites
de *Ouacapou*, ou de cœur de *Balatas*. Un Negre perce
dix postes par jour à quatre mortaises, si elles sont de
Balatas, & quinze de *Ouapa*; car il faut beaucoup
moins de précautions pour ce dernier bois que pour le
Balatas, qui se fend facilement. Les mesures des mortaises doivent être marquées; il est essentiel de le faire
avec attention, car les trous trop voisins affoiblissent la
mortaise, & donnent la facilité au bétail de sauter les
barrieres; ils pourroient aussi passer les cornes entre les
barres, & enlever la barriere. Trois Negres doivent
rendre par jour quatre cens cinquante rais de trois pouces sur tous les sens, soit de *Balatas*, soit de bois rouge, ou meme de *Ouapa*, au défaut des premiers.

Un Negre doit fournir vingt gentes, s'il est obligé
d'abattre l'arbre, & trente s'il est à terre, soit de bois
de *Coupy*, soit de *Saouary*, ou de *Cœur dehors*, ce
qui n'est pas rare dans les abattis nouvellement brûlés.
Les essieux se tronçonnent ordinairement lors des cha-
pusages, crainte que les Negres, qui n'ont pas la connoissance de leur longueur & de leur grosseur, ne les
coupent sans attention; on les avertit de ne couper aucun *Balatas*, branche ou tronc de telle & de telle grosseur, mais de rendre compte de tous ceux qu'ils auront
remarqués être bons à cet usage, ou à tout autre: alors
le Charron marque les mesures, & chacun coupe en
passant le bois qu'il trouve marqué sur son chemin,
pour être transporté le soir par les Negres en sortant de
l'abattis, & déposé sur le champ au magasin, pour y
secher, & être équarri quand les pluies ne permettent
pas de travailler dehors, & ainsi des autres bois à usages
différens.

BARRES. Deux Negres doivent rendre par jour soi-
xante-douze barres de six pieds & demi de long, sur
trois à quatre pouces de large au moins, devant entrer
de plus d'un demi-pied dans les mortaises.

On ne peut fans doute exécuter toutes ces tâches en leur entier, qu'autant que l'abattis où on les ordonne fera peuplé des bois qui leur font propres ; c'eft à l'habitant à décider, par fes connoiffances, fi cela fe peut ou non, felon la quantité & la qualité de fes bois, car à bois debout, cela feroit différent, comme je l'ai éprouvé.

Aucun bois n'eft plus propre à faire des barres que l'*Agouti*.

Il faut, pour les poftes, du *Balatas*, du *Ouapa*, de l'*Ouacapou*, de l'*Agouti* fans être fendu, & du bois rouge, au défaut des autres.

Pour faire des rais, il faut du *Balatas* fec, & pour des moyeux, du *Cœur dehors*. La tâche eft à deux Negres douze billes par jour, de la longueur des moyeux bois à terre, & dix s'il faut le jetter.

Pour connoître & s'affurer fi tel arbre bois rouge, *Balatas*, & que l'on deftine à fendre, fe fendra droit ou non, foit qu'il foit à terre ou debout, le Negre donnera un coup de ferpe en bas, & tirera l'écorce de bas en haut ; fi elle fe détache en ligne droite, l'arbre fe fendra de même ; fi, au contraire l'écorce fe leve de biais, il faut deftiner l'arbre à faire des poftes.

Un Negre doit fournir par jour du bois fuffifamment pour emplir un cabrouet ; mais il faut que ce foit de bon bois, & qu'il ne foit point appuyé à côté de gros corps d'arbre, & placé de façon qu'on puiffe le vifiter commodément.

On ne peut s'imaginer combien la négligence à cet égard eft préjudiciable ; on ne la fent que lorfqu'on vient à manquer de bois fur la fin d'une quinzaine de tournage, pendant lequel tems on avoit compté ne confommer que deux cabrouets par vingt-quatre heures, & qu'on fe trouve en arriere de cinq à fix, quoiqu'on ait employé trente Negres à cette tâche. Lorfqu'on veut faire amarrer des *Bagaffes* à la veillée pendant qu'on tourne, la tâche eft de trente paquets portés

H iij

au fourneau par perfonne : chacun doit , en revenant de l'abattis, un paquet de paille de cannes pour les beftiaux de quart.

Quoique ces tâches regardent particulierement le Sucrier , les autres Manufactures doivent, en pareil cas, avoir recours à cette méthode.

TASCHE DES COTTONNIERS.

Un Moulin bien monté à une paffe , doit rendre par jour vingt livres de Cotton , veillée comprife ; il doit en rendre le double s'il eft à deux paffes : on doit employer trois Negres au premier , & fix au fecond. Un Negre doit faire dans fa journée trois paniers de mefure, s'il va chercher des lianes , & fix fi la liane eft prête. La mefure de trois paniers doit tenir un barril de farine. Il y a des paniers foulés qui le contiennent. Comme les Negres le doivent par jour au tems de la récolte , il eft indifférent qu'ils n'en ayent qu'un.

Un Moulin à quatre paffes doit éplucher le barril en une veillée. La tâche à la main pour la veillée d'un Negre , eft d'un *Couy* foulé , grand comme la forme d'un chapeau.

Un barril de farine plein comme il faut , contient dix livres de Cotton épluché.

Trois livres de Cotton en graine , en donne une épluchée.

TASCHE DES ROUCOUYERS.

Il n'y a pas de tâché pour la cueille du Roucou, ni pour le charroi. Deux Negres doivent à leur journée, la veillée comprife , un barril de bœuf plein de graines : huit Negres doivent le fournir à leurs veillées.

Lorfque le canot de pile eft proportionné au nombre des pileurs , ils en doivent deux piles.

Un habitant qui n'auroit que deux Negres , ne pour-

roit avoir qu'une pile de dix à douze pieds, d'un &
demi d'ouverture, & autant de profondeur.

La tâche de la cuitte pour une Négreſſe, ſera d'une
chaudiere de Roucou par jour, veillée compriſe, bois
prêt & calé ; car s'il ne l'étoit pas, elle ne la pourroit
rendre qu'en vingt-quatre heures. Le panier du Roucouyer eſt beaucoup plus grand que celui du Cottonnier. Les Negres habiles à éplucher, ont fini leurs tâches
de bonne heure, & tout Maître judicieux ne doit pas
ſe croire en droit d'en exiger davantage.

TASCHE DES CAFFEYERS.

Un Negre doit rendre, au fort de la récolte, deux
paniers de Caffé ; trois Negres doivent par jour un barril
de Caffé en parchemin.

Il n'y a pas de tâche pour la pile du Caffé ; ſix perſonnes doivent rendre par jour cent cinquante livres de
Caffé trié.

Tout ce qui regardent le Cacao ſe fait à vue.

TASCHES GÉNÉRALES.

Un Negre doit rendre vingt-cinq paquets de gaulettes, ſur le terrein où elles ne ſont ni communes, ni rares ; le paquet doit être la charge d'un Negre, ſoit
qu'il comprenne trois ou quatre groſſes, ou ſix à huit
petites.

Le bois tors ne vaut abſolument rien qu'à faire des
étançons. Si on l'employe verd, il obéit plus facilement ;
mais en ſechant dans le panneau, le bois ſe retire, &
briſe l'enduit de terre. Lors donc qu'on eſt au petit
bois, l'on peut, quand on va le chercher au loin, le
ménager, en le faiſant couper en avant des travailleurs,
puis l'apporter le ſoir à la cafe. Il faut obſerver de le
fendre de quatre pieds, pour être mis en magaſin, &

le faire tremper un jour avant que de l'employer : les Sucriers fur-tout doivent avoir cette attention.

Lorſqu'il eſt queſtion d'aligner des Cacaoyers, ou Caffés, un Negre doit rendre quatre cens piquets de quatre pieds de long & pointus, ce qui fait huit paquets, à raiſon de cinquante à chaque.

Il doit rendre par jour, liane prête, trente paniers à Cacao, de la grandeur & de la figure d'une forme de chapeau ; il en doit cinquante s'ils ſont plus petits.

Un Tonnelier doit par jour ſa barrique, cercles, lianes & mairins prêts.

Deux Negres ſcieurs doivent rendre par jour deux planches de douze pieds de long, pieces équarries & montées.

Un Negre doit par jour quarante chevrons équarris ſur deux faces avec l'herminette, bois à terre, & douze ſeulement lorſqu'il eſt obligé de les abattre ; ces chevrons doivent avoir quinze pieds de long.

Un Negre fouille ſix pieds de terre en longueur, ſur trois de profondeur & huit de largeur, quand la terre eſt facile à travailler.

Un Negre doit rendre par jour vingt pieds de bois équarris, ſur ſix à ſept pouces de large.

Un Negre peleur de bardeaux, doit en rendre un millier par jour.

Un Negre doit fournir par jour trente livres de farine de magnoc, veillée compriſe, bien entendu qu'il l'arrache, le gratte, le grage & le preſſe.

Tout habitant qui veut faire des vivres à la veillée, donne à un Negre un panier de meſure, lequel rend huit caſſaves de trois livres chacune.

Un Negre doit trois mains de mil amarré, contenant chaque cinquante épics marchands.

Un Forgeron, & ſon valet, doivent rendre par jour cinq pieces de ferremens, ſoit houes, haches, ou ſerpes, pourvu que ce ſoit dans une forge bien montée,

Un Potier, trente pots & vingt formes.

Un Negre doit cent bardeaux dolés par veillée, & une Négreſſe ſoixante-dix ; & par jour, veillée compriſe, le Negre en doit ſix cens, & la Négreſſe quatre cens cinquante.

CHARROIS A TESTE DE NEGRES.

C'eſt un des travaux qui nuit le plus aux Negres, lorſqu'il n'eſt pas proportionné : il empêche de grandir les jeunes Negres, les éreinte, & leur donne des deſcentes.

Un Negre de douze ans porte vingt-cinq livres.

Un Negre fait porte ſoixante livres, lorſque le chemin eſt court ; car s'il excede un quart de lieue, il doit n'en porter que cinquante, & une Négreſſe quarante.

On recule ſes affaires, faute de ces petites conſidérations ; il arrive la même choſe, lorſqu'on met trop tôt le Negre à la houe. Il eſt facile de connoître les Habitans qui les négligent, lorſqu'on voit leurs eſclaves.

Un Negre fait une couleuvre à preſſer le magnoc entre deux ſoleils, *Arrouma* prêt.

Il eſt étonnant de voir de grandes habitations, ſans qu'il s'y trouve ſouvent de Negres décidés proprement à de certains travaux journaliers, tels que *Lamati*, le *Payara*, le *Manaret*, la *Couleuvre* & le *Rempaillement*. On perdroit bien moins de tems, ſi on formoit des ſujets propres à des uſages particuliers, & l'on tireroit de grands avantages de trouver ſous ſa main, en tous tems, des eſclaves capables d'être employés à l'agréable comme à l'utile.

DU COMMERCE & de l'achat des Negres à Cayenne.

L'avidité des Habitans ſur l'achat des Negres, expoſe à de groſſes pertes. Il en vient, à la vérité, ſi peu, qu'on croit devoir se presser. Il est cependant dangereux de le faire trop légerement. Il seroit mieux, au contraire, d'imiter à cet égard les anciens Colons, qui s'attachent moins à juger d'un Negre par son extérieur, que par la nation dont il est originaire. C'est aussi par la constitution de ses membres, & par la vivacité de ses gestes & de ses yeux, qu'on doit se décider. C'est en effet ce qui indique la qualité des organes.

On doit avoir soin, lorsqu'on traite un Negre, de lui faire tirer la langue, pour voir si elle est vermeille, & si elle n'est point chargée, ce qui est un assez bon indice de la santé dont il jouit. Il faut le mettre vis-à-vis d'un Negre de son pays pour le faire jaser, pour savoir s'il n'a pas de douleur, s'il n'a pas eu de coups dans la traversée. On doit le voir manger, afin d'examiner s'il le fait avec appetit & vivement, s'il est gai, s'il rit en parlant. Le Chirurgien le visitera, pour diverses maladies cachées, & sur-tout pour le *Mal rouge*, qu'on appelle en France *Ladrerie*. Il sera bon de le faire courir à la distance de deux ou trois portées de fusil, pour découvrir s'il est ingambe. On ne sauroit, en un mot, examiner trop scrupuleusement ce qu'on achete, quand on traite des Negres. C'est de-là que dépend le succès de nos travaux & notre fortune.

On doit apporter la même attention à l'examen d'une Négresse, & y ajouter au surplus celle qui est particuliere à son sexe. L'usage de vendre plus cher une Négresse enceinte, me paroît déplacé, en considérant les risques de l'accouchement.

Si j'avois à traiter des esclaves de l'un & l'autre sexe, je m'attacherois à des enfans de dix à douze ans, parce qu'indépendamment de ce qu'ils sont moins chers, on les forme à sa fantaisie, & ils se trouvent insensiblement Negres faits au bout de peu d'années. Il est vrai que pour de telles spéculations, il est indispensable d'avoir un attelier monté.

A quelqu'âge au reste qu'on traite les Negres, on

doit employer toute la prudence imaginable, & ne pas
fe preffer de les appliquer aux travaux fatigans ; car
il n'eft pas naturel d'attendre autant de fecours d'un
Negre nouveau que d'un ancien. Les premieres occu-
pations doivent être autour de la cafe ; on le fera balayer
& nettoyer, on l'enverra à l'eau, il s'accoutumera in-
fenfiblement au travail & à l'obéiffance, qu'on lui rendra fupportable par un ton modéré & un air de bonté,
qui ferviront à l'attacher au Maître, fur-tout s'il eft bien
nourri & bien foigné.

La premiere attention d'un habitant, & la plus im-
portante en ce genre, doit être de faire faigner & purger un Negre auffi-tôt qu'on en aura fait la traite.

Il y a beaucoup d'habitans qui ne traiteroient pas d'un
Negre, s'il n'étoit pas d'une nation diftinguée. En effet,
on doit en faire un grand choix. Les *Congos*, par exemple, font rarement bons fujets, & ont quantité de défauts nationaux ; ils font pareffeux, voleurs, menteurs,
ont une propenfion à manger de la terre, & à fe pen-
dre pour le moindre chagrin. Ce n'eft pas feulement à
leur arrivée qu'ils ont cette manie, elle fubfifte encore
même après plufieurs années de fervice. Ils ont cependant le talent de commercer habilement ; mais ce n'eft
pas fans y mêler la rufe & la friponnerie.

Les *Carmentins* font vifs, adroits, apprennent facilement tout ce qu'on leur enfeigne ; mais ils font mu-
tins & brouillons, fomentent volontiers des complots,
& demandent à être traités plus févérement que les
autres.

Les *Aradas* méritent la préférence fur toutes les autres nations, pour le travail groffier d'une habitation.
Ils ont le cœur excellent, & fufceptible d'attachement.
Ils font experts dans le métier de la Corderie, & s'employent à tous les travaux qui regardent la pêche. Ils
ont un goût naturel pour arranger leurs cafes ; ils aiment à bien vivre : auffi fe donnent-ils beaucoup de
peine & de mouvemens pour fe procurer la fubfiftance.

Ceux du *Senégal* font affez généralement bons ; ils font noirs, & communément bien faits & vifs, travaillans plus pour leur Maître que pour eux ; ils font craintifs & obéiffans. Les autres nations de l'Afrique font peu connues à Cayenne, il en vient rarement d'*Angole* & de *Mofambique*.

Un habitant qui veut réuffir, doit s'appliquer indifpenfablement à bien connoître cette partie intéreffante, & ne rien omettre des préceptes que je viens d'énoncer, obfervant en outre de ne jamais regarder à une dixaine de piftoles par Negre, pour avoir un fujet choifi ; c'eft un argent bien employé, & qu'on ne regrette jamais.

Le prix ordinaire d'un Negre à Cayenne, en tems de paix, eft de mille livres. Une Négreffe vaut neuf cens livres, une Negre de huit à neuf ans, fept à huit cens livres. Il y a quelquefois de bons coups à faire, en achetant les reftes des cargaifons. Mais cela n'arrive que rarement.

MALADIES les plus communes aux Negres ; maniere de les traiter.

Parmi les maladies communes aux Negres, & qui demandent l'attention d'un Maître, il faut s'attacher particulierement à les traiter des maladies vénériennes, qui leur font très-familieres, & en tirer l'aveu ; car le foin qu'ils prennent de les taire, occafionne une infinité de morts, qu'il feroit d'autant plus facile d'éviter, qu'on peut les guérir même fans le fecours du Chirurgien.

GRANDS REMEDES.

On commence à difpofer, pendant quinze jours, les Negres par des bains chauds à la veillée du foir : après les bains, on les fait faigner & purger, avec un gros de pilules mercurielles ; on les tient enfuite dans une chambre bien chaude , puis on les frotte pendant trois jours d'un gros d'onguent mercuriel à toutes les jointures , on l'employe à plus grande dofe , fi le fujet eft difficile à faliver. On diminue l'onguent de moitié , jufqu'à ce que la falive pefe quatre livres : on donne pour cet effet au malade une mefure marquée , qu'il doit remplir en vingt-quatre heures , & qu'on a jaugée avec de l'eau. Si le malade , au lieu de faliver , alloit fimplement à la felle , il faut avoir alors l'attention de lui nettoyer la bouche avec du *Maubin* bouilli matin & foir , & lui faire prendre une affez grande quantité de ptifane de *Salfepareille*. Lorfqu'on s'apperçoit que le mercure corrode les gencives & ébranle les dents , on peut mettre du taffia dans le *Maubin* bouilli , pour net-toyer la bouche avec de la charpie au bout d'un petit manche.

Le malade doit boire , pendant un mois , une ptifane compofée d'une demi poignée de *Gayac* , autant de *Saffafras* , & , à fon défaut , de *Parrera brava* , & une poignée d'*Antimoine* : on laiffe bouillir & réduire le tout à une chopine.

Le malade ne doit pas s'expofer fubitement au grand air ; il faut préalablement le faigner & le purger , ce qui le mene à huitaine , pendant lequel tems il prend des petites ptifanes , & mange un peu de foupe , afin de réparer fes forces. Dans le cours des remedes , il vit de *Matété* , de Mil bouilli clair.

La GONORRHÉE fe guérit auffi facilement que radi-calement. On faigne & on purge , pour mettre le corps en mouvement. On fait bouillir environ une poignée de racines de *Petits Ballets* , ou de *Croc-de-chien* , dans deux pintes d'eau , qu'on réduit à une , pour en boire à fa foif pendant quinze jours , au bout defquels , s'il n'a fait aucunes débauches , on fera réduire une poignée de racines de *Genipa* , d'une pinte d'eau à une chopine. Le malade en boira matin & foir pendant huitaine , ce qui le purgera , en mettant fin à la maladie. Au reſte, la ſeule racine de *Genipa* peut guérir radicalement cette maladie , en prenant pendant quinzaine deux bouteilles par jour de cette décoction.

CHANCRES. Prenez de la racine de *Canne Congo :* exprimez-en le jus , dont on boira matin & ſoir , en guiſe de ptiſane , en appliquant ſur le Chancre la pellicule du dedans du *Bois canon* , que vous ratiſſerez: changez de poudre matin & ſoir , le Chancre diſparoît en huit jours ; & s'il eſt vénérien , il faudra garder pendant trois ſemaines le régime de l'article précédent. Ces ſimples ſont communs dans les habitations , & c'eſt à tort que beaucoup d'habitans payent fort cher des Chirurgiens , qui n'employent pas autre choſe pour les guérir.

MAL DE RATE. Ce mal eſt fort commun à Cayenne: la longueur des fievres , & la quantité de ſaignées , le donnent immanquablement ; les eaux peuvent auſſi y contribuer. Le remede le plus ſûr eſt une poignée de *Vervaine* , que l'on pile menue ; on y joint un jaune d'œuf frais , & une cuillerée d'huile d'olives , on braſſe le tout enſemble , pour être appliqué en cataplaſme.

POINT DE CÔTÉ. Une poignée de *Baſilic du Para* , cuit avec du fort vinaigre , & appliqué fort chaud , l'enleve , s'il ne provient que de vents , ou de douleur.

DARTRES VIVES ET ROUGES. Je dis rouges , parce qu'il y en a de différentes couleurs & figures ; les rouges, comme les plus communes , & les plus faciles à enlever , n'ont beſoin que de gomme de *Poirier ſauvage* , qui croît dans les ſavannes & les bois , & qui eſt connu de tous les Negres. On tranche l'arbre , duquel ſort une gomme jaunâtre , dont on frotte la dartre , après l'avoir animée : répétez le matin ce remede pendant trois jours , & elle diſparoîtra.

La dartre lépreuſe ne ſe guérit qu'avec la graine que la mer apporte quelquefois ſur le rivage ; elle eſt plate comme une lentille , & large d'un écu ; elle donne la fievre. On croit que c'eſt de la graine de *Paletuvier*.

Les PIANS. On peut regarder cette maladie cruelle comme la petite vérole Américaine. Il eſt avantageux pour un Maître que ſes petits Negres ayent cette maladie de bonne heure ; car dès qu'ils ſont grands, cela les jette dans des dérangemens conſidérables, leur procure des douleurs qui ne ceſſent point, & ſouvent même les eſtropient. Ceux qui ſont attaqués de cette maladie, ne doivent jamais approcher de la caſe du Maître ; on court de grands riſques à n'y pas apporter la plus forte attention. Il n'y a de remede à cette maladie dans les enfans que le tems, & un travail pénible & continuel pour les perſonnes faites, leſquelles boiront de la ptiſane, lorſquelles verront les *Pians* ſécher & diminuer d'eux-mêmes.

On ſe ſert de lait de *Mapas*, lorſque les *Pians* après deux ans s'opiniâtrent ſur le Négrillon ; il faut cependant obſerver de ne s'en ſervir qu'après la diſparition de la mere des *Pians*. On doit alors laver les enfans avec la feuille & la racine de *Mapas* bouilli : cette attention les garantit des *Crapes*, des *Guignes* & des *Saouaois*.

Les CRAPES, ce reliquat de *Pians*, vient ordinairement ſous la plante des pieds, entre les doigts, ou au talon. Le mal qu'il cauſe aux Negres les empêche de marcher, & ſouvent on prend du mâchefer & du jus de citron mêlé avec du vinaigre & du *Calalou*, le tout bouilli juſqu'à conſiſtance d'onguent, que l'on applique très-chaud ſur la *Crape*, après l'avoir fouillée & arrachée juſqu'au vif. On la détruit, en l'attaquant ainſi, à trois à quatre repriſes.

La CUIGNE. C'eſt encore, pour l'ordinaire, un reſte de *Pians*. Ce mal jette la chair en dehors, & forme un petit bouton très-incommode : le verd de gris pilé & mêlé avec du citron, eſt un remede unique, mais il cauſe des douleurs inexprimables pendant deux ou trois heures. Il faut, pour emporter ce mal, ſe ſervir juſqu'à trois fois de ce remede, qui eft également fpéci-fique pour de petits ulceres, qui viennent fouvent aux pieds.

Les SAOUAOIS font des taches qui viennent commu-nément aux mains ; la peau fe leve alors par écailles. Ce refte de *Pians* s'adoucit à force de le laver avec du jus de citron, mais il eft incurable.

MAL D'ESTOMAC. Cette maladie eft commune parmi les Negres, & vient de plufieurs caufes ; les pa-reffeux, les Negres rebutés, les mangeurs de terre, en font facilement attaqués ; un habitant doit y être très-attentif. Il vient quelquefois à la fuite d'une longue maladie ; il provoque à dormir, ou à l'inertie ; il faut faire agir le malade, en le forçant de monter des mornes.

La boiffon la plus ordinaire dans cette forte de ma-ladie, fe fait avec la racine de *Petits Balets* & du Ci-tronnier. On prend une poignée de chaque, qu'on fait bouillir dans fix pintes d'eau, réduites à quatre, & on ajoute dans la décoction une livre de gros fyrop. On ne doit faire ufage d'aucune autre boiffon pendant un mois, obfervant de purger tous les huit jours avec des pilules mercurielles.

Ou bien prenez de l'écorce de *Bois immortel*, bran-che, corps & racine, environ demi-livre ; grattez-en la peau, & la coupez par morceaux ; ajoutez-y égale partie de racine de Pois à gratter, racine d'Indigo fau-vage & de Guimauve ; mettez le tout dans un pot à fy-rop, laiffez infufer à froid pendant vingt-quatre heu-res ; l'infufion faite, jettez-y de la rouille, ou un mor-ceau de fer paffé au feu. Il faut boire tout avant de re-mettre de nouvelles racines, & continuer ce remede pendant un mois.

DES FIEVRES NEGRES. On peut les nommer ainfi; car être faigné aujourd'hui, purgé demain, fe repofer le lendemain, travailler le quatrieme jour, telle eft la marche de cette maladie, qui differe beaucoup des nôtres ;

nôtres ; il faudroit renoncer aux travaux, s'ils en étoient attaqués.

Le remede le plus souverain, est la gomme gutte, donnée à la dose d'un dez ; lorsqu'elle est rare, on prend huit grosses graines de *Palma-Christi*, que l'on pile, & que l'on brasse ensuite dans un peu d'eau chaude, afin d'être passée & réduite dans un verre à un pouce de haut ; on met le verre à moitié pour les personnes difficiles à émouvoir. La gomme gutte se met le soir dans un verre, & on verse dessus de l'eau froide, à la hauteur d'un pouce, afin de la trouver délayée le lendemain matin. Il y a des Negres que la gomme gutte pure rend malades : on peut dans ce cas mêler vingt-cinq grains de jalap, avec autant de gomme gutte.

Je parlerai du *Quioquio*, qui est aussi un purgatif, à à l'article de l'*Aoüara*, d'où il provient.

Un habitant en regle, doit toujours avoir chez lui de l'huile de *Palma-Christi*, & de la graisse de *Quioquio*, pour purger les enfans, à la dose qui leur convient.

Des VERS. Tout le monde y est sujet, & les enfans sur-tout ; sans cette vermine, & le *Mal de mâchoire*, il n'y auroit pas de pays au monde plus peuplé. On se sert, pour la détruire, d'huile & de citron, qu'on prend à jeun : on fait encore usage du lait d'une espece de figuier, dont la dose est d'une cuillerée à caffé avec autant d'eau ; cet acide coupe les vers en morceaux ; mais on a soin de le mitiger avec l'eau, dans la crainte qu'il n'attaque & ne corrode les intestins.

Des MALINGRES. On les panse communément avec du *Taffia*, mais c'est à tort ; il n'est bon qu'aux écorchures & blessures accidentelles, & contraire aux plaies qui viennent par l'abondance ou le vice des humeurs. Il est facile de distinguer cette derniere espece, car les plaies grandissent à vue d'œil : on les panse alors avec un onguent de précipité rouge ou d'alun ; si cela n'opere pas, le plus court est de *tremper* : ce remede ad-

I

mirable n'eſt en uſage que parmi les Negres. On prend un vaſe proportionné au malingre ; on met force citrons entiers , avec une ou deux poignées de *Liane franche* & de *Bois de ptiſane* , eſpece de liane qui vient fort groſſe dans les bois de revenue ; elle eſt de couleur de vin.

DES MALADIES ACCIDENTELLES. On n'avoit point connu à Cayenne de maladies générales avant l'année 1754. Les fievres furent très-communes & très-dangereuſes à la fin de l'été. En 1755 , on fut attaqué de coqueluches violentes, accompagnées de fievres & de maux de tête. En 1756, il y eut des fievres putrides & des fluxions de poitrine. En 1757 , il regna un flux hépatique , qui reparoît encore de tems de tems. J'ai tâché de recueillir , dans ces tems de calamité , tous les remedes propres à ces épidémies , au cas qu'elles reparoiſſent.

On traita d'abord la coqueluche à tâtons , & quelques habitans en furent les victimes. On parvint enfin à adoucir le mal par une ſaignée du bras , qu'on réitéroit ſelon la violence du mal , ſans crainte d'arrêter l'expectoration. On prenoit une priſe de thériaque ſur les trois à quatre heures ; & pour peu qu'on vît de diminution , on prenoit une purgation violente. La boiſſon étoit de coquelico , au défaut de la fleur d'ébene bouillie , qui eſt plus pectorale & plus purgative, car elle ſert au défaut de ſené : on employoit auſſi , avec ſuccès , les potions abſorbantes & ſomniferes.

La maladie de 1756 tiroit toute ſa malignité de l'abondance du ſang : on ſaignoit dans le plus fort de la fievre , & on donnoit le vomitif au quatrieme jour , il étoit ſouverain ; les lavemens purgatifs ſouvent réitérés faiſoient partie du traitement.

Pour guérir la maladie de 1757 , on employa l'écorce de la racine de *Monbin* , de celles de *Goyave* , d'*Acajou*, de *Simarouba* : on les faiſoit bouillir , & on en tiroit la teinture , à laquelle on ajoutoit du ſucre commun, jufqu'à confiftance d'opiat, dont la dofe étoit d'un demi-gros mêlé, pour la prife du foir, de trois gros d'opium : on faifoit boire, immédiatement après, au malade un verre de vin pur ; fa boiffon ordinaire étoit une limonade légere, à laquelle on ajoutoit une foible teinture de Taffia.

Ce remede, ainfi que les précédens, eurent beaucoup de fuccès, & je les ai recueillis pour les mettre en pratique, fi Dieu affligeoit encore cette Colonie de ce fléau, qui emporta la fleur des Habitans.

Il y a un remede fûr à Cayenne contre le flux ordinaire, lequel fut mis vainement en ufage contre celui qui regnoit alors, parce qu'il provenoit d'une autre caufe. Ce remede eft entre les mains de M. de Culan, Officier diftingué par fa naiffance & par fon mérite, il fe fait un plaifir infini de le fournir en toute occafion. Le *Simarouba* en fait la bafe.

HÉMORRHAGIE. On arrête quelque Hémorrhagie que ce foit avec des feuilles de *Pois de fept ans* pilées ; on lave la plaie, s'il eft poffible ; finon on applique le marc.

MORSURE DE SERPENT. Le Serpent eft l'animal le plus à craindre pour les Negres & les beftiaux. Tous ne le font pas également : ceux qui caufent, pour ainfi dire, fubitement la mort, font le ferpent à *Grage*, à *Grelots*, l'*Yayaye* ; il y a plufieurs remedes contre leur morfure, mais qui ne font pas également fouverains : le premier eft la *Tayove*, dont on applique le marc fur la plaie ; le fecond eft le *Pois Serpent* pilé ; on doit toujours avoir de ce remede fur foi, fur-tout le Commandeur, dans les abattis où il eft plus ordinaire de rencontrer le Serpent.

De tous les remedes, c'eft le *Ouangue* qui emporte plus rapidement le venin. J'en parlerai dans la fuite & à fon lieu.

CHAPITRE IX.

Des Indiens.

JE ne traite de ces peuples que relativement aux fer-
vices que les Habitans peuvent en tirer. Les voyages
que j'ai faits parmi eux , m'ont donné la connoiſſance
des différentes paſſions auxquelles ils ſont ſujets , & j'ai
toujours penſé qu'on pouvoit en tirer un moyen de plus
de ſe les aſſujettir plus particulierement. Les Portugais
excellent dans l'art de ſubjuguer ces peuples , & ſi on
leur a reproché de la dureté à leur égard , ne doit-on
pas auſſi convenir que le François eſt ſur ce point trop
léger & trop inconſéquent ? On a abſolument négligé
les ſecours qu'on peut en attendre en faveur du Roi ou
de l'habitant. On auroit dû ſans doute les mettre dans
la néceſſité indiſpenſable d'avoir beſoin des François ;
cette politique n'échappera pas à un Général habile.
Alors loin de les aller tirer du fond des terres , il vien-
dront d'eux-mêmes nous offrir leurs ſervices.

Tant qu'on ne s'appliquera pas à cette étude, l'Indien s'arrogera toujous la liberté de quitter un habitant,
de fauſſer ſes conventions , & même d'emporter les
avances qu'il en aura reçues. L'indifférence de ceux qui
ont l'autorité , occaſionne ces délits ; ſouvent auſſi
l'habitant ſe les attire , en ne rempliſſant pas ſes enga-
gemens , ou ſes promeſſes , en leur refuſant quelques
coups de Taffia les Fêtes & Dimanches , quoiqu'ils
n'aillent pas à la chaſſe , & enfin en les maltraitant,
lorſqu'ils manquent un jour d'apporter , ou du gibier,
ou du poiſſon , s'ils y ſont engagés.

La plûpart des Habitans d'Oyapoc en ont chez eux,
au défaut de Negres , pour ramaſſer leurs Caffés , leurs
Cacaos , ou pour les autres beſoins de la vie. Ces Indiens

leur font communément leurs abattis, moyennant une brasse de toile par mois, ou autres traités équivalens, comme une hache, ou une serpe. On leur doit un coup d'eau-de-vie par jour, du *Ouïcou*, & trois cassaves par semaine, ou neuf livres de *Couac*.

Ils en détachent quelques-uns pour la pêche, ou pour aller aux *Crabes*. Lorsqu'on est en regle avec eux, & qu'on ne leur manque pas, un habitant peut leur parler ferme, & les obliger à un travail assidu. Les femmes Indiennes leur préparent leur manger ; dans l'intervalle elles filent du Cotton pour l'habitant, & font des hamacs ; on leur fournit la matiere, & on leur fait présent de quelques rassades, & d'une juppe de *Zingue*, ou de toile bleue.

Les meilleures conditions pour les Indiens, font les *Rassades* moyennes, des couleurs les plus tranchantes ; de l'indienne rouge à grandes fleurs blanches ; de la toile bleue ; des couteaux à manche de corne, non à trois clous, mais à cinq ; des miroirs à tirette, & des ferremens pour les hommes ; un bon chien de chasse doit coûter une serpe & une hache, ou quatre brasses de toile de grand Saint-Jean.

Il ne faut pas croire que les Indiens soient également propres à la chasse, à la pêche, à faire des canots, des abattis & des voyages par mer. On manque souvent ses affaires, faute de faire cette réflexion.

Les Indiens du fond des terres ne font nullement propres à la pêche de la mer ; ils en ignorent même les poissons, ils ne s'occupent que de la chasse, encore est ce à la fleche, & non au fusil. Ils pêchent bien dans les rivieres, lacs, mares d'eau, *Periperis*, &c. Ceux qui habitent les bords de la mer font généralement plus adroits.

Parmi les nations dont on a le plus de besoin, celle des *Maillés* excelle à faire des Canots. Ce font eux qui en ont enseigné aux autres les proportions, & l'art de les creuser. Ils font d'un aspect desagréable, étant

I iij

couverts d'une dartre naturelle & farineuse. Ils sont d'ailleurs méprisables par leur paresse, ils ne plantent jamais rien, vivent de graines de *Baches*, & de tout ce que la nature leur offre, comme aux animaux. Il semble même qu'elle ait pourvu à leur subsistance, en leur procurant un bois de magnoc qui vient en huit mois, tandis qu'il en faut douze à tous les autres.

Les Maillés n'habitent qu'au milieu des marécages, ils enfoncent quatre piquets, sur lesquels ils amarrent une espece de plancher de *Pineau*. Ils couvrent le tout de quelques feuilles de Baches; ils se servent d'une moitié d'arbre creusé, qu'on appelle *Coque*, avec laquelle ils vont & viennent sur leurs marécages.

Les *Palicours*, leurs voisins, sont au contraire très-propres, toujours *Tapirés* & huilés. Ils ont de vastes carbets dans des Isles, où ils jouissent de toutes les commodités connues aux Indiens; leurs talens particuliers sont les voyages sur mer, aussi ne doit-on se mêler de rien, quand ils conduisent une pyrogue; si le tems étoit absolument si mauvais qu'on ne pût envisager d'autre ressource que de se perdre, on est sûr de ne point périr, quand on ne les a pas forcés à manœuvrer contre leur volonté, par des coups ou par d'autres mauvais traitemens. Nous en avons divers exemples à Cayenne.

Les *Maraonnés*, & plusieurs autres nations, comme les *Iloutanes*, sont excellens chasseurs & flecheurs. Les *Galibis* joignent à ces talens l'art de bâtir à l'Indienne, avec plus de distinction que toutes les autres nations. Aussi sont-ils préférés pour élever nos maisons.

Nul Indien n'est plus propre à faire des abattis que ceux des terres, ils sont incomparables pour les découvertes, & pour trouver des ressources pour la subsistance au milieu des bois.

L'Indien est en général paresseux, vain, railleur, yvrogne, peu brave, mais très-adroit.

CHAPITRE X.

DES PLANTES, Herbes, Arbrisseaux & Arbres qui naissent à Cayenne, & dont on y fait usage, relativement à divers objets.

JE répéterai ici à-peu-près ce que j'ai déja dit en parlant des Animaux qui pouvoient servir de nourriture aux Habitans de Cayenne. Le Naturaliste aura dû trouver ma description très imparfaite, un Botaniste en dira autant, par rapport aux Plantes que je cite.

Je n'ai point prétendu faire connoître toutes celles qui croissent dans la Guyane, ni même toutes celles que j'ai pu voir. Je me restrains à parler de celles qui sont le plus connues à Cayenne, qui y sont de quelque usage, en marquant l'emploi qui convient le mieux à chacune. L'expérience & les Sauvages ont été mes maîtres. J'aurai très-peu fait pour l'avantage de la Botanique; j'aurai fait beaucoup pour celui de la Colonie.

Il ne doit point être indifférent d'employer indistinctement toutes sortes d'arbres à toutes sortes d'ouvrages. On courroit le risque de ne point assez ménager des bois qui deviennent précieux, par l'espece d'utilité dont ils sont, qui, quelquefois même, sont rares en de certains quartiers, & de s'en servir pour telle destination, à laquelle tout autre qui seroit très-commun pourroit suppléer. On pourroit aussi choisir, pour ce qui doit être solide & durable, des bois, qui, par leur qualité, ne rempliroient pas cet objet. Avant que d'entrer dans le détail particulier de chaque Plante, & de ses différens usages, j'indiquerai en abrégé l'emploi le plus ordinaire de la plus grande partie de ces Plantes.

I iv

qui seront décrites plus amplement , chacune à leur article.

ARBRES FRUITIERS. *Oranger* , *Citronnier* , *Sapotiller* , *Abricotier* , *Avocat* , *Poirier* , *Cerisier* , *Goyavier* , *Acajou-Pomme* , *Calebassier* , *Corossolier* , &c. *Choux-Palmistes* , *Palmiers* , &c. *Saouary* , *Coupi* , dont les graines se mangent.

PLANTES dont les fruits sont bons à manger , *Bacobe* , *Bananier* , *Ananas* , &c.

RACINES qui servent à la nourriture , *Igname* , *Patate* , *Tayove*.

HERBES ET LEGUMES. *Mil* , ou *Mays* , *Ris* , *Epinars* , *Pistache de terre* , &c. & plusieurs Plantes d'Europe qui sont naturalisées à Cayenne.

PLANTES qui sont l'objet de diverses Manufactures. Le *Cotton* , le *Cacao* , le *Caffé* , le *Roucou* , l'*Indigo* , la *Canne à Sucre*.

BOIS propres à faire des Canots , en tout ou en partie. *Cedres blancs* , *noirs* , *jaunes* , *Bagasse* , *Grignon* , *Saouary* , *Ouaille* , *Coupy* , *Angelique* , *Couipo rouge* , *blanc* , *Maho* , *Gagou* , *Pagaye* , *Bois de Lettres jaune* , &c.

BOIS A MEUBLES. Les bois *marbré* , ou *de Féroles* , *satiné* , de *Lettres* , de *Sainte Lucie* , *Tapiré* , *Bouis fin* , *Acajou* , *Ebene verte* , *Bois rouge* , &c.

BOIS A BASTIR.

Bons pour fourches. C'est ainsi qu'on appelle les poteaux qu'on enfonce en terre , après avoir passé au feu ce qui doit y entrer , & qui soutiennent les maisons. *Balatas* , *Cœur dehors* , *Bois rouge* , *Ouapa* , *Ouacapou* , *Bois agouti* , *Bois citron* , *Bois crabe* , *Pagaye* , *Lamincouard* , &c.

Pour postes. Ce sont les gros pieux qui forment les entourages.

Pour piquets , barres , &c. *Bois rouge* , *Ouapa* , *Ouacapou* , &c.

Pour planches. *Grignon , Courbaril , Carapas ,* mais en employant, celles-ci, aussi-tôt qu'elles sont faites , &c.

Pour pilotis. *Cœur dehors , Sampa , Ouapa , Ouaçapou ,* &c.

Pour bardeau. *Balatas , Grignon , Many , Ouapa , Ouacapou ,* &c.

Pour lattes. *Pineau , Sampa ,* &c.

Pour chevilles à tenir le bardeau. *Bois moussé , Monbin sauvage ,* &c.

Pour chevrons, sablieres, & tout ce qu'on employe à couvert dans le haut des maisons , *Carapas , Bois caca , Bois d'ébene , Bois makaque ,* &c.

PLANTES & Arbres dont les feuilles servent à couvrir les cases. *Ouaye , Tourloury , Maricoupi , Caumoun , Maripa , Baroulou , Herbe à bled , Queue de Biche savane ,* ou *Yappe , Roseaux , Pailles de canne de sucre.*

PLANTES ET ARBRISSEAUX propres à faire des hayes vives ou palissades. *Citronnier , Oranger amer , Medecinier , Bois immortel , Pommes raquettes ,* &c.

PLANTES & bois à enyvrer le poisson. *Sinapou , Bois Indien , Conami ,* ou *Conani franc , Conani du Para , Ouassacou ,* &c.

POUR DIVERS USAGES , savoir pour gros ouvrages. *Balatas à grosse écorce.* Pour bordage & madriers. *Bois Duc , Contacitrain ,* ou *Fente dure.* Pour barriques. *Many.* Pour cercles. *Bois puant , Couratari , Oucle.* Pour rouleaux , tables de moulin & moyeux. *Cœur dehors , Courbaril , & Couipo blanc ,* au défaut du Courbaril. Pour courbes. Racines & branches de *Coupy ,* de *Maho.* Pour tuyaux. *Sampa.* Pour des piles. *Bois de Lettres.* Pour pilons. *Coupy ,* le gros *Panacoceo.*

Ce tableau abrégé , suffit pour guider ; la lecture de chaque article guidera plus sûrement.

J'avois fait ce qui dépendoit de moi. On a jugé que si aux Plantes que j'indique , on ajoutoit non-seulement les noms Caraïbes, mais aussi ceux sous lesquels Marc-grave & Pison les ont fait connoître, ainsi que celui qui est le plus reçu par les Botanistes, cette addition pourroit avoir son utilité. J'ai été aidé par rapport à celles qui pouvoient être connues, ou que Barrere avoit ci-tées, ou que ma description, toute imparfaite qu'elle est, a pu faire reconnoître.

ABRICOTIER. Arbre fruitier, très-beau, grand, touffu, dont les branches montent & s'élevent égale-ment de toutes parts, en pyramide; très-propre à être planté en avenue, & nullement à faire des allées cou-vertes. Etant isolé & exposé au grand vent, il est sujet à se casser.

Son bois est mol, filandreux, & n'est d'aucun usage; ses feuilles sont larges, d'un beau verd, assez sembla-bles à celles du Laurier, longues de quatre à cinq pou-ces, épaisses, luisantes.

Ses fleurs ont une odeur douce. Etant distillées, elles donnent une liqueur agréable.

Le fruit est rond, & gros comme une balle à jouer. L'écorce en est crevassée & brune, la chair est épaisse d'environ un pouce, jaune comme celle d'un Coin, ayant ainsi à-peu-près la couleur des Abricots d'Eu-rope, dont elle a aussi quelque goût : cette raison a fait donner à l'arbre le nom d'*Abricotier*.

Son noyau est gros comme un œuf de poule, sillon-né, & couvert de filamens.

On le mange crud, ou dans du vin; on en fait d'ex-cellentes gelées.

L'arbre n'est point naturel au pays. Il est connu sous le nom d'*Abricot de Saint-Domingue*. C'est de cette Isle que les premieres semences ont été transportées ailleurs.

Mamei. Pl. Ic. 170. *Manchiboui, Car. Arbre qui porte de grosses pommes pâteuses, à trois noyaux.*

ACACIA. Petit Arbrisseau épineux. La fleur est

jaune. On l'employe pour former des hayes vives, qui servent d'entourages.

ACAJOU A PLANCHES. Arbre qui vient haut & gros à proportion ; on en tire des planches, qui ont deux pieds de large.

Le bois en est rouge, il y en a de marbré, de jaune & de blanc clair. Il se polit aisément, & a un coup-d'œil luisant. Il l'emporte sur celui des Isles, par la finesse de son grain, comme par la nuance de ses fibres. On en fait des meubles.

Il a une odeur très-suave, qu'il communique au linge qui seroit enfermé dans une armoire faite de ce bois.

Par les hommes Caraïbes, *Ouboueri.* Par les femmes, *Iacaïcachi. Jonsonia, Ad.* 343. Cedre à Saint-Domingue.

ACAJOU-POMME. Arbre tortueux, & qui ne s'éleve pas beaucoup.

Sa fleur répand une odeur très-douce. Son fruit est une pomme terminée par une noix verte. La pomme n'est bonne à manger, & n'est agréable, que quand elle est bien mûre. La noix, dont l'amande se mange en guise de cerneau, ou sur le gril, ne se peut ouvrir qu'avec un couteau, ou un marteau. Les deux coques ont une huile caustique, qui causeroit des douleurs vives, si on les portoit à la bouche.

On dit que le fruit est propre à faire périr les vers des enfans, & qu'il rafraîchit. Les Indiens le regardent comme un remede propre à resserrer dans le cours de ventre : les Caraïbes font brûler la noix, & en laissent distiller l'huile sur leurs dartres.

Le bois en est dur, moins cependant que celui de l'Acajou à meubles, plus brun, sechant moins vîte, & sans aucune odeur. Comme il est tortueux, on tire de ses branches des ceintres propres à former des dessus d'armoire, des corniches arrondies. Ses contours sont quelquefois si naturels, qu'il n'y a plus qu'à leur donner quelques coups de ciseau pour les perfectionner ; on en fait aussi des montans de tables, de bureaux, &c.

Quand on taille l'arbre , il en fort une gomme dont on fe fert pour coller tout ce qu'on veut fouftraire à l'humidité & aux infectes. On la paffe auffi fur les meubles ; pour leur donner un vernis agréable.

Il fleurit en Septembre. Les fruits font mûrs en Décembre & en Janvier.

Aloi. Car. Aloi ichic. Noix , (bout , tête ,) d'Acajou. *Ouloui Car. Acaju iba , Acaja iba , Marcg.* 49. *Fig. Acaju fructus , id. ibid. Acaguacaya , Acajuti , Itimaboera , Caftanea , id. ibid. Fig.* Acajou, *Thev.*

ANANAS. Le fruit de cette Plante , qui s'éleve peu de terre , varie beaucoup. Il y en a qui font en forme d'œuf , avec la chair blanche ; d'autres en pyramide , avec la chair rouge ; il y en a de plus ou moins gros ; le rouge eft préféré.

L'*Ananas pite* eft eftimé à caufe de l'odeur plus agréable qu'il répand , & qui s'augmente à mefure qu'il mûrit. Il doit être cultivé par préférence dans les jardins.

Tous font excellens , ou cruds , ou par tranches dans du vin , & dans de l'eau-de-vie. On les met en entiers dans du fyrop , ils s'y confifent naturellement , s'y confervent , & peuvent fe tranfporter auffi loin qu'on veut.

Ils fe multiplient de plan ou d'œilletons.

Nana. Marcg. Yayaoüa , Car. Ananas.

ANGELIQUE. Grand arbre propre à faire des Canots , & qui mériteroit même la préférence fur le *Bagaffe*.

Le bois eft grifâtre , filandreux ; le grain reffemble à celui de l'*Oouacapou*.

Je ne l'indique ici , que comme devant être dans la terre ferme , & pour engager à l'y chercher. Il eft trèscommun au Para.

AOUARA. Efpece de chou Palmifte , qui ne fe trouve que dans certains quartiers , & plus volontiers aux bords de la mer.

Il vient fort haut ; il eft garni de piquans le long de fa tige ; fon fruit vient par régime , la graine tombe d'elle-même quand elle eft mûre , ou par l'effet des vents de Nord qui regnent au mois de Mars. Elle engraiffe les beftiaux ; & par cette feule raifon , l'arbre doit être ménagé dans les favanes. Mais l'huile qu'on en exprime, par décoction , offre une utilité bien plus grande ; c'eft proprement l'*Huile de Palme* des Ifles.

Palma dactylifera aculeata fructu corrallino major. Plum. *Barr.* 87. *Pindova , Marcg.*

HUILE D'AOUARA. Dès qu'on a fait porter chez foi, la graine qu'on ramaffe au pied de l'arbre, on la met par tas, qu'on couvre de feuilles, & qu'on charge de bois, pour la garantir du grand air & du foleil. Elle eft pourrie au bout de quinze jours. On la pile alors dans un *Canot* (efpece d'auge) fait exprès , & qui ne doit fervir qu'à cet ufage , pour féparer toute la chair d'avec le noyau ; on acheve avec la main ce que le pilon n'a pu faire. On jette enfuite dans une chaudiere qui eft fur le feu, autant de chair que l'on peut en mettre dans les preffes qu'on peut avoir ; il ne faut même la mettre dans les preffes, que lorfqu'on voit cette chair fumer fortement ; avant ce moment , on remue continuellement, pour faire furnager les parties huileufes. La preffe, ou la *Couleuvre*, fe charge comme quand on veut preffer le magnoc. L'huile qui en fort eft reçue dans un vafe, & mife tout de fuite dans des pots. Quand toute la récolte eft finie, on fait rebouillir cette huile pour la purger de toute fon eau, alors elle eft de garde.

On s'en fert pour brûler dans les maifons, & elle brûle en entier, fans la moindre perte. Les Negres l'employent pour affaifonner leurs mêts ; les Blancs même en font le même ufage, quand ils n'en ont point d'autre.

On l'employe, felon *Barrere*, avec fuccès, pour appaifer les douleurs de collique & celles d'oreille.

QUIOQUIO. C'eft le nom de la graiffe qu'on tire de l'amande de l'*Aouara*. Le noyau qu'on a féparé de la graine, fe conferve pendant une année, au bout de laquelle, on le caffe pour en tirer l'amande.

Il ne faut prendre de ces amandes que trois à quatre poignées, qu'on jette dans une chaudiere moyenne, mife fur feu modéré, pour pouvoir les *Braffer*, ou remuer à fon aife. La graiffe furnage peu à peu, on l'enleve à mefure avec une cuillere : on a grand foin de la paffer, avant que de la mettre dans un vafe, parce qu'elle fe fige prefqu'auffi-tôt.

Si on veut l'employer en friture, on la fait bouillir auparavant avec un morceau de caffave, ce qui acheve de lui ôter un goût aromatique, qui lui eft naturel.

Huit cuillerées de cette graiffe, dans quatre d'eau de pourpier, purgent fortement le Negre le plus robufte, & fans aucune tranchée.

ARBRE D'ENCENS. Le bois eft rougeâtre ; la gomme réfine qui coule abondamment de cet Arbre, eft femblable à la gomme elemi. Elle eft d'un jaune pâle ; on la brûle dans les Egliffes de Cayenne au lieu d'Encens. Son odeur eft bien moins agréable que celle de l'Encens qu'on brûle en France.

Cette gomme fe mêle avec l'efpece de bray qu'on tire du *Many*, & fert à lui donner plus de corps.

Terebinthus piltaciæ fructu non eduli. Plum. Barr. p. 107. *An Icicariba. Marcg. ? Sipo. Gal. Barr.*

ARBRE de Saint-Jean, ou *May*, ou *Bois blanc*. Cet Arbre ne vient jamais gros, mais très-haut & droit, avec une fimple touffe de feuilles au fommet ; on le préfere à tous les autres, pour la cérémonie de planter le May.

Le bois d'ailleurs fert à faire des chevres, des grues, des échelles, parce qu'il eft léger. On en fait auffi des chevilles, au défaut de *Bois mouffé*.

ARROUMA. Plante qui paffe pour une efpece de *Pineau*, qui croît le long des prairies, & dans les fonds gras & marécageux, de la hauteur d'environ dix pieds. La tige, qui eft anguleufe & fans nœuds, eft groffe comme le pouce, ou du moins comme le petit doigt, vers le bas de la tige qui diminue dans sa hauteur.

Elle se fend aisément en long, comme l'osier franc; une pellicule forte, qui sert d'écorce à la côte des feuilles, se leve avec un couteau, par bandes d'un demipouce au plus.

On en fait des *Manarets*, des *Borgnes*, des *Gouris*, & d'autres instrumens, dont les Sauvages se servent dans leurs travaux. Ils sont très-adroits à l'employer pour tous les ouvrages de vannerie ; les *Pagaras*, ou corbeilles, les *Cataolis*, ou hottes, leurs *Racouma*, ou couleuvres, leurs *Matoutou*, ou petites tables à manger, se tirent de la même Plante.

Du côté du Para, il y a de petits paniers nommés *Bacalla*, de diverses formes, & diversifiées par un coloris artificiel, qui ne sont qu'un tissu délicat, de petits brins de la tige d'Arrouma & de ses feuilles. Barrere croit qu'avec l'Arrouma, on pourroit faire des nattes.

Quand ils ont coupé la longueur qui leur convient, ils ôtent l'écorce verte avec le dos d'un couteau, & vont ensuite au bord de l'eau passer, dans leurs mains pleines de sable, les brins coupés, pour enlever le peu d'écorce qui reste.

Ils noircissent ensuite ces brins, les divisent en quatre quartiers, & chaque quartier en deux, tirant en même tems la moëlle qui est au centre. En mettant alors un des deux bouts entre leurs dents, & le tenant de la main gauche, ils levent encore de la main droite une laniere mince comme du papier, dont ils font leurs ouvrages.

On pourroit l'employer au même usage que le Rotang, dont il a la couleur quand il est sec.

Palma dactylifera humilis, *Cannacoroïdes*, *caudice tenui fissili*. Barr. *Ess. p.* 89.

Aroman aux Isles, *Herbe aux hebéchets*, Du. T. 185. *Aticone* par les hommes Caraïbes, *Oualloman* par les femmes. *Bihai*, *Plum.* dont il est une espece.

AVOCAT. Arbre fruitier, qui s'éleve moins haut

que l'Abricotier , & peut entrer dans l'ornement d'un jardin ; mais le bois en eft mol , & fujet à prendre la pente fous le vent , il faut avoir foin de l'étayer.

Son fruit eft agréable ; on le mange comme le melon , avec du fel & du poivre.

Il eft gros , ainfi que fon noyau , duquel on tire , en l'incifant , une petite couleur violette. Du fil teint de cette couleur feroit très-propre à marquer le linge.

On fe fert d'un moyen plus court : on étend fur le noyau l'endroit du linge que l'on veut marquer , & avec la pointe d'un couteau , on trace fur le linge la lettre qu'on veut. La couleur alors fuivant la trace qu'on a faite , s'imbibe dans le linge , & ne fe paffe jamais.

Trois ou quatre de ces Arbres , feroient très-utiles à côté de chaque cafe de Negres , pour eux & pour leurs enfans Le bois n'eft bon à rien.

Ahuaca quahuitl. Xim. 140. *Laet. N. O.* 226. *Aguacate Hifpanis corrupto nomine , Laet. ibid. Aouacate Car. The Avocado or. alligator Pear trée Sl. cat.* 186. *Perfea Cluf. Laurus.* Bois d'Anis , *Gall.*

BACHE , Latanier aux Ifles. Palmier grand & beau , qui croît dans les endroits marécageux ; il eft creux en dedans , & rempli de moëlle. Fendu & vuidé de fa moëlle , il fert naturellement de goutieres.

Si on le coupe de la longueur des chemins qu'on veut rendre praticables , & qu'après l'avoir fendu & vuidé on l'incrufte dans la boue , fon ufage fera préférable à ces bois ronds qu'on y employoit , & dont l'inégalité ébranloit , par des cahots répétés , les bandes; démanchoit les jentes des voitures.

Les feuilles font plates & en forme d'éventail.

En naiffant , c'eft un éventail fermé ; épanouies , c'eft un éventail ouvert , excepté que les bouts font pointus & féparés. Elles fervent de parafols , de parapluies , on en couvre les cafes.

Les Sauvages lient deux ou quatre de ces feuilles enfemble , favoir deux deffus & deux deffous ; dans le milieu, milièu, ils mettent des poiſſons attachés par la queue, qu'ils expoſent au feu pour les conſerver.

Les *Maillés* font un grand cas de ce Palmier ; ils en mangent le fruit, qu'on appelle *Pomme de Bache*, ſe ſervent des feuilles pour couvrir leurs caſes, & en tirent un fil pour faire leurs hamacs.

On en prend des morceaux gros comme la moitié du poignet, qu'on attache au corps du Canot, pour en relever les côtés en guiſe de bordage.

La Bache fendue en long, & taillée en maniere de litteaux, arrêtés avec des brins de *Pitte*, leur ſert de voiles. *Barr. Rel.* 134.

Palma dactylifera radiata major glabra, *Plum. gen. Barr.* 90. *Carnaiba*, *Piſ.* 1658. *p* 126. *Alattani*, *Car.*

BACOBE, ou BACOVE, *Voyez* BANANIER.

BAGASSE. Très-grand arbre, touffu, qui vient droit & gros ; ſa feuille eſt digitée, il y en a une eſpece qui croît ſur les mornes, ou petites montagnes, & une autre près des marécages.

Celui-ci eſt leger, il dure davantage, & ne cale ou ne s'enfonce jamais ; auſſi eſt-il préféré à celui des mornes, quoiqu'il ſoit plus difficile à ouvrir.

La partie d'Oyapock eſt la plus abondante en Bagaſſe. Les Habitans de ce canton en font commerce avec ceux de Cayenne.

Bagaſſe. On appelle de ce nom la canne preſſée qui ſort du moulin.

BALATAS BLANC. Arbre qui vient fort & très-droit, la feuille eſt étroite & pointue ; ſon écorce eſt adhérente, brune & tailladée.

Il eſt très-facile à ſcier, il a la même couleur & le même aubier que l'*Acoma* des Iſles, dont parle le P. Labat. Il s'éclate, & ſe fend au ſoleil.

On en peut faire du bardeau, & l'employer dans le haut des charpentes ; mais on s'en ſert peu pour des poteaux, ou fourches en terre. Il attire les poux de bois, qui s'inſinuent dans ſon cœur d'un bout juſqu'à l'autre. K

Si on s'en sert pour faire des fourches , il faut qu'elles soient grosses , & que l'arbre soit vieux.

Quand on l'employe , la couleur est rougeâtre ; mai elle disparoît dans la suite , & le bois devient tout blanc.

Le Balatas rouge perd aussi de sa couleur rouge , mais elle ne devient que grisâtre.

BALATAS ROUGE , appellé à Saint-Domingue *Sapotiller maron*. C'est le premier des bois pour bâtir.

Il l'emporte sur tous les autres par sa beauté , par sa tige droite , ainsi que par sa longueur & par sa grosseur. Il vient ordinairement au bord des rivieres ; sa feuille est petite. Il s'équarrit parfaitement bien : c'est un de ceux qui durent le plus à l'air , il est sans fin lorsqu'il est à couvert.

Il a le cœur plus gros que le Balatas blanc.

Il s'éclate quelquefois , & se fend au soleil. Son fruit rond & gris , ou longuet & jaune , ressemble à une prune d'Europe. Ce fruit est fort recherché ; on le mange au dessert , il est doux , agréable & sucré.

Balata , Car. Sapota.

BALATAS A GROSSE ÉCORCE. Il vient aussi haut & plus gros que le *Balatas* rouge , mais il est tortu & plein de nœuds.

Il n'est bon qu'à de gros ouvrages , étant trop plein de feve. On en fait des piles à *Roucou*. Mais il ne vaut rien pour des baguettes à cotton. Le bois se retire.

On en fait aussi du bardeau ; mais moins bon qu'avec d'autres bois , en ce qu'il se retrécit , & fait la goutiere.

BANANIER. Il y en a de deux especes , ou deux variétés qui different par le fruit.

Le fruit de l'une s'appelle *Bacobe* , ou *Bacove* , & on lui donne le nom de *Figue*. Il est plus court , plus gros , & même plus délicat que celui de la *Banane* , qui est plus long. La tige du Bacovier , en dehors , est d'un verd taché de noir , celle du Bananier est toute verte.

Les Portugais n'osent manger de ces fruits par superstition, parce qu'en les coupant en travers, ils croyent, dans la figure qui s'y trouve marquée, reconnoître la Croix de Jesus-Christ. Ce n'est qu'un Y.

On les mange cruds, ou cuits au four, ou coupés par rouelles en trois morceaux sur le gril, ou coupés en deux & sechés au soleil ; on les mange au vin, à l'eau, au sel, cuits enfin avec quelque graisse que ce soit. On donne le nom d'*Embagnan* à une sorte de bouillie qui se fait avec des Bananes. Les Habitans de la Grenade en font une espece de pain, qui est d'un grand usage parmi eux. Enfin on en fait une boisson agréable ; des Bananes cuites avec leur peau dans de l'eau, la rendent sucrée ; après avoir ôté la peau, on les brasse. Cette boisson est très-nécessaire aux Negres.

La tige, qui s'éleve à la hauteur de dix à douze pieds, fût-elle plus grosse que la cuisse, s'abattroit d'un seul coup de sabre. La Plante se multiplie comme l'Ananas, par des œilletons qui naissent au pied.

Il n'y a qu'une figue Bacobe, il y a plusieurs sortes de Bananes, qu'on distingue par des noms différens ; un habitant doit avoir de toutes sur son habitation.

La *simple* & la *musquée* sont celles dont les Blancs font le plus d'usage. C'est une excellente nourriture : les Negres de la Grenade ne vivent presque pas d'autre chose.

La *Banane cochon* est la plus grosse ; & quoique moins délicate, se mange avec plaisir : elle est excellente cuite au four.

La *Guingua* fournit moins que les autres ; elle ne rapporte que cinq ou six fruits par régime, les autres en donnent vingt-cinq ou trente.

Dans une terre ordinaire, les Bananiers rapportent au bout d'un an ; dans une très-bonne terre, ou près des parcs à bestiaux, ils rapportent plutôt.

J'ai sçu que les Sauvages, pour avancer la maturité des fruits, les enveloppoient dans des feuilles de la

K ij

Plante même , & les mettoient dans un trou fait à un coin de leurs cafes. A quelques jours de-là , ils les retiroient mûrs, & plus jaunes que des coins.

L'eau qui fort du corps de la Plante, ou d'une feuille qu'on romproit, eft jaunâtre , & laiffe au linge une tache qui ne s'efface jamais : mêlée avec le jus des feuilles du *Pois de fept ans* , qui donne une belle couleur verte, elle lui donne de la confiftance & l'empêche de pâlir.

Balatana , Balatanna , Car. Groffes Bananes. *Baloulou , Car.* Petites Bananes. *Baccoucou , Car.* Figue Bacobe. *Mufa fructu cucumerino breviori. Plum.* Bacobe. *Mufa fructu cucumerino longiori. Plum.* Bananier.

BARALOU , ou BAROULOU. Balifier. Cette Plante a du rapport, par fes feuilles longues & larges, avec le Bananier. Mais fa tige eft plate, & un peu concave dans le milieu. Elle croît ordinairement dans les bois revenus , & prouve la bonté du terrein.

Ses feuilles fervent à couvrir les cafes , en les fendant par le milieu le long de la côte, & les rangeant enfuite fucceffivement fur le toît qu'on veut couvrir; on les coud de pied en pied , pour qu'elles ne foient pas tourmentées par les vents. D'autres les attachent côte à côte , comme les autres feuilles employées à la couverture. De cette derniere maniere , les couvertures durent le double de tems, fur-tout fur les cuifines , par rapport au feu. On fe fert de ces feuilles pour doubler les *Pagaras*.

Divers oifeaux , les Ramiers fur-tout , font fort friands des graines du Balifier , ce qui rend leur chair amere , dans la faifon où ils en mangent.

Larrere dit que les Sauvages mangent auffi ces graines par délices , & qu'ils mettent au feu les fruits pour en tirer les graines.

Il eft certain que la graine de Balifier teint en beau pourpre , il ne s'agiroit que de trouver quelque ingredient qui pût affurer cette couleur & la rendre durable.

Cannacorus musæ folio & facie. Barr. Eff. p. 30.
Baliri , Balliri , Car.

BAMBOU. *Voyez* CAMBROUZE.

BEAUME DE SAVANNE, ou BASILIC DU PA-
RA. Efpece de Beaume qui s'éleve à 2 pieds de hauteur.

Une poignée de ce Bafilic, cuite avec du fort vinaigre, & appliquée fort chaud fur le point de côté, le
guérit, s'il ne provient que de vents.

La feuille eft rude, d'un verd noir. La fleur eft petite & bleue.

BOCO. *Voyez* PANACOCCO.

BOIS A CANON, BOIS CANON. Arbriffeau
affez élevé, dont l'intérieur eft creux & féparé de diftance en diftance par une membrane.

Il ne porte que quelques branches à fon fommet,
& peu de feuilles à chaque branche ; ces feuilles font
plus larges à leur extrêmité, très-grandes, digitées,
comme celles du *Papayer*, & pofées de même fur la
tige, vertes en-deffus, blanchâtres en deffous.

Le bois eft blanc, mol, fe fendant aifément : on
peut l'employer pour faire des goutieres, & tranfporter
de l'eau d'un endroit dans un autre. Il ne laiffe pas que
de durer, étant à couvert.

La pellicule du dedans du bois étant ratiffée, guérit
les chancres, s'ils ne font pas vénériens ; ils difparoif-
fent au bout de huit jours, en renouvellant l'ufage de
cette poudre matin & foir.

Le fel fixe que donne ce bois, eft d'un grand fecours
pour dégraiffer, & faire écumer le vin des cannes à
Sucre : peut-être, felon Barrere, pourroit-il fervir à
faire du verre, du favon, & être de quelque ufage dans
le blanchiffage des toiles.

Ambaiba Brafil. Urakufiba Braf. Iaruma. Ovied.

BOIS A FLAMBEAU. *Voyez* BOIS ROUGE. On
donne ce nom au *Bois rouge*, par la propriété qu'a fon
écorce de brûler, & de faire l'office d'un flambeau.

An Cabureiba ? Pif.

K iij

BOIS A GAULETTES. Cet Arbriſſeau , qui eſt très-commun , vient droit , d'environ 9 à 10 pieds de hauteur. On le coupe en morceaux , de quatre à cinq pieds de longueur , ce qui fait la moitié de la hauteur la plus ordinaire d'un plancher. On refend ces morceaux , & les gaulettes refendues qu'on en tire , ont environ trois lignes d'épaiſſeur.

On les entrelace dans les étançons , placés entre les poteaux ou fourches qui ſoutiennent les maiſons, très-près les unes des autres , & de chaque côté alternativement. Les petits intervalles qui peuvent ſe trouver en-tr'elles , ſont remplis par des bouts du même bois , qu'on poſe en travers : le gauletage ainſi fait , a une conſiſtance qui réſiſte à tous les efforts. Pour le détruire , il faut couper les étançons.

Il faut obſerver que les gaulettes ſoient vertes.

C'eſt ce gauletage qui fait les murailles de la plûpart des maiſons. On les *Bouzille* enſuite. On choiſit une terre graſſe , que l'on racle par couches ; on en fait un gros tas , au milieu duquel on fait un baſſin , qu'on remplit d'eau , dans lequel on jette de la terre ſucceſſivement , en la broyant à meſure. On prend des poignées de cette terre pétrie , qu'on jette avec force contre les gaulettes , & qui emplit l'intervalle & les couvre ; avec la main, qu'on a ſoin de tenir mouillée , on égaliſe , on polit , on remplit les crevaſſes à meſure que la terre ſe ſeche ; & quand la muraille eſt ſeche en entier , on l'enduit pluſieurs fois avec du *Carcabeuf* ; c'eſt de la bouze de vache ; puis on la blanchit avec de la chaux , faite de coquillages , ou avec une terre blanche , délayée & paſſée.

Coubouliroua , Car.

BOIS AGOUTI. Sa graine ſert de nourriture à l'animal nommé *Agouti ,* dont l'arbre a pris le nom de *Bois Agouti.*

L'Arbre eſt grand , mal fait , mais ſon bois dure long-tems en terre.

Le fruit eſt une eſpece de petite noiſette.

Yattouhai, Car. *Bois Lézard*, ou *Bois d'Agouti* aux Ifles.

BOIS BENOIST FIN. Arbre d'une affez belle venue, grand & gros. On s'en fert pour faire des meubles. Ce bois a les veines plus rouges que celles du bois fatiné ; le fond en eft jaunâtre.

BOIS BLANC. *Voyez* ARBRE de Saint-Jean.

BOIS BLANC. *Voyez* POIRIER fauvage.

BOIS CACA, ou de merde. Grand Arbre affez commun, dont le bois eft de peu de durée en terre, mais qui peut fervir à couvert dans le haut des bâtimens.

L'odeur qu'il répand, quand on le coupe, lui a fait donner le nom fous lequel il eft connu. Cette odeur s'évapore en fechant.

L'écorce eft unie, blanche, la feuille longue, le fruit eft une petite graine verte.

Kavalam. H. Malab. Ad.

BOIS CAPUCIN. *Voyez* BOIS fignor.

BOIS CITRON, ou BOIS DE ROSE. Bel Arbre, appellé *Bois jaune* aux Ifles, bon à faire des fourches ou poteaux à mettre en terre.

Le bois eft de couleur de citron, ayant une petite odeur de rofe ; fa feuille a l'odeur de citronnelle.

La feuille bouillie, avec le *Bois de Crabe*, donne à l'eau une odeur qui tient de l'une & de l'autre, & qui en fait une boiffon très-agréable.

On l'employe auffi dans des bains contre les échauboulures.

Bois de Rofe, Barr. *Bois jaune* aux Ifles. *Arbor ligno citrino rofam fpirante. Barr.* p. 16.

BOIS D'EBENE. *Voyez* EBENE.

BOIS DE CRABE. Canelle Géroflée. Cet Arbriffeau eft bon à faire des fourches, ou poteaux enfoncés en terre. Barrere a vu des Carbets d'Indiens faits tous de ce bois. Il croît dans la terre ferme, du côté de la riviere d'Ourapeu.

K iv

L'odeur de fon bois eft aromatique ; ce bois bouilli, avec la feuille du *Bois Citron*, qui a l'odeur de citronnelle, produit une boiffon qui tient de l'une & de l'autre odeur.

Myrthus arborea caryophylli aromatici odore. Barr. Eugenia.

BOIS DE FER. Grand Arbre. C'eft un bois dur, mais fi fujet aux poux de bois, qu'il n'eft de nul ufage dans les bâtimens.

On l'employe en ptifane.

Ibera puteana, Ibira Obi, Marcg.

BOIS DE FEROLES, ou BOIS MARBRÉ. Ce bois eft comme jafpé, ou parfemé de taches qui reffemblent à celles d'un marbre veiné de rouge, de blanc & de jaune : ce qui lui a fait donner auffi le nom de *Bois marbré ou colorié.*

Il conferve le nom de *Bois de Féroles*, parce qu'il a été trouvé, pour la premiere fois, dans un abattis de l'habitation de M. *de Féroles*, alors Gouverneur de Cayenne.

C'eft le bois le plus recherché pour les ouvrages de marqueterie, & pour différens meubles. Le fond en eft blanc.

Ferolia arbor ligno in modum marmoris variegato. Barr. Eff. p. 51.

BOIS DE LETTRES. Le bois de Lettres a le cœur tigré, ou moucheté de noir. Le fond en eft rouge.

Le cœur eft beau, luifant, très-dur ; on en fait des pilons.

Il y en a dont le fond eft jaune.

L'un & l'autre s'employent en meubles, fur-tout pour des montans de chaife, parce que le cœur eft très-petit, n'excedant pas trois à quatre pouces de diametre. Le jaune fert plus ordinairement de canne aux Negres.

Arbor lauri folio, ligno variegato, vulgo lignum litteratum. Barr. p. 16. Baira, Car.

BOIS DE MESCHE. *Voyez* CARATAS & OUAYE.

BOIS DE MERDE. *Voyez* BOIS Caca.

BOIS DE PTISANE. Liane qui vient fort groſſe, qui ſe trouve dans les bois revenus, & qui eſt de couleur de vin. On en prend une ou deux poignées, que l'on mêle avec force citrons entiers, pour faire tremper les *Malingres*.

BOIS DE ROSE. *Voyez* BOIS Citron.

BOIS DE SAINTE - LUCIE. Très-grand Arbre qu'on employe à faire des meubles.

BOIS DE SAVANE. *Voyez* POIRIER ſauvage.

BOIS DUC. Grand Arbre dont on ſe ſert dans les bâtimens. On en tire du bordage & des madriers.

BOIS JAUNE aux Iſles. *Voyez* BOIS Citron.

BOIS IMMORTEL. Pour guérir le mal d'eſtomac, on prend écorce, branches, bois & racines du *Bois immortel*. On en gratte la peau ; on coupe le tout par morceaux du poids d'une demi-livre, que l'on fait infuſer à froid pendant vingt-quatre heures, dans un pot rempli de ſyrop, avec le même poids de racines de *Bois à gratter*, & de celles d'*Indigo* ſauvage & de Guimauve. On y ajoute de la rouille détachée du fer. Quand on a fait uſage de cette boiſſon, on remet d'autres racines ſur l'écorce de bois immortel, qu'on laiſſe au fond, pour renouveller la boiſſon.

Le bois vient aiſément de boutures, & il eſt excellent pour faire des entourages.

Corallodendron triphyllum Americanum, ſpinoſum, flore raberrimo. Inſt. App. Barr. p. 41. Ahiphi, Tuinanti Iba, Car.

BOIS INDIEN. Groſſe liane qui ſe trouve dans le gros bois.

La racine battue, juſqu'à ce qu'elle ſoit diviſée à l'infini, trempée enſuite dans le lieu qu'on veut enyvrer, manœuvre qu'on répete juſqu'à ce qu'il ne reſte plus de jus dans la racine, enyvre très-bien les trous de ſavane, & ceux des bords de la mer, lorſqu'elle eſt baſſe.

BOIS LONG. Ainſi nommé par les Portugais du Para, *Pao comprido*, eſt un Arbre laiteux, dont le ſuc eſt corroſif & dangereux pour les yeux, s'il en rejaillit lorſqu'on en taille le tronc. Il eſt très-rare dans la Guyane, & n'y eſt connu ſous aucun nom. Son ſuc laiteux s'épaiſſit ſans aucun mêlange, & a beaucoup de rapport à celui du *Bois ſeringue*. J'indique cet Arbre, comme pouvant être utile, & je ne le connois que d'après la deſcription de M. Freſneau. Mém. de l'Académie des Sciences, 1751, p. 326, qui a donné la figure de l'Arbre, de ſa feuille, de ſon fruit, de ſon noyau, p. 332, Pl. XIX. n⁰. 6, 7, 8, 9.

BOIS MAKAQUE. Grand Arbre de peu de durée en terre, dur, bon à couvert dans le haut des bâtimens. Il eſt plein de trous. L'Arbre eſt ainſi appellé, parce que l'eſpece de ſinge, dit *Makaque*, préfere ſon fruit à tout autre.

BOIS MARBRÉ. *Voyez* BOIS de Feroles.

BOIS MOUSSE. C'eſt un bois mol, très-léger, qui vient très-droit, & qui dure aſſez long-tems mis en œuvre.

On l'employe le plus ſouvent à faire des chevilles, pour faire tenir le bardeau. On le ſcie par billes, longues de trois pouces ; il ſe refend enſuite, & ſe débite en chevilles.

On en fait auſſi des chevres, des échelles.

BOIS PUANT. Arbriſſeau qui pouſſe pluſieurs tiges. Il eſt commun ſur les bords des ſavanes en de certains quartiers, & ſur-tout au bord de la mer.

On l'employe à faire des cercles pour les barriques ; mais ſitôt qu'il eſt coupé, il faut le mettre à l'ombre, pour être refendu tout de ſuite, & préparé en cercles à *Tas tournés*.

Il dure alors, & ſoutient le crochet quand le cercle eſt large.

An Yakalou, Car. Hedera arbor fœtida, nucis juglandis folio, fructu maximo. Barr. Eſſ. 58.

BOIS QUINQUINA. On ne fait point ce qui a fait donner à ce bois le nom de Quinquina, avec lequel il ne paroît avoir aucun rapport.

Cet Arbriffeau croît naturellement dans les grandes favanes, ou prairies abandonnées depuis long-tems.

Barrere ajoute qu'on s'eft fervi quelquefois, dans la dyffenterie, du bois & de l'écorce de cet Arbriffeau, avec le même fuccès que du Simarouba.

Malpighia latifolia cortice fanguineo. Barr. Eff. p. 72. *Xourouquouy. Gal.*

BOIS ROUGE. Très-grand Arbre. C'eft après le Balatas le meilleur pour bâtir.

Il eft bon à faire des fourches en terre, des piquets, des poftes, des barres, du bardeau, & même, au défaut de Balatas, des aiguilles de *Cabrouet*, & autres ouvrages en ce genre.

Il eft nommé Bois rouge, parce que le cœur du bois étant travaillé eft très-rouge. Il éclaircit, & devient gris à la longue.

Son écorce, qui eft grife d'abord, devient rouge en fechant, tant en dehors qu'en dedans.

Les Indiens fe fervent même quelquefois de cette couleur pour colorer certains ouvrages; ils l'employent pour s'éclairer, de même qu'on employe le Pin dans les Pyrénées.

Anacoucou, Car. Cabueriba, Pifo. Terebinthus procera balfamifera rubra. Barr. p. 107.

BOIS SATINÉ. Bel Arbre fort touffu. On l'employe en meubles.

Il a le fond rouge, veiné de jaune.

BOIS SERINGUE. C'eft l'Arbre dont la feve laiteufe produit cette réfine élaftique, dont parle M. de la Condamine dans fa relation de la riviere des Amazones, p. 78, 1745, *in-*8°.

Je n'ai jamais vu cet Arbre; mais M. Frefneau, qui a féjourné quatorze ans à Cayenne, en qualité d'Ingénieur, l'a découvert dans cette Colonie. Voyez-en la description , la figure des feuilles & du fruit, & ses usages , dans les Mémoires de l'Académie des Sciences de 1751 , p. 329 & p. 432 , Pl. XIX. les fig. 10 , 11 , 12 , 13 , 14 & 15.

Le nom de Bois Seringue , Pao de Xiringa , lui a été donné par les Portugais , parce qu'ils font de cette réfine des feringues , à l'imitation des Omaguas , nation du centre du continent de l'Amérique méridionale.

Hhévé dans la Province des Emeraudes , écrit *Ievé* par les Espagnols. *Caoutchouc* chez les *Mainas* , nation du bord de la riviere des Amazones.

BOIS SIGNOR , ou CAPUCIN. Très-grand Arbre, bon à bâtir.

C'est une espece de Balatas , mais d'un grain plus fin.

Il est encore de peu d'usage à Cayenne , où à peine est-il connu , quoique les quartiers de Ko & de Provat en soient assez fournis. On en doit même la connoissance à des Indiens fugitifs du Para.

BOIS TAPIRÉ. Grand Arbre , dont le cœur est mêlé de rouge & de jonquille.

On l'employe pour faire des meubles.

Il a une excellente odeur , & la communique au linge qu'on renferme dans les armoires faites de ce bois.

BOIS VIOLET. On fait de ce bois des ameublemens , & plusieurs beaux ouvrages de marqueterie ; son violet clair , tirant sur le purpurin , se ternit aisément, si on n'a soin de le cirer de tems en tems. *Barr.* 105.

Il croît au bord des marécages , & est monté sur des *Arcabas.*

Spartium arboreum trifolium ligno violaceo. Barr. Ess. p. 105.

BOULET DE CANON. La grosseur & la forme sphérique du fruit de cet Arbre , lui a fait donner par les Créoles le nom de Boulet de Canon. La feuille est grande , lisse ; sa nervure principale va jusqu'à son extrêmité ; les autres sont assez distantes les unes des autres , & obliques.

L'écorce du fruit est épaisse, dure, jaunâtre, couverte de taches cendrées : le fruit contient une chair douce, dans laquelle il y a plusieurs noyaux, qui font du bruit les uns contre les autres, en remuant le fruit lorsqu'il est desseché. Les Sauvages aiment ce fruit, & les Blancs n'en font usage que dans les maladies de poitrine.

Pison dit qu'il y en a une autre espece, que les Portugais appellent *Setim*, dont le bois ne se pourrit jamais, & qui seroit très-propre à faire des Canots.

Voyez la figure de l'arbre & du fruit dans l'Appendix de Marcgrave, p. 293.

Pekia fructu maximo globoso. Barr. p. 92, Kourou pitoutoumou Car. Pequea sive Pekia. Pis. 1658, p. 141.

CACAO. La culture des Arbres qui donnent le Cacao, est un des objets de manufacture qui font détaillés dans l'ouvrage, il est inutile de répéter ici ce qui en a été dit.

On a quelquefois éprouvé le dépérissement des Cacaoyers dans presque toute la Colonie.

On a cru pouvoir l'attribuer au tuf qui se trouve aux environs de Cayenne, à une certaine profondeur. Ce tuf est très argilleux & très-dur. Le moyen de prévenir cet inconvénient, seroit de transplanter les jeunes plans, & de couper la moitié de leur pivot.

CACHIMAN. Nom générique d'un Arbre dont il y a plusieurs especes. Celles que j'ai remarquées à Cayenne font, 1°. le Petit Corosol, ou le Cœur de Bœuf; 2°. le Pommier de Canelle.

Guanabanus. Pl. Anona.

1°. PETIT COROSOL, ou CŒUR DE BŒUF. Cet Arbre commun à Cayenne, vient facilement dans les terreins défrichés, abattus.

Son fruit, qui a un goût aigrelet, n'est gros que comme la plus grosse poire. Celui des Isles a jusqu'à six pouces de diametre, & pese jusqu'à huit livres. Il a la figure d'un cœur, la couleur est d'un verd clair; il est couvert de petites écailles, qui reſſemblent à la pomme de Pin. Sa chair eſt blanche, & remplie de petits pepins noirs. Elle eſt agréable au goût & le reveille.

L'Arbre fleurit deux fois l'an. Il eſt propre à former des entourages ; on le mêle avec le Medecinier qu'il ſoutient.

On prétend que ſa racine eſt employée par les Indiens contre l'épilepſie, & qu'ils la font avaler pulvériſée au malade, dans l'inſtant qu'il s'en trouve attaqué. Cette même racine, priſe par le nez comme du tabac, produit le même effet.

Alacalyoua, Car. Guanabanus fructu turbinato minori luteo. Barr.

2°. POMMIER DE CANELLE. Sa tige eſt plus petite que celle du Cœur de Bœuf ou du Coroſol ; ſa feuille eſt preſque la même. Son goût aromatique differe peu de celui du Coroſol.

J'ignore ce qui lui a fait donner le nom de *Pomme de Canelle* : il n'en a aucunement le goût, & ne reſſemble en rien au Canelier de l'Inde.

Je crois poſſeder le plus beau de cette eſpece.

Il exiſtoit à plus de ſix lieues de mon habitation, dans une habitation abandonnée ; je riſquai le tranſport, quoiqu'il fût déja fort gros. Je ne lui laiſſai qu'une branche & une racine : je le plantai en cet état au commencement de la ſaiſon des pluies. Six ſemaines après, il pouſſa de petites feuilles. On vint voir cette expérience par curioſité.

Ses feuilles ſeches, infuſées dans le Taffia, m'ont donné une liqueur très-agréable.

Guanabanus fructu aureo & molliter aculeato. Plum. Gen. Barr.

CAFFÉ. Le détail qui ſe trouve dans l'ouvrage ſur la culture & la récolte du Caffé, diſpenſe d'en rien dire ici.

CALALOU. KAROULOU, *Barr. p. 66.* Cette Plante eſt eſſentielle aux Blancs comme aux Negres ; elle monte à quatre ou cinq pieds de haut, & rapporte de petits fruits tendres, remplis de petites graines mucilagineuſes.

On hache par petits morceaux, les graines & la *Caboſſe*, c'eſt ainſi qu'on appelle l'enveloppe qui les contient; au défaut de feuilles de Magnoc, ou de Tayove, on y mêle des jeunes feuilles de la Plante; le tout ſe cuit avec quelque graiſſe, ou du lard, ou du poiſſon boucané; & c'eſt le mêts que les Créoles donnent par préférence aux perſonnes les plus diſtinguées.

Le fruit étant jeune, ſe cueille pour être mangé en ſalade, à l'eau & au ſel. Il eſt bon pour l'eſtomac, & convenable aux convaleſcens.

Ketmia Braſilienſis, folio ficus, fructu pyramidato ſulcato. Inſt. Karoulou. Barr. Eſſ. p. 66. Ouaouayama, Car. Citrouille, Potiron, Giraumont. Ils les mettent bouillir dans de l'eau avec la pelure & les pepins, pour les manger ſans autre ſauſſe. *Quingombo Luſitanis. Marcg.*

CALEBASSE DE TERRE. Cette Plante n'a aucun rapport avec le Calebaſſier. Elle eſt rampante, & tient du genre des Coloquintes.

On en tire un excellent vomitif. Il y en a pluſieurs eſpeces, ou variétés.

Colocynthis oblonga, C. B. Barr. Eſſ. p. 37. Calebaſſe de terre. ⹀ *Parvo fructu turbinato. Barr. ibid.* Petite Calebaſſe. ⹀ *Fructu flavo pyriformi. Barr. ibid. Camoucoulou, Car.* Calebaſſe d'herbe.

CALEBASSIER. Toutes les eſpeces ou variétés de cet Arbre ſont égales entr'elles, quant au tronc & aux feuilles. Les branches des plus gros partent à trois ou quatre pieds de terre, & portent les plus gros fruits. Le plus haut Calebaſſier ne paſſe pas ſeize pieds.

Cujete Marcg. Calebaſſier. *Matallou*, par les hommes, *Huira*, par les femmes, *Car. Tiboucoulou, Car.* Petite Calebaſſe d'arbre.

Mouloutoucou, par les hommes, *Commori*, par les femmes, *Car.*

Tonton, par les hommes, *Ehuéyu*, par les femmes, *Car*. Calebaſſe longue, ouverte par le milieu, qui ſert comme de pot à vin.

Imalagali, par les hommes, *Chichira*, par les femmes, *Car*. Calebaſſe médiocre, pleine de petites pierres, qui leur ſert de violon.

Tamoucoulou, *Car*. Calebaſſe faite comme un piſtolet.

1°. Le fruit le plus gros eſt plus plat que haut, & n'a qu'une très-légere épaiſſeur.

Il a la forme & la groſſeur d'un potiron ; les Negres en font des pots, il y en a qui contiennent douze à quatorze bouteilles.

2°. Celui que les Negres appellent *Gogligo*, ſe coupe aux deux tiers, & le tiers coupé ſert de couverture aux deux autres. Cette couverture a deux pouces d'épaiſſeur. On la paſſe dans une ficelle, dont l'autre bout tient à la partie qui eſt plus conſidérable, & aſſujetit enſemble les deux parties. Ce vaſe ſert à contenir la proviſion du jour pour ceux qui travaillent.

Cette Calebaſſe eſt la meilleure & la plus dure, c'eſt d'elle dont on tire ce ſyrop ſi renommé.

3°. Il y en a une eſpece, qui reſſemble en petit à une Citrouille. Les Portugais en varient les formes. Quand elle eſt à moitié mûre, ils la ſerrent avec force, ſuivant la figure à laquelle ils veulent l'aſſujettir ; c'eſt le plus ſouvent à côte de melon ; le fruit en avançant en maturité, s'augmente dans les endroits où il n'eſt pas gêné. Quand il eſt mûr, une ficelle fait l'office d'un couteau pour le couper en deux : on vuide l'intérieur, on colore l'extérieur avec des couleurs apprêtées dans de la gomme d'Acajou.

4°. En forme de Concombre.

5°. Qui reſſemble à un Cornichon.

Ces fruits, comme on le voit, ſont très-utiles. On en tire des pots, des verres, des plats, des aſſiettes, &c.

On

On en ôte la chair, en la laiffant pourrir peu à peu avec de l'eau chaude. Ce qui en refte fe détache avec de petits inftruniens ; ou bien l'on y infere, foit du gros plomb, foit de petites roches, que l'on remue avec force, pour achever de féparer les parties qui peuvent refter attachées, & les faire fortir.

CAMAGNOC. Efpece de Magnoc qu'on plante de même que le Magnoc, & dont la racine s'arrache au bout de fept mois ; on la mange alors rôtie ou bouillie.

Si on la laiffe plus long-tems en terre, elle n'eft bonne qu'à être mife en farine, & à être travaillée comme le Magnoc, avec cette différence que l'eau qui en fort n'eft pas dangereufe ; fa farine même eft préférée à celle de Magnoc.

On en fait de bonne caffave, & quand on veut donner plus de goût à celle qu'on fait avec la farine ordinaire de Magnoc, on y mêle de celle de Camagnoc.

Si cette efpece venoit dans toutes fortes de terreins, & qu'elle rendît autant de racines, on la cultiveroit par préférence.

On fait auffi avec la caffave de Camagnoc, un *Matété*, par le même procédé qu'on employe pour celui qu'on fait avec la caffave de Magnoc.

CAMBROUZE. Efpece de *Bambou* ; c'eft un rofeau creux & gros comme le bas de la jambe ; dont les nœuds, qui font de pied en pied, n'excedent pas en dehors ; une petite pellicule épaiffe, de trois lignes, les fépare en dedans les uns des autres. Ce rofeau vient ordinairement au bord des marécages, à la hauteur de huit à dix pieds, & quelquefois plus : il croît par touffes, fes feuilles font éparfes au fommet, la tige eft garnie de longs piquans.

On le coupe de longueur, pour faire des bois de hamac, à quoi il eft plus propre que tout autre bois, à caufe de fa légereté : les Sauvages peignent ces bois & les verniffent. Un autre ufage qu'ils font de la tige du

L

Cambrouze, eft de s'en fervir en guife de cornets; le fon qu'ils en tirent, les annonce dans les rivieres, à ceux qu'ils veulent avertir de leur arrivée.

Ils s'en fervent auffi pour *Appeller le vent*, c'eft ainfi qu'ils s'expriment; ils fonnent de cette efpece de cor, & croyent que le vent qui leur manque leur obéira.

Le Negre s'y prend d'une autre maniere, il le *Siffle*.

Arundo Indica Cluf. Exot. Barr. 18.

CANNE CONGO. Sa fleur eft d'une feule feuille. Le calice, qui dans la fuite devient le fruit, eft enveloppé avec la fleur dans une efpece d'étui, ou de feuille coupée en maniere de canot Indien. *Barr. p.* 7.

Le jus exprimé de la racine de *Canne Congo*, bu en guife de ptifane matin & foir, s'employe avec fuccès pour la guérifon des chancres.

Alpina fpicata purpurea cannacori foliis, abietis conum referens. Barr. Eff. p. 7. *Jacuacanga, Pif.* 1648, 98. *Paco caotinga, Pif.* 1658, 214. *Siriourou, Barr.* 7. *Anachiri, Car.*

CANNE DE SUCRE. On fe fert des têtes, comme de celles des autres Cannes, pour couvrir les maifons.

Le refte qui concerne cette Plante, fe trouvera décrit à l'article de la *Sucrerie*.

Arundo faccharifera, C. B. Tacomarée, Car. Caniche, Car. Mot emprunté des Efpagnols. *Caniche ira, Car.* Jus de la Canne, fyrop, fucre. *Choucre, Car* Sucre.

CARAEROU, ou CARIAROU. Liane de la feuille de laquelle les Portugais fe fervent pour teindre leurs hamacs en cramoifi.

On tire des feuilles de cette Plante, une efpece de fécule qui imite le vermillon, & dont les Indiens fe peignent le corps.

Il y en a un berceau au Gouvernement de Cayenne, il feroit aifé de multiplier cette Plante.

Convolvulus tinctorius fructu vitigineo. Barr. Eff. 39. *Kariarou*, felon Barr. fignifie & la Plante & la fécule. *Karyozarou, Car.*

CARAPAS. Très-grand Arbre, dont le bois léger, filandreux, eft très-huileux, ce qui le garantit des poux de bois. On l'employe à divers ufages. Faute d'autre, il trouve place dans le haut des bâtimens ; on en tire auffi des planches propres à divers ouvrages, pourvu qu'on les employe auffi-tôt qu'elles font refendues ; fans cette précaution, elles font fujettes à fe fendre. Il y a des meubles communs que le Carapas peut fournir. C'eft un des meilleurs bois pour des *Bailles à couleuvres.* Comme il eft monté fur des *Arcabas*, (ces efpeces de racines droites, élevées hors de terre, qui réunies en un point, foutiennent le corps de l'arbre) on peut, de ces Arcabas, faire des tables d'office, de magafin, même pour repaffer le linge ; mais dans ce dernier cas, il ne faut point s'en fervir à nud, lorfqu'il eft frais coupé ; le bois tacheroit le linge.

La plus grande utilité du Carapas, confifte dans l'huile qu'on tire de fon fruit, qui eft rond, & reffemble *à la Caboffe* du Cacao.

On fait cuire ces fruits aux trois quarts, après quoi on les met par tas, pour les charger d'un poids convenable. Un mois après, on les caffe, on fépare l'amande que l'on pile, & qu'on met tout de fuite fur le feu dans une chaudiere. On la preffe incontinent après dans une couleuvre. A peine l'huile eft-elle exprimée, qu'on la fait bouillir & rebouillir pour la conferver.

Cette huile n'a aucune odeur, & n'eft bonne qu'à brûler. On s'en fert auffi pour frotter légérement les meubles que l'on veut garantir des mittes, ou autres petits infectes, qui ne peuvent fupporter fon amertume. Les Negres chaffeurs s'en frottent pour fe préferver des *Chiques.* Les Indiens auffi en font un grand ufage. Ils la mêlent avec des fleurs de Roucou, pour l'étendre fur leur vifage, leur corps & leurs cheveux.

Elle eft encore excellente avec le bray fec & le goudron, pour garantir les Canots des vers. Des Navires,

L ij

après un long féjour à Cayenne, s'en trouverent moins piqués, pour en avoir été frottés auffi-tôt après qu'ils eurent déchargé leurs marchandifes.

Les Indiens tirent cette huile d'une maniere un peu différente. Après avoir pilé l'amande, ils l'expofent à l'ardeur du foleil, fur des morceaux de bois, ou de larges écorces, qu'ils inclinent un peu pour laiffer couler l'huile, qui eft reçue dans un vafe. Par cette méthode, on a moins d'huile, mais elle ne fe fige point.

Karapa, Gal.

CARAPAT, ou PALMA CHRISTI. Le fruit fe ramaffe en Novembre, & s'ouvre de lui même au foleil.

On en tire une huile qui ne fert qu'à purger. La dofe pour les enfans, à qui elle eft le plus utile, eft de deux à trois cuillerées de caffé; on en donne huit cuillerées à une perfonne faite, & neuf à dix pour une perfonne difficile à purger.

Huit groffes graines que l'on pile, & qu'on braffe dans un peu d'eau chaude, pour pouvoir les paffer, réduites dans un verre à la hauteur d'un pouce, ou d'un pouce & demi pour les perfonnes difficiles, font le meilleur remede pour guérir les fievres Negres, quand on n'a pas de gomme gutte : la gomme gutte, dont la dofe eft de la groffeur d'un dez mife le foir dans un peu d'eau froide, & qui fe trouve diffoute le matin, eft encore plus efficace.

Ricinus. Vulgaris C. B. Vulgo Palma Chrifti. Infl. 532. *Carapatos Lufitanis. Pifo. Lamaheu; Alama-Lamarou; Chouloumanum, Car.* Les Negres font de l'huile avec la graine, pour faire mourir leurs poux, ou pour s'en préferver s'ils n'en ont point. Les Caraïbes en levent la peau par aiguillette, en font un frontal contre le mal de tête; chauffent la feuille, en frottent la partie douloureufe, & en reçoivent du foulagement.

CARATAS. Appellé *Bois de mêche* dans le pays, parce que la moëlle de cette Plante fert d'amadoue aux Negres.

Sa feuille chauffée fur la cendre & appliquée fur la partie affligée de rhumatifmes, foulage beaucoup.

C'eft un remede fouverain pour les bleffures. Le fruit de cette Plante s'appelle *Citron de terre*. *Citron*, parce qu'il a le goût acide ; *de terre*, parce qu'il faut la fouiller pour le trouver.

Karatas foliis altiſſimis anguſtiſſimis & aculeatis. Plum. gen. *Caraguata*, *Piſo*.

CAUMOUN. Efpece de chou palmifte, qui s'éleve haut, & qui vient prefque par-tout, affez ordinairement.

Sa graine, qui eft très-petite, eft couverte d'une pellicule d'un noir tirant fur le pourpre. Cette pellicule, preffée entre les doigts pour féparer l'amande, & braffée avec elle dans l'eau, donne à la liqueur qui en réfulte & qui a du corps, la couleur du chocolat. C'eft une boiffon agréable, dont les Créoles font friands ainfi que les Negres, & qui les détermine fouvent à mettre l'arbre à bas pour avoir fa graine, avant qu'une parfaite maturité la faffe tomber. Il en réfulte la deftruction d'un arbre fi néceffaire, tant par l'huile qu'on en tire, que par fes feuilles propres à couvrir les cafes. L'envie de manger le chou y contribue auffi. L'huile qu'on tire du Caumoun s'exprime ainfi que celle de l'Aouara ; mais ce n'eft pas feulement la chair qui entoure le noyau qui donne l'huile, on employe le fruit en entier, & dès qu'il a été recueilli. Le fruit eft fi petit, que la chair feule ne produiroit probablement que très-peu d'huile.

Un panier de mefure ordinaire rempli de graines, rend une bouteille d'huile. Elle eft préférable à celle de l'Aouara, par fon goût & par fa couleur ; auffi bonne en falade que l'huile d'*Ouangle*, qui équivaut à celle d'Olive.

Les feuilles s'employent pour couvrir les cafes, mais pofées en travers, à caufe de la fumée ; elles durent cinq à fix ans.

L iij

Elles repouſſent chaque année ; ainſi on pourroit ſe contenter, ſans abattre l'arbre, de ne couper que les feuilles. Cette précaution conſerveroit une reſſource annuelle aux Habitans. Si on n'a pas à employer les feuilles coupées, on les refend, & on les met à couvert ; elles en durent même plus long-tems d'avoir été gardées.

Palma coccifera latifolia fructu atro purpureo omnium minimo. Barr. p. 87.

CEDRE ROUGE. On en trouve dans la Comté, canton particulier dans la terre ferme ; ce Cedre reſſemble beaucoup à celui de la Bermude.

Le bois en eſt excellent en bordage & en membrure pour les bâtimens ; ſi l'Arbre étoit rond, on en feroit de bonnes planches. Les vers ni les poux de bois ne l'attaquent jamais.

CEDRES. Très-grands Arbres.

Il y en a de blancs, de noirs, de jaunes. Tous ſervent à faire des Canots : tous viennent droits & d'une certaine groſſeur.

Le jaune eſt préféré. Il eſt trés-léger, ſe travaille bien, s'ouvre facilement, ne cale jamais : les autres ne durent pas autant.

Anhuiba, Car.

CERISIER. Arbre qui n'eſt pas propre à placer en ligne, ou en avenue dans un jardin, mais dans quelque coin.

Il porte des ceriſes pareilles à celles de France, & plus agréables que celles du Ceriſier canelé ; auſſi les préfere-t-on, ſoit pour les manger cuites ſimplement, ſoit pour en faire des confitures, ou des gelées.

CERISIER CANELÉ. Les ceriſes qu'il produit ont un goût aromatique.

Malpighia fructu ceraſino ſulcato. Barr. Eſſ. 72. Achyoulou, Car. Ibipitanga. Marcg. Piſ.

COCOTIER. Ce Palmier vient haut, mais jamais

droit. Si on en élevoit dans les habitations, il faudroit le placer dans l'endroit deftiné à un verger, & non dans le jardin principal. Ses branches, qui pendent, font très-incommodes.

On fait des confitures de fon fruit.

Palma indica coccifera angulofa. C. B. Barr. Eff. p. 85. Inaya-Guacuiba, Car.

CŒUR DE BŒUF, ou PETIT COROSOL. *Voyez* CACHIMAN,

CŒUR DEHORS. Cet Arbre ne vient pas très-gros, il n'a pas un pouce d'aubier, ce qui lui a fait donner le nom de *Cœur dehors*. Il eft excellent pour bâtir en toute terre; qualité qui n'eft pas commune à tous les bois. C'eft le meilleur de tous pour les moyeux, fans être plus lourd que les autres bois. On le préfere auffi au *Courbaril* pour les rouleaux de moulin, étant moins poreux & plus ferré. Il dure long-tems dans l'eau, & en conféquence on s'en fert pour les pilotis & pour les jantes de moulin.

Les Sucriers ne peuvent apporter trop de foin en chappufant leurs abattis, pour tronçonner les bois de cette efpece, qui fe trouvent propres aux ufages que je viens de détailler; on les met en magafin, pour les employer fecs.

CONANA. Palmifte affez beau; mais fi rempli de piquans, qu'on ne peut en approcher. Il rapporte un fruit qui naît autour de quelques branches de la tête de l'Arbre. Ce fruit eft entouré d'une chair qui couvre un noyau fort dur, de la qualité du Coco, gros environ comme une groffe noiferte. Au dedans eft une amande fort blanche, que l'on mange, après avoir fait chauffer le noyau pour l'en tirer. Le goût approche un peu de celui de nos amandes.

Palma dactilifera caudice & fructu aculeatis, Barr. 88.

CONANA SAUVAGE. Cet Arbre n'a aucun rapport avec le *Conana* Palmifte, quoiqu'ils ayent tous

deux le même nom parmi les Sauvages. Il se trouve
dans les grands bois ; le fruit ressemble assez au coing,
il est jaune, & contient quatre graines entourées d'une
pellicule aigrelette, tirant un peu sur la grenade quand
elle n'est pas tout-à-fait mûre. Les Sauvages en font
une boisson, qui approche plus du vin qu'aucune autre
de leurs boissons.

Les sangliers vivent ordinairement de ce fruit dans
la saison ; ce qui fait que lorsqu'il donne, les chasseurs
font sûrs de tuer beaucoup de ces animaux.

La graine ressemble à celle de l'Avocat ; le fruit est
renflé, arrondi, avec deux éminences aux deux bouts,
différentes en grosseur, mais toutes deux mousses.

Dans l'espece qui croît aux environs du Para, il y a
trois graines, qu'on appelle muscades, & qu'on employe dans les coliques.

CONANI FRANC. Petit Arbrisseau, connu sous
le nom de Bois à enyvrer le poisson.

On prétend qu'il tire ce nom de Conani, riviere
au bord de laquelle il se trouve ; mais il paroît que c'est
le Conamy cité dans le Dictionnaire Caraïbe, p. 177,
& par Barr. p. 50.

On pile la feuille dans un trou fait en terre. On en
savonne le marc dans le trou qu'on veut enyvrer. Ce
poison est si subtil, qu'aussi-tôt le poisson paroît sur
l'eau.

Barrere n'indique cette Plante sous le nom d'*Eupa-
torium arborescens venenatum floribus albis glomeratis*,
p. 50, que comme un poison. Le Dictionnaire Caraïbe
dit que c'est une herbe qui vient si abondamment dans
les jardins, qu'ils en sont infectés. L'usage qu'on en
fait dans les Isles, est de l'écraser sur une roche. On la
jette dans l'eau dormante, les poissons viennent sur
l'eau & meurent ; on les mange, sans qu'on en res-
sente aucune incommodité.

CONANY DU PARA. Il sert à enyvrer le poisson,

de la même maniere que le *Conany franc* ; mais sa vertu est des trois quarts moins prompte.

Les Sauvages *Maillés* qui habitent les pays noyés du côté d'Oyapok, l'ont, dit-on, reçu des Indiens fugitifs du Para, & nous l'ont communiqué.

CONCOMBRE. Cette espece de Concombre que les Portugais cultivent au Para, s'éleve très-facilement à Cayenne. Le fruit est oblong, d'un pourpre noirâtre.

Cucumis fructu oblongo obscurè purpurascente. Barr. *Ess. p.* 44. *Coroa. Gal.* Barr. 44.

CONTACITRAIN, ou FENTE DURE. Grand Arbre, dont le bois est très lié & très-difficile à fendre, ce qui lui a fait donner le nom de *Fente dure.*

Il s'employe dans les bâtimens ; on en tire du bordage, des madriers & des planches.

COROSOL. *Voyez* CACHIMAN.

COTTON. *Voyez* son article, au commencement du Chapitre qui traite des Manufactures.

Xylon arboreum. J. B. Barr. 117.

Nota. Dès qu'une branche a porté son fruit à maturité, il faut la couper, afin qu'il renaisse, des principaux troncs, de nouveaux rejettons ; sans quoi l'arbrisseau périt en peu de tems.

Manhoulou, Car.

COUAILLE. Grand Arbre. Son bois est dur, mais se conserve peu dans la terre. Il peut servir dans le haut des bâtimens à couvert.

Couatta, Car.

COURBARIL. Mal à propos nommé *Noyer*, & le fruit *Noix de Courbaril.*

Cet Arbre vient fort gros ; il ne vaut rien à l'air, ni en fourches, mais il peut servir à couvert aux mêmes usages que le *Cœur dehors.* Il est cependant sujet à être gâté dans le cœur, ce qui détermine à le tronçonner sur l'abattis même, pour s'assurer de la bonté du cœur. S'il est gâté, on partage l'Abre en quatre. S'il est

fain, on en fait de belles tables de moulin, des rouleaux, les deux maîtreſſes pieces qui ſervent à eſcacher
les cannes à ſucre, &c. Les planches qu'on tire de
l'Arbre, portent juſqu'à dix-huit pouces de large. Il
s'équarrit proprement, ſe polit fort bien, & s'employe
à faire de beaux meubles.

Sa réſine eſt vendue ordinairement ſous le nom de
Gomme animé. Elle eſt tranſparente; les Indiens s'en
ſervent pour vernir leur poterie. Ils la paſſent dans un
bois mol, & elle leur ſert de flambeau. Peut-être en
pourroit-on tirer partie pour l'uſage des habitations,
au défaut d'huile.

La coque des noix eſt dure, mais les noyaux le ſont
incomparablement plus; ils ſont entourés de fibres fa-
rineuſes, & qui ont le goût de pain d'épice, mais
pâteuſes.

Au commencement de la Colonie de la Guadeloupe,
on en faiſoit du pain, qui étoit plus beau que bon.

Courbaril bifolia flore pyramidato. Plum.

COUIPO. Ce nom, dans le langage des Sauvages,
ſignifie *Cœur de roches*; il a été donné par cette raiſon
à cet Arbre, qui porte dans ſon cœur des petites pierres, ou roches.

Il y en a de deux ſortes, le *Rouge* & le *Blanc*. Tous
deux ſervent à faire des Canots. Le rouge cale, mais
il dure plus que le blanc, il tient l'eau.

L'un & l'autre peut ſervir aux mêmes uſages que le
Courbaril, dont il a le grain.

COUPAYA. Grand Arbre. C'eſt un faux *Simarouba*, & qu'on a tort d'employer au lieu du véritable. Il
eſt aiſé de les diſtinguer par leurs racines; celle du
Coupaya eſt d'un brun ſombre, & filandreuſe; celle du
Simarouba eſt jaune & compacte.

COUPY. Grand Arbre qui vient gros, fort droit,
& ſe travaille facilement. Mais on ne l'employe pas à
bâtir, à cauſe de ſa peſanteur, qui lui a fait donner
par les Sauvages le nom de *Coupy*, c'eſt-à-dire, pe-

fant. Il eſt employé quelquefois pour conſtruire des Canots, mais ce n'eſt que faute d'autres bois, parce qu'il cale.

Il eſt d'ailleurs d'une grande utilité. On en tire des dalles, qui ont juſqu'à cinquante pieds, & que les Su-criers peuvent employer.

Les Indigotiers & les Roucouyers ſe ſervent de ſon bois par préférence, pour provoquer leurs denrées à caler, ou à ſe précipiter. C'eſt une de ſes vertus par-ticulieres.

Ses racines & ſes branches tortueuſes font de très-bonnes jentes : on y trouve des courbes, des *Etraves*, & des *Fourcas* de Canots. Il eſt excellent pour des chaſſis de *Cabrouet*, pour des pilons à deux fins, qu'on employe dans la cuiſine.

Il dure plus, & eſt plus ſolide que le chêne. *Barr.* 42.

Son fruit eſt un peu plus gros que celui du *Souary*; il tombe en Mars. On le mange auſſi comme le cer-neau, il a preſque le même goût, & eſt tout auſſi agréable.

Coupy arbor hirſuto folio. Barr. Eſſ. p. 42. *an Za-bucayo Piſo.*

COURATARY. Eſpece de liane très-groſſe, & qui le devient davantage que le bois *Puant*; elle ſe fend par quattiers; on l'employe pour faire des cercles de bar-riques, au défaut du *Bois Puant*.

Les feuilles de cet Arbre, qui reſſemblent à celles du Noyer, ſont aſſez rudes pour ſervir aux Indiens à polir leurs différens ouvrages.

Son écorce pourroit être bonne à tanner les cuirs.

Malpighia aſperrima & amplo nucis Juglandis folio. Barr. Eſſ. 71. *Balalaboué, Car. Caouroubara, Car.*

CROC-DE-CHIEN. D'une poignée de ſa racine bouillie dans deux pintes d'eau réduites à une, on fait une ptiſane, qu'on boit pendant quinze jours, & qui ſuffit le plus ſouvent pour guérir de la gonorrhée : de la racine de Genipa dans une pinte d'eau réduite à une chopine, achevera la guérison, si le mal est opiniâtre.

Zizyphus.

EBENE NOIRE. *Voyez* gros PANACOCO.

EBENE VERTE. Le bois en est extrêmement dur. On l'employe en meubles & dans le haut des bâtimens; il ne dure pas en terre.

Sa fleur, qui est grande & jaune, étant bouillie, sert, au défaut de séné, pour purger avec succès. Ce purgatif donné à tems, réussit en 1755, pendant l'épidémie qui regnoit à Cayenne; c'étoient des attaques de coqueluche violente, accompagnées de fievres & de maux de tête.

Bignonia arbor Hexaphylla flore maximo luteo, Ebenus vocata. Barr. Eff. p. 22. Guirapariba, M. 108. vel Urupariba, Pao d'Arco Lusitanis. Marcg. p. 118. Fig.

EBENE JAUNE. C'est une variété de l'Ebene verte.

Toutes deux croissent dans la grande terre, sur des montagnes peu élevées.

Bignonia arbor hexaphylla ligno citrino. Barr. Eff. 22.

EPETIT. Espece de hallier, qui croît dans les savanes naturelles.

Les Indiens l'employent à frotter, jusqu'au sang, le nez des chiens qu'ils destinent à la chasse, pour leur insinuer dans les plaies, la vertu qu'ils supposent à ce simple.

Ils lui accordent encore une autre qualité, dont la plûpart des Créoles ne doutent pas, c'est celle de se faire aimer, quand on en porte sur soi. C'est ce qui a donné lieu au proverbe, *on lui a donné de l'Epetit,* quand on parle de quelqu'un bien amoureux.

Cette derniere vertu est, dit-on, commune à quelques lianes.

ÉPINARS. On lui donne ce nom, parce que les Créoles mangent les feuilles de cette Plante en guise d'épinars.

La Plante est naturelle au pays, & croît à la premiere

pluie qui furvient, après que les abattis font brûlés.

Elle eft d'une grande reffource aux Negres, les Blancs la mangent avec plaifir.

C'eft une efpece d'arbufte qui vient fans culture.

Les feuilles fe mangent dans le potage, après en avoir ôté le premier bouillon qui en eft noirci.

Phytolacca Americana minori fructu. Barr. Eff. p. 95.

Coïty, Car. Lanmayan, Car. Magnyanhouan, Car.

ETOILE. *Gazon.* La fleur eft petite, & de couleur de feu; la plante, qui eft grimpante, vient auffi vîte & auffi touffue que le Jafmin, qui mêlant fa blancheur à l'incarnat de l'*Etoile*, forme des berceaux très-agréables.

Quamoclit foliis tenuiter incifis & pinnatis. Barr. Eff. p. 96.

FIGUIER. Cet Arbre eft très-haut, très-rameux, rempli de piquans, monté fur des *Arcabas*. On verra dans la planche les précautions qu'il faut prendre pour abattre cette efpece d'arbre, monté fur des efpeces d'arcs-boutans qui fortent de fon tronc, & qui vont jufqu'à terre, où ils fe prolongent en racines raboteufes & rampantes. Le bois en eft mol, & n'eft d'aucun ufage.

Nota. Il paroît que c'eft le Figuier cité par Barrere, fous le titre de Figuier venimeux, *Pougouly.* Barrere ajoute que cet Arbre eft rempli d'un fuc laiteux, fi cauftique, qu'il caufe des ulceres & des inflammations. Les Sauvages prennent la précaution de fe couvrir le corps de feuilles, quand ils coupent cet Arbre.

Voyez en la defcription fous le nom de *Figuier fauvage*, dans les Mém. de l'Académie, année 1751, p. 324. *Voyez ibid.* la figure, fa feuille, fon fruit, p. 332, Pl. 18.

Comacaï, chez les Portugais du Para.

FIGUIER. *Voyez* POIRE fauvage.

FRANGIPANIER. Je ne parle ici de cette Plante,

que parce qu'elle peut servir d'ornemenr dans les jardins, & que rien n'est à négliger.

Il y en a une espece à fleur blanche odorante, à
feuilles longues, étroites & pointues ; une autre à
grande feuille de laurier rose, & dont la fleur blanche
n'a point d'odeur.

Une troisieme, dont la fleur est couleur de rose, &
très-odorante.

Cette Plante vient très-bien de bouture, & est presque toujours garnie de fleurs.

Plumeria, Inst.

FROMAGER. La houatte, ou le cotton que donne
cet Arbre, n'est d'aucun usage à Cayenne ; peut-être
pourroit-on en tirer parti.

Il découle de l'Arbre une gomme qui se dissout dans
l'eau, & qu'on néglige.

On en connoît deux especes, dont l'une a la tige
lisse ; la tige de l'autre est épineuse, mais ces épines ne
tiennent qu'à l'écorce.

Aux Isles on l'appelle aussi *Mapou*, nom générique
qu'on donne assez communément aux bois mols, tels
que celui-ci.

Ceiba viticis foliis caudice aculeato. Plum. Barr. 35.
Zamaouna. Pis.

GAGOU. Grand Arbre. On en fait des Canots, &
le *Gagou* auroit la préférence sur le *Grignon*, s'il n'é-
toit pas aussi difficile à ouvrir.

On le met au rang des *Cedres* ; son bois ressemble,
par la couleur, à la pierre à fusil.

Les Canots qu'on en fait sont très-volages, jusqu'à
ce qu'ils soient imbibés.

GAIGAMADOU. Les Indiens prétendent que c'est
une espece différente de l'*Arbre à suif*, ou *Ouarouchi.*
A Cayenne on les confond.

GAYAC. Une demi-poignée de bois de Gayac, avec
autant de sassafras, entre dans la ptisane contre les
maladies vénériennes.

Les racines font jaunes, & fortent beaucoup hors de terre.

Hivourae, Car. *Ibiraé*, Car. *Malira*, *Manlira*, Car. *Guajacum.*

GAZON. *Voyez* ÉTOILE.

GENIPA. Une poignée de fa racine, dans une pinte d'eau, reduite à chopine, fait une ptifane purgative, qu'on boit matin & foir pendant huit jours, & qui guérit la gonorrhée.

L'Arbre vient grand & haut, fes feuilles font grandes, fes fleurs blanches, fon fruit rond, rempli de graines; le fruit étant verd eft très amer; étant mûr, il devient jaune en dehors & en dedans. Il eft très-bon, & fe fond dans la bouche.

Le bois fe travaille bien : on en fait les filieres des cafes. Mais les fourmis de bois le détruifent en peu de tems, moins cependant encore que la pluie qui tomberoit deffus.

Du jus de fa poire molle & mûre, lequel eft clair comme de l'eau, les femmes peignent leurs maris en noir, quand ils font las de la couleur rouge. Cette eau claire noircit la peau quelques heures après qu'elle a été employée, & la couleur noire ne fe diffipe entierement qu'au bout de quelques jours. Ce jus peut auffi fervir d'encre pour écrire.

Genipa fructu ovato. Plum. Barr. 54. *Janipaba*, *Pif.*

GOYAVIER. Arbriffeau affez bon, dont il y a trois efpeces, ou plutôt trois variétés, le blanc, le rouge & l'amazone; le blanc eft un des meilleurs, il refferre; l'amazone eft auffi très-bon & fort gros. On fait d'excellentes marmelades des trois.

Son écorce eft préférée à toutes les autres pour tanner les cuirs; mais il faut prendre garde à ne pas l'enlever totalement, l'arbre périroit.

Le Goyavier eft fujet à avoir des vers dans fon fruit, quand le fruit eft mûr; le rouge en a davantage; le blanc eft préféré, le goût en eft plus agréable : mais en général ce fruit n'eſt pas très ſain quand on le mange crud, attendu qu'il faut le manger un peu verd, avant que les vers y ſoient. Cet inconvénient diſparoît, ſi on en fait des compotes, ou des marmelades.

Guajava, Cluſ.

GRIGNON. Il y en a de deux ſortes, un qui vient ſur les hauteurs, & l'autre dans les marécages. On en fait des Canots. Le premier cale, & s'appeſantit par l'uſage ; l'autre a moins ce défaut, il dure beaucoup, & s'entretient dans l'eau.

Son bois eſt le premier de tous pour faire des planches & les bordages des Canots. Il ſe ſcie, & ſe travaille aiſément ; il eſt doux, propre aux ouvrages d'ornement, préféré à tous les autres bois par les Menuiſiers pour tous les meubles utiles au ménage.

Les faîtages qu'on en fait durent autant que le bardeau.

L'Arbre vient fort droit, & d'une belle groſſeur.

GROSELLIER. Arbriſſeau plein de piquans, qui porte un petit fruit rouge, rempli de petites graines. Le goût eſt aigrelet, les Créoles le mangent.

Solanum ſcandens aculeatum hyoſcyami folio flore, intus albo, extus purpureo. Plum. Barr. Eſſ. p. 105.

GUIMAUVE. Cette Plante a le port de la Guimauve ordinaire ; mais ſon fruit eſt une capſule, qui ne contient qu'une ſemence.

Sa racine eſt adouciſſante.

Althæa parvo flore luteo, fructu monoſpermo. Barr. Eſſ. p. 9. *An monoſpermalthæa. Actorum. Barr.*

GINGEMBRE. Il ſe cueille au bout de quatre mois, après qu'on a planté des morceaux de ſa racine ; la racine eſt plate, ou ronde, & vient groſſe comme le petit doigt.

Pour la vendre, on la fait bouillir, puis on la fait ſecher à l'ombre.

Cette Plante vient ſi aiſément à Cayenne, qu'elle ſemble être naturelle au pays. Les Indiens l'employent

pour

pour faciliter le crachement , quand les rhumes font opiniâtres.

Confit au fucre , il reveille l'appetit aux convalefcens.

Les racines fraîchement cueillies , fe fervent fur table comme des raves : il n'y a d'autre apprêt que de les bien laver.

Zingiber , C. B.

HERBE À BALAI, PETIT BALAI. Cette efpece de mauve croît dans les rues à Cayenne ; elle tire fon nom de ce qu'on l'employe à faire de petits balays.

Sa racine , dont on prend environ une poignée , qu'on fait bouillir dans deux pintes d'eau reduites à une , fait un bouillon dont on boit à fa foif pendant quinze jours , pour guérir la gonorrhée.

Cette même racine , à la même dofe , mêlée avec autant de citronnier , & bouillie dans fix pintes d'eau reduites à quatre , eft la boiffon la plus ordinaire contre le *Mal d'eftomac* , en y ajoutant une livre de gros fyrop.

Malva ulmifolia femine roftrato. Inft. Barr. Eff. p. 73.

HERBE À BLED. Mauvaife herbe qu'on ne trouve que trop dans les favanes , & qui nourrit très-mal les beftiaux.

On l'employe quelquefois , faute de mieux , pour couvrir les cafes ; la touffe eft de poignée , comme celle du chaume , & s'arrange de même.

Ayalli. Car.

HERBE À ÉCHAUFFURE. Ce nom qu'on lui donne dans le pays indique fon ufage.

Le fruit eft garni d'une petite couronne , formée par les découpures du calice. Cette Plante , ainfi que plufieurs de fes efpeces , vient le plus fouvent fur les murailles de Cayenne.

On en fait des lotions pour les élévations de la peau.

Begonia hirfuta flore albo , folio aurito , fructu coronato. Barr. Eff. p. 21.

M

HERBE A LA FIEVRE. Cette Plante est petite, rampante, ressemblant assez au Plantain par la forme & l'épaisseur de ses feuilles : elle a une odeur forte & desagréable quand on passe auprès. Elle est agréable au goût, & febrifuge quand on en prend les feuilles en infusion comme du thé.

On l'employe aussi pour des bains dans des fievres opiniâtres.

Balliem, Car.

HERBE COUPANTE. Je ne rapporte ce souchet, dont les feuilles & les tiges sont dentelées sur les bords, ou plutôt découpées en scie, que pour engager à s'en garantir. Cette Plante accroche & déchire les passans; les écorchures sont quelquefois difficiles à guérir.

Cyperus scandens foliis & caule serratis. Barr. Ess. 47.

JAUNE D'ŒUF. Espece de Prunier. Cet Arbre est beau, très-élevé, fort droit & touffu. Il porte un fruit semblable à un jaune d'œuf, du double plus gros que ce jaune ne l'est ordinairement : le fruit est si nourrissant, qu'on est à l'abri du danger de mourir de faim dans les endroits les plus deserts, si cet Arbre s'y rencontre. Le fruit emporte la bouche, & n'est pas des plus agréables au goût ; mais il est nourrissant, & ne peut faire aucun mal.

Deux personnes exilées sur le grand Islet pour avoir tramé une conspiration, & condamnées à y mourir de faim, y vécurent pendant trois mois, nourris de ce seul fruit, & en meilleure santé qu'elles n'y étoient arrivées.

ICAQUE. *Voyez* PRUNE des Anses. Le nom d'Icaque n'est pas en usage à Cayenne.

INDIGO SAUVAGE. Cette Plante vient naturellement par-tout. Sa racine écrasée, appliquée sur les dents, en amortit la douleur, au rapport des Créoles. *Barr. p. 49.*

Emerus siliquis longissimis & angustissimis. Plum. Barr. Ess. p. 49. Indigo. Americ. Ad.

HERBE DE CRAMANTIN. Sa racine entre dans un remede composé pour guérir le mal d'estomac.

Adhatoda spicata, odorata, Persicæ foliis. Barr. Ess. p. 49.

INHAME, ou IGNAME. C'est une liane dont la racine est longue d'un pied & demi dans les bonnes terres.

Elle se plante en Décembre. On peut six mois après l'arracher ; on connoît sa maturité lorsque les feuilles se flétrissent.

On la coupe en morceaux ; on la mange rôtie sous la braise ; ou bien quand elle est d'une grosseur moyenne, on la fait bouillir entiere, avec le bœuf salé.

Elle sert quelquefois de pain. On en fait aussi des bouillies agréables.

Les Negres en font du *Langou.*

Couchou, Car. Hetich. Th. 52. *Dioscorea. Pl. Ic.* 117.

LAMINCOUARD. Arbre de moyenne grandeur.

Son bois est quelquefois percé à jour Il est très bon pour faire des fourches, ou poteaux à enfoncer dans la terre.

Il sert à cet usage, faute d'autres bois.

LIANE A AIL. Ainsi appellée, parce qu'étant fraîchement coupée, elle repand une odeur forte & desagréable, comme celle de l'ail.

Bignonia scandens, foliis citri, allium redolens. Barr. 23.

LIANE A PANIER. Son nom desigue l'emploi qu'on en fait particulierement.

Elle ressemble à la *Liane blanche* par la couleur, elle en differe par les nœuds.

Barrere paroît avoir confondu la *Liane à panier,* avec la *Liane blanche,* dont on fait aussi certains paniers. *On fait,* dit-il, *de cette Liane* (à panier) *de ces sortes de paniers, qu'on met sur les bêtes de somme, & sur des chevaux de bât.*

LIANE BLANCHE. Elle est employée aux mêmes

M ij

uſages que la *Liane franche*, & la *Liane punaiſe*; excepté que les Tonneliers ne s'en ſervent pas pour attacher leurs cercles.

On en fait des paniers, qui ſont fort bons pour contenir les denrées que l'on veut voiturer ; mais elle eſt
différente de celle qui a particulierement le nom de
Liane à panier.

*Bignonia bifolia ſcandens ſiliquis latis & longioribus
ſemine lato. Plum. Eſſ. p. 23.*

LIANE CRAPE. Liane dont la groſſeur n'excede pas
celle d'une groſſe ficelle.

Quand on n'en a point d'autres, elle ſert, ainſi que
la liane *Seguine*, à amarrer des barrieres, à coudre les
panneaux faits de feuilles de *Baroulou*, à faire des
Borgnes, *Gouris*, & autres inſtrumens de pêche.

LIANE FRANCHE. C'eſt la meilleure de toutes les
lianes que le pays produit. Elle dure plus que le clou
qui l'attache, & qui, avec le tems, ou ſe caſſe, ou ſe
détruit par la rouille ; elle n'eſt pas commune dans les
lieux habités. On la vend vingt ſols le paquet de deux
cens brins marchands, c'eſt-à-dire, ſans nœuds, & de
deux braſſes de longueur.

On la trempe pour l'employer ; elle ſe fend aiſément, & ſert généralement à tout.

On en garnit les bouteilles, dites *Dames-Jeannes*.

Les Tonneliers l'employent en guiſe de jonc, pour
attacher les cercles. Elle a le même uſage que le *Rotang*, & ſe fend de la même longueur & épaiſſeur.

Dans un vaſe proportionné au *Malingre*, (eſpece
d'ulcere) on met force citrons entiers, avec une ou
deux poignées de *Liane franche*, & d'une autre liane
appellée *Bois de ptiſane*.

Ce remede s'appelle *Tremper* ; il eſt très-efficace, &
n'eſt en uſage que parmi les Negres.

*Bignonia ſcandens viminea, ſiliquâ enſiformi breviori
flore albo. Barr. Eſſ. p. 24. Kerere, Car.*

LIANE PUNAISE. Elle monte juſqu'au haut des

plus grands Arbres , qui en font quelquefois étouffés.

Son brin eft de quarante pieds fans nœuds; elle eft moins bonne que la *Liane franche* , & fert aux mêmes ufages.

LIANE QUARRÉE. Elle a les mêmes ufages que la *Liane rouge*, & demande la même préparation ; mais elle n'a pas la même propriété de fournir de l'eau à ceux qui auroient foif.

LIANE ROUGE , ou LIANE A EAU. Elle ne fert que pour les gros amarrages , comme barrieres , palif-fades , &c. Il faut , avant que de la mettre en œuvre, la tordre ; les Negres en connoiffent la préparation ; fans cette précaution , elle feroit d'un mauvais ufage.

Elle vient fort vîte , eft fort commune , & dure un an , étant employée & expofée à l'air.

Il y en a d'auffi groffes que le bas de la jambe. Etant coupée , elle rend une eau claire, & pure , dont les voyageurs & les chaffeurs altérés font un grand ufage. Elle m'a été à moi-même fort utile. Mais il faut ob-ferver , après l'avoir coupée par le bas , d'en couper promptement la longueur de trois à quatre pieds dans le haut , pour obliger l'eau à defcendre , fans quoi l'eau , au lieu de s'écouler , remonte dans l'inftant vers le haut de la tige. J'ai appris cette précaution d'un In-dien qui fe moquoit de moi , en voyant qu'ayant coupé plufieurs fois cette liane par le bas , je ne trouvois point de quoi me défaltérer : l'eau en effet au lieu de defcen-dre remontoit ; mais quand après avoir coupé dans le bas , je coupai fur le champ à hauteur d'homme , & que j'eus renverfé le bout d'en haut dans ma bouche , j'y trouvai l'eau qui tendoit toujours à monter , & que j'interrompois , pour ainfi dire , dans fon cours.

Bignonia fcandens , rubens & viminea. Liane rouge. *Barr. p.* 23.

Nota. Barrere , p. 18 , cite une *Liane à eau , Aka-zate* , fous la dénomination fuivante. *Arum fcandens anguſti-folium aquam manans.* C'eft , felon lui , une

M iij

Plante farmanteufe, ainfi appellée, parce qu'en effet, quand on la coupe en travers, elle rend beaucoup d'eau, dont les voyageurs même fe fervent utilement contre la foif.

LIANE SEGUINE. Cette Liane eft très-bonne en ptifane, mais il ne faut fe fervir que de fon maître brin, que les Negres appellent *Mamam*.

Faute d'autres lianes, elle fert à amarrer des barrieres, comme la *Liane Crape*.

On l'employe aufli pour coudre des panneaux de feuilles de *Baroulou*; mais fur-tout à faire les *Borgnes*, *Gouris*, & autres inftrumens de pêche.

LIANE TOCOYENNE. Elle fert à faire des paniers propres au ménage; elle a une écorce double, & coûte davantage à préparer, parce qu'on eft obligé de la gratter deux fois avant que de s'en fervir.

Son nom lui vient probablement de ce qu'elle naît plus abondamment dans le pays habité par la nation appellée *Tocoyenne*.

MAGNOC. MANIHOT. C'eft une Plante qui s'éleve de terre à trois pieds de hauteur, ou environ: on en connoît de trois fortes à Cayenne.

Le *Maillé*, qui tire fon nom de la nation Indienne dite les *Maillés*, de chez laquelle on l'a apporté. Cette racine eft bonne à arracher au bout de huit à neuf mois; elle a la figure d'une bette-rave, elle en a même la couleur, quand on lui a ôté la premiere peau.

Le *Rouge*, qui a plus de goût, & qui doit refter en terre un an.

Le *Baccacoua*, qui eft en ufage chez les feuls Indiens. Ils le préparent d'une maniere particuliere. La racine étant gragée, ou écrafée, ils en font bouillir l'eau jufqu'à confiftance de fyrop.

On plante le Magnoc quand il commence à pleuvoir de tems en tems. On coupe en morceaux de fept à huit pouces, les branches auxquelles on donne le nom de bois, (on dit *Bois de Magnoc*, *Bois de Maillé*).

Tandis qu'un Negre met en tas les branches qu'il coupe, d'autres font des trous en terre à trois pieds l'un de l'autre, & les Négreffes, après avoir mis un bâton, ou morceau coupé, dans chaque trou, le recouvrent de terre, en obfervant de laiffer dehors un des bouts, avec un ou deux yeux. Je confeillerois, pour ne pas courir le rifque de manquer fa recolte, de mettre deux bâtons au lieu d'un feul, comme on fait à l'égard des cannes de fucre. Si l'un ne réuffit pas, l'autre vient; on employe le double du bois, mais pas plus de tems.

Les branches fervent à multiplier la Plante; c'est la racine dont on fait ufage pour la nourriture. Quand elle eft arrachée & feparée de fa tige, on la porte dans la cafe deftinée à la préparer; les paniers pour les Negres forts font de foixante-dix ou foixante-quinze livres de racine, quand il n'y a pas trop loin à porter; de cinquante-cinq à foixante pour les Négreffes; de vingt-cinq à trente pour les jeunes Negres de douze à quatorze ans.

On commence par laver la racine, on la gratte, puis on la grage, l'écrafe, & en cet état on la met dans une couleuvre, efpece de chauffe faite avec l'*Arrouma*, ou quelqu'autre Plante, que l'on charge beaucoup, pour en exprimer toute l'eau. Cette eau eft un poifon; & un habitant attentif a, fous l'endroit où fe met la couleuvre, un trou en terre, couvert d'une grille de bois, ou de fer, pour que l'eau qui y tombe puiffe s'y perdre. On prévient par ce moyen les accidens que les animaux, friands de cette eau, éprouveroient, s'ils étoient à portée d'en boire. Le P. Labat avance affez gratuitement que peu à peu on pourroit s'accoutumer à cette eau, fans courir de rifque, comme les Turcs s'accoutument à l'opium. Ce qu'il y a de fûr, c'eft que le vrai contre-poifon eft une poignée de Roucou, braffé & cuit, ou bien en fleurs, avalée fur le champ. Ce remede n'auroit aucun effet, fi on laiffoit paffer plus d'une demi-heure avant que de s'en fervir.

Ce qui eſt encore auſſi vrai , c'eſt que cette même eau fait partie de divers alimens , ſans qu'on en reſſente de mauvais effets. *Voyez* l'article du *Cipipa* , & du *Cabiou.*

Le panier de meſure marchande doit contenir cent livres de racines de Magnoc , & rend ſoixante-quinze livres de farine. Il ſe vend communément un écu.

Manihot Theoƈti , juca & caſſavi , J. B. Mandihoca Piſo.

USAGE DE LA FARINE DE MAGNOC.

On en fait du *Couac,* ou de la *Caſſave.*

DU COUAC.

Les Indiens de la côte de Cayenne , & ſur-tout ceux qui ſont fugitifs des Miſſions Portugaiſes , préferent le *Couac* à la Caſſave. Il eſt connu à la Martinique ſous le nom de farine de Magnoc; on en fait au moins autant d'uſage que de la Caſſave.

Rien de ſi aiſé que de faire le *Couac* ordinaire , rien de ſi difficile que de le mettre au point où il faut qu'il ſoit pour être gardé ; il peut alors durer dix ans. L'humidité étant la cauſe de ſa détérioration , il ne s'agiroit, pour le conſerver , que de l'expoſer au ſoleil de tems en tems. Comment avec cette reſſource une Colonie peut-elle manquer de vivres pour les troupes ? Le premier fonds une fois fait , on vendroit l'année d'après , en le renouvellant , celui qui ſeroit en magaſin ; un baril nourrit ſeize Negres pendant une ſemaine. Il contient ſoixante & quelques pots de farine.

Il ne faut , pour faire le *Couac ,* qu'une poële de quatre pieds de diametre , & de ſix pouces de profondeur ; on la met ſur le feu , on y jette la farine de Magnoc. On remue cette farine pendant huit heures de ſuite , de peur qu'elle ne ſe pelote en maſſes. Il faut que le feu soit égal & modéré, afin que l'eau qui peut rester dans la farine s'évapore ; un trop grand feu cuiroit la farine avec l'eau, dont elle est imbibée. L'opération est finie quand la fumée diminue, & que le *Couac* en rougissant se réunit en petits grains.

Un Negre fort suffit pour remuer le *Couac*, tandis qu'une Négresse le passe, & le garde pour l'empêcher de se salir, & le préserver des bestiaux.

DE LA CASSAVE.

On commence par faire boucaner la farine de Magnoc, telle qu'elle sort de la couleuvre ; le terme de *Boucan* signifie en général un exhaussement de quelques pieds au-dessus de terre, sous lequel on allume du feu pour cuire, ou pour sécher. Ce mot s'applique aussi à un simple échaffaud, comme on l'a vu dans le Chapitre des *Abattis*.

Pour faire la Cassave, il a le plus ordinairement quatre pieds & demi de hauteur ; on entretient dessous moins de feu que de fumée ; trop de feu, en cuisant trop la farine, en diminue la quantité, & d'ailleurs la rend coriace & difficile à tremper. Quand elle est boucanée & rendue compacte, on la casse pour la passer dans une espece de tamis, appellé *Manaret*; & dans cette opération, on fait chauffer jusqu'à un certain point la platine qui est au haut du boucan. Elle est chez les Indiens, ou de terre cuite, ou d'une roche qui se trouve sur le bord de la mer, & dont ils enlevent des dales, par le moyen du feu : le plus souvent on en a de fer.

Sur cette platine chauffée au point qu'il faut, on étend la farine jusqu'au bord, de tous les côtés. Lorsqu'elle se couvre de petites élévations, c'est une preuve que la Cassave est cuite du côté où elle touche la platine ; on la retourne alors pour lui faire prendre corps de l'autre côté, sans quoi elle ne seroit pas de garde. On a encore l'attention de l'exposer au soleil, ce qui acheve d'enlever toute l'humidité, & lui donne la qualité qu'elle doit avoir. Si l'on négligeoit cette derniere précaution, il faudroit en faire ufage promptement; en tems pluvieux elle fe moifiroit, à moins que l'on n'eût, dans le magafin, un endroit toujours chaud, au défaut d'étuve.

Ceux qui veulent vendre leur Caffave, ont une mefure contenant trois livres de farine; ces trois livres étendues à la fois fur la platine, produifent la Caffave, qui, à ce poids, eft marchande.

PRÉPARATION & ufage du Magnoc chez les Indiens de Maragnan.

Ils raclent la racine avec une efpece de rape de bois, où il y a force pointes faites la plûpart de pierres & d'os de poiffon.

Ils prennent ces raclures, & les expriment avec les mains dans un vafe de terre. 1°. Du marc ils font des boules qu'ils font fecher au foleil, qu'ils pilent enfuite, & font cuire dans un vaiffeau de terre fur le feu, jufqu'à ce qu'il foit en petits grumeaux. Cette farine eft bonne, ftomacale, & de facile digeftion. 2°. Du jus repofé, ils tirent le plus clair, pour en faire du potage bon à manger. *Manipoy.* 3°. Du réfidu de ce jus, ils font de petits gâteaux, qu'ils appellent Caffave, & qui font beaucoup meilleurs que la farine.

AUTRE maniere de faire la farine de Magnoc, par les mêmes.

Ils font tremper les racines entieres pendant deux ou trois jours dans l'eau : ils les font après fecher au foleil, elles deviennent toutes blanches & fort tendres; puis ils les pulvérifent & les font cuire. N'ayant point été preffées, leur fuc qui refte en entier rend cette farine meilleure. Quand ils veulent que cette farine fe conferve long-tems, ils la font cuire plusieurs fois, & à proportion qu'ils la veulent garder plus long-tems.

DIVERSES préparations dont l'eau de Magnoc est la base.

DU CIPIPA.

Ce n'est autre chose que le marc de l'eau de Magnoc. C'est la partie la plus fine de la farine que l'eau a entraînée avec elle, & qui dépose, au bout d'un certain tems, dans le fond du vase, où l'on conserve à ce dessein l'eau de Magnoc.

On lave ensuite ce marc, & on le brasse plusieurs fois dans de l'eau nouvelle, pour lui ôter toute sa causticité : on l'expose à la plus vive ardeur du soleil ; & lorsqu'il est parfaitement sec, on l'écrase, on le passe dans un tamis très fin : on en fait de petites Cassaves très-blanches & très délicates, ainsi que des massepains, & d'autres friandises, en y mêlant un peu de sucre.

Ce marc a encore un autre usage, c'est de servir de poudre à poudrer ; mais il brûle les cheveux, quand on s'en sert habituellement.

DU CABIOU.

L'eau de Magnoc toute simple, & l'eau qui surnage quand le *Cipipa* est tombé au fond du vase, quoique toutes deux dangereuses, font la base du Cabiou.

On les fait bouillir ensemble ; on les reduit à moitié, en les écumant à mesure ; on y ajoute alors une cuillerée de *Cipipa*, on fait rebouillir le tout jusqu'à ce qu'il ait acquis une certaine consistance. On y met du sel & du piment. Les Indiens en mettent une si grande quantité, que cette espece de moutarde emporte la bouche , & qu'ils n'en mangent eux-mêmes qu'avec précaution.

DIVERSES AUTRES PRÉPARATIONS.

DU LANGOU.

On en fait , comme on l'a vu , avec l'Igname ; on en fait aussi avec le Mil.

Celui qu'on fait avec la Cassave , consiste à tremper un peu la Cassave dans de l'eau froide , & à la jetter ensuite dans une chaudiere d'eau bouillante , pour y être brassée.

L'instant d'après , il s'en forme une pâte , qui est la nourriture la plus ordinaire des Negres. Elle est saine & légere.

On la mange le plus souvent avec le *Calalou*.

DU MATÉTÉ.

On trempe la Cassave un peu plus long-tems dans l'eau froide que pour le *Langou* ; on la pétrit fortement jusqu'à la rendre blanche. On la jette alors dans une chaudiere d'eau bouillante , on l'y brasse pendant une demi-heure ; on la mêle avec du sucre , ou du syrop. C'est la nourriture des Negres pendant leurs maladies.

On fait aussi du Matété avec du Mil , ainsi qu'avec du Camagnoc.

MAHOT (franc). Cet Arbre , pour être commun , n'est pas moins utile ; il est tout tortu , & sans lui nous ne saurions presque rien faire de droit.

Si l'on veut bien monter un rolle de *Petun* , si on veut attacher des roseaux , s'il faut lier quelque chose , c'est avec du Mahot.

Les femmes Caraïbes en levent de larges & longues aiguillettes , qu'elles posent sur leur front , & entortillent de deux côtés de leur *Catoli*, ou hottes, pour les porter : les hommes s'en servent, au lieu d'étoupes, pour calfater leurs pirogues.

Les Negres sont bien mollement, quand ils ont du Mahot pour faire une cabane ; enfin je ne sais ce qu'on feroit sans Mahot.

L'écorce de cette Plante est fibreuse, & propre à faire des cordes.

Le bois est mol, & c'est un de ceux qu'on employe à faire du feu par le frottement.

Ketmia amplissimo folio cordiformi flore vario. Plum.

Oüagneu, Car. Ses especes sont : *Materebé, Car.* Mahot sauvage, dont on enleve la peau ; on en tire le jus, qu'on boit pour arrêter le flux de ventre.

Il est toujours chargé de certaines graines, qui s'attachent aux cheveux & aux habits, & qu'on appelle *Cousins.*

Chouchourou, Car. Espece de Mahot sauvage, dont on presse les feuilles pour en tirer le jus, qu'on distille dans la bouche des enfans, pour les guérir des tranchées.

MAPAS. Arbre laiteux, qui vient très-haut & très-gros, sans être branchu. Son écorce est lisse. Le suc de cet Arbre, mêlé avec une égale quantité de suc de Figuier sauvage, produit une matiere impénétrable à l'eau, une espece de cuir non élastique, qui s'amollit pourtant au feu, ou exposé à la grande ardeur du soleil.

Les Negres employent le lait qu'ils en tirent pour secher les pians des enfans, qui ont souvent bien de la peine à guérir de cette maladie. Mais il ne faut s'en servir qu'après la disparition de la mere des pians. On lave alors les enfans avec la feuille & la racine de *Mapas* bouilli. Cette attention épargne aux enfans les suites funestes des pians.

Cet Arbre, au défaut d'autres, peut servir à faire des planches ; mais elles ne sont bonnes qu'à être employées à des couvercles pour les vases, ou *Canots*, qui servent au Roucou, ou aux différentes boissons

Mapa. Amapa au Para.

MARICOUPY. Cette Plante n'a point de tige, les feuilles sortent de terre. Ce sont les meilleures de toutes pour couvrir les cases, quand on n'a point de celles de l'*Oüaye*, & du *Tourloury*.

MARIPA. Espece de chou palmiste, qui ne vient pas si haut que le *Caumoun*; son port est admirable par la façon dont il soutient ses feuilles.

Une avenue de ce Palmiste feroit un très-bel effet.

Ses feuilles s'employent pour la couverture, de la même façon que celles du *Caumoun*. Elles se renouvellent d'une année à l'autre; il n'y a aucun risque d'avoir provision de ces feuilles, pourvu qu'on les fende & qu'on les mette à couvert. Elles en sont même meilleures à être employées, & durent plus long-tems.

Ses graines sont couvertes d'une pellicule fort agréable. On en mange beaucoup dans la saison qui les produit.

Les Agoutis en sont fort friands.

Palma dactylifera caudice perdulci eduli. Barr. Ess. 88. Tucum. Pis. 1658, *p.* 128.

MARITAMBOUR. C'est une liane dont le fruit est jaune & gros comme un abricot.

Sa feuille est large & forte; sa tige fine & déliée comme une ficelle, a de petites vrilles, qui retiennent constamment toutes ses parties, & forment un couvert très-épais.

Sa fleur enchante par sa figure, par son odeur, & par la variété de ses couleurs.

Merecoy. Car. Fleur de la Passion. *Granadilla.*

MANI. Arbre assez commun, qui porte ordinairement sur ses vieilles branches, une gomme qui sert de bray aux Habitans. Cette gomme conserve le bois des Canots qu'on en frotte. Pour l'avoir, il faut quelquefois abattre l'Arbre, qui sert à d'autres usages.

On le coupe de longueur. On le refend pour en faire des douves de barriques : le bardeau qu'on en fait dure dix ans.

Mani refinifera , folio mucronato , introrfum incurvo. Barr. Eff. 76.

MÉDECINIER. Foible Arbriffeau. Il prend aifément de bouture. Au défaut de Citronnier, qui eft préférable à tous égards, de l'Acacia, du *Bois immortel*, on l'employe à faire des haies vives, pour entourer les parcs à vivres, ou à beftiaux, & pour d'autres efpeces de clôtures, à-peu-près comme on fe fert de fureau en France. Il vient fort vîte, mais il ne fe foutient pas. On l'attache près à près avec des lianes contre des piquets, quand on n'a point de quoi faire des *Poftes*.

Les poftes fe plantent le plus à-plomb qu'il eft poffible ; & s'il y avoit une pente à leur donner, ce feroit du côté où les beftiaux peuvent vouloir les forcer. Elles ne doivent pas avoir plus de diftance entr'elles que de cinq pieds ; on les joint l'une à l'autre par des *Barres*, on les enfonce de deux pieds en terre, après avoir paffé au feu la partie qui doit y entrer. On ne fe donne pas la peine de les équarrir, on ne fait qu'ôter l'écorce.

La graine du Médecinier eft purgative, l'huile qu'on en tire produit à cet égard un effet très violent.

Mundui-guacu Pif. Ricinoïdes Goffypii folio Inft.

MIL. On n'attend pas ordinairement les premiers grains de pluie pour le planter. Dès que les abattis font brûlés, on remplit les intervalles qui fe trouvent entre les bois abattus. Qu'on faififfe au commencement de l'été le moment de défricher un marécage, & qu'on y plante du Mil, il réuffira, quelques chaleurs qu'il faffe. On le cueille deux mois après qu'il a été femé ; les Sauvages le rôtiffent fur les charbons, & le mangent. Les Galibis en font du *Palinot*, qui ne vaut pas moins que la bierre. Les François en nourriffent la volaille, d'autres la mettent en farine, qu'ils mêlent par moitié

avec celle du bled de France, & en font un pain d'un
affez bon goût. Peut-être, avec le Mil feul, parvien-
dra-t-on à en faire du pain pareil à celui que l'on fait en
Guyenne, & dont les payfans fe nourriffent.

Les finges font tort au Mil, & l'arrachent; ils s'y
affemblent par troupes; on laiffe ordinairement un
vieux Negre pour garder le Mil & en écarter ces animaux.

Aouachi, *Car.* par les hommes. *Marichi*, par les
femmes. *Mays granis aureis. Inft.* Gros Millet, ou
Bled de Turquie.

MATÉTÉ DE MIL. On égraine le Mil, on le met
tremper vingt-quatre heures, on change l'eau pour la
propreté; puis on le pile, & on le braffe pendant une
demi-heure, pour le reduire en bouillie, qui eft auffi
faine que celle de Caffave, & plus rafraîchiffante; les
Negres y mettent du fyrop, & s'en nourriffent dans
leurs grandes maladies.

LANGOU. Le Mil égrené & trempé la veille fe pile;
la farine paffée fe met dans de l'eau bouillante, & fe
braffe jufqu'à ce qu'elle foit en bouillie, ou au point de
Matété : on y met de la farine de tems en tems, jufqu'à ce qu'on ne fente plus l'odeur de mil, ce qui prouve
la jufte cuiffon. Le Mil frais fait le meilleur *Langou.*

LOCONON. Efpece de *Langou* à l'ufage des Negres,
de même que le premier; mais auquel ils ajoutent de
l'huile d'*Aouara* & des *Bananes* gragées. Il devient dur,
on l'enveloppe dans des feuilles, il fert pour les voyages
un peu longs.

BRIN. Autre efpece de *Langou* moins dur que le
Loconon. La farine de Mil fe met dans un pot, pour
aigrir pendant deux jours; on la fait enfuite bouillir
deux fois, après quoi on la met dans des feuilles, pour
le même ufage que le *Loconon.*

De la farine de Mil, on fait auffi des *Galettes,* qu'on
fait cuire dans des feuilles fur le gril, ou fur une platine :

tine : on y mêle de l'huile d'Aouara. Ces différens *Langous* font à l'ufage des Negres.

MOCAYA, ou MONCAYA. Efpece de *Chou Palmifte*.

On tire de l'amande du Moncaya une huile, qui fait en peinture le même effet que l'huile de noix.

Au défaut des autres, elle peut fervir dans l'affaifonnement des mêts.

Cette huile, ou graiffe, fe tire du fruit qu'on garde pendant un an, comme on garde les noyaux de l'Aouara. Il ne faut faire cette opération que dans le cœur de l'été, un an après la chûte des graines.

Son bois fupplée aux *Baches* & aux *Pineaux* pour raccommoder les chemins.

Palma dactylifera fructu globofo major. Plum. gen. Barr. Eff. p. 89. *Airy. Pif.* 1658. 129.

MONBIN. Prunier. Il eft moins gros que le Monbin fauvage, ou bâtard. Il vient de bouture, & fert à foutenir les barrieres au long defquelles on le plante.

Son fruit a un goût affez agréable, quoiqu'aromatique. Il agace un peu les dents, mais l'odeur en eft flatteufe.

On en fait une marmelade, qui reffemble beaucoup à celle d'abricot par la couleur, & qui paffe pour la plus exquife du pays. On la mêle avec de l'eau-de-vie, & cette liqueur eft délicieufe. Cet Arbre porte un fruit jaune & longuet, qui n'eft pas defagréable, mais il a peu de chair. Les Sauvages qui fe fentent attaqués de gouttes font un trou dans la terre, où ils jettent de la braife bien ardente, fur laquelle ils mettent des noyaux de ces prunes, (qu'on appelle *Prunes de Monbin*) puis pofent le genouil, ou la partie malade deffus, endurent la fumée le plus long-tems qu'ils peuvent, & fe guériffent de la forte, (à ce qu'ils croyent).

Oubou, par les hommes Caraïbes. *Monben*, par les femmes, *Car. Monbin ; Pl.*

MONBIN SAUVAGE, ou BASTARD. Au de-

N

faut du *Bois mouffé*, on l'employe pour faire des chevilles. Il vient plus gros que le Monbin prunier. Il prend
fort bien de bouture, & fert, ainfi que l'autre, à foutenir des barrieres, le long defquelles on le plante.

MONT-JOLY. Toute la Plante a une odeur péné-
trante, approchante de la racine du *Meum*. Elle eft
propre aux maladies du cerveau & de la matrice. Je
m'en fuis fervi en fomentation, pour fortifier les nerfs
& diffiper l'enflure des plaies. *Barr.* 29.

*Camara arborefcens falviæ folio. Plum. gen. Camara
juba, Pifo.*

MONTOUCHY. C'eft le *liege* du pays, par rapport à l'ufage qu'on en tire. On prend le cœur du bois,
qu'on amollit à coups de marteau, & dont on fait des
bouchons.

OIGNONS DE FLEURS. Il y a plufieurs efpeces
d'Oignons fauvages, qui reffemblent fort à la Tulipe,
& dont les fleurs, qui font très-belles, s'épanouiffent
dans les plus grandes chaleurs, fans avoir befoin d'être
arrofées.

Leur utilité fe reduit à l'agrement de pouvoir avoir
fous fes yeux, dans de petits jardins particuliers, de
belles productions de la nature, & cet agrément n'eft
pas à négliger.

OLIVIER. On en peut faire des cabinets couverts &
très-agréables. L'Arbre fe taille aifément, on pourroit
en former toutes les figures qu'on imagineroit.

Quand il ne feroit propre qu'à faire des berceaux,
qui mettroient à l'abri du foleil, c'eft un avantage dans
un pays auffi chaud que l'eft Cayenne.

OSEILLE DE GUINÉE. On fe fert des feuilles de
cette plante dans la cuifine, comme de l'ofeille de jardin, au défaut d'autre. On en fait une boiffon agréable.
On en fait auffi des confitures.

Ketmia indica goffypii folio acetofa fapore. Inft.

OUACAPOU. Cet Arbre a les mêmes propriétés &
ufages que l'*Ouapa*.

OUAILLE. Cet Arbre fert à faire des Canots. Il vient dans la plaine, & fur les hauteurs.

Il y en a de deux fortes ; le rouge croît fur les montagnes, & le blanc dans les plaines ; le rouge dure plus. Le bois en eft bon dans les bâtimens, étant à couvert.

OUANGUE. OUANGLE. Sefame. La graine de cette Plante, écrafée & reduite en farine, fert aux Negres à faire une efpece de bouillie affez nourriffante, dont ils font fort friands. *Barr. Eff. p. 48.*

La même graine, auffi feche qu'il fe peut, grattée & pilée, fe jette dans une terrine d'eau chaude ; on l'écume jufqu'à ce qu'elle ne rende plus de parties huileufes, que l'on a foin, à mefure qu'elles paroiffent, de mettre à part. On fait rebouillir cette huile, on la paffe dans un linge fin, & elle eft auffi bonne à manger que l'huile d'olive.

Sefamum. Ad.

OUAPA. Arbre qui vient dans les terres graffes, qui n'eft pas droit ordinairement, qui a même des cavités ; mais qui eft excellent à divers ouvrages, tels que les *Fourches* en terre, les *Poftes* & les *Piquets* employés au foutien des terres. Le bardeau qu'on en fait dure autant, & plus que celui qu'on fait du *Balatas.*

On l'employe avec le plus grand fuccès pour les pilotis, parce qu'il fe conferve dans l'eau & dans la vafe.

Orobus arboreus latifolius, filiqua maxima, compreffâ falcem referente. Barr. Eff. 84. Phafeolus maximus perennis, femine compreffo lato, nigris maculis notato. Sl. Iam.

OUAROUCHI. (*Arbre de fuif*). Cet Arbre eft laiteux, & paffe pour un Figuier. Sa graine, qui eft jaune, de la figure d'une mufcade, & de la groffeur d'une noifette, eft couverte d'une petite pellicule qui couvre fon amande. C'eft de cette amande grattée, lavée & pilée, qu'on fait une pâte, qui eft fortement remuée dans une chaudiere, jufqu'à qu'elle fe couvre d'humidité, & d'une efpece de fumée ; on la preffe alors dans une moyenne couleuvre, d'où fort le fuif qui fe fige. On le fait rebouillir le lendemain, on le paffe dans un linge, pour être jetté enfuite dans un moule.

La graine fe ramaffe en Mars, tems auquel elle tombe. On la laiffe à l'air deux ou trois jours feulement, pour la mettre en œuvre tout de fuite ; le profit en eft plus grand.

Le lait qu'on fait couler de l'Arbre en l'entaillant, eft un remede contre les vers, aux quels les enfans font fujets. A l'huile & au citron qu'on prend à jeun, on joint du lait d'Ouarouchi, dont la dofe eft une cuillerée à caffé, mêlée avec autant d'eau. Ce remede coupe les vers en morceaux ; on le modifie fuivant les circonftances, de crainte qu'il n'agiffe fur les inteftins.

OUASSACOU. Arbre auquel on donne des coups de hache pour en faire fortir le lait, mais avec l'attention qu'il n'en faute point dans les yeux. Il eft auffi corrofif que l'eau forte.

On prend autant d'eau que de lait, que l'on braffe avec un peu de vafe ; on met le tout dans une feuille, ou linge, qu'on laiffe tremper dans le trou que l'on veut envyrer. La fubtilité du poifon eft telle, que tout ce qui vit dans le trou, qu'on a envyré de cette façon, paroît fur le champ fur l'eau ; il faut même éventrer le poiffon auffi-tôt après, car il fe gâte en très-peu d'inftans.

OUAYE. Ses feuilles font les meilleures de toutes celles qu'on employe pour couvrir les maifons : elles durent, pour ainfi dire, à proportion autant que le bardeau, le feu n'y fait que fon trou & ne fe communique pas au refte. Pour que cette couverture dure autant qu'il eft poffible, il faut laiffer aux Indiens le foin de la faire.

La Plante eft fort rare, & ne vient que dans les endroits qui lui font propres. On en garnit les chapeaux de paille contre la pluie. La tige fert de *Bois de mêche*, ou d'amadoue. Son corps, dont la couleur eft brune, fait des *Cannes* très-propres , partagées de nœuds.

Il paroît que ce nom a été conservé à la Plante, du nom de la Nation Indienne des Ouayes , où elle a été d'abord connue.

Sa feuille eft plate, courte, & ne reffemble en rien à celle des Palmiftes. Les feuilles fortent de terre , & fans former de tige ; elles font en éventail , & formées comme celles du *Latanier* , ou *Bache*.

OUCLE. Liane groffe & épineufe, dont on peut fe fervir pour faire des cercles de barriques , au défaut *du Bois puant* & du *Couratari*. Elle eft fort commune à la Côte de Mahury.

An Pifonia ?

OULÉMARY. Cet Arbre s'éleve à la hauteur des autres grands Arbres du pays. Sa feuille eft luifante, & reffemble à celle du *Citronnier*.

Il eft revêtu d'une écorce brune , épaiffe de près d'un pouce : le dedans fe fépare en plufieurs feuillets rouffâtres, unis, minces comme les feuilles du *Balifier* , & fur lefquelles on peut écrire comme fur du papier.

Je me fouviens fort bien que ce fut par un feuillet de cet Arbre, fur lequel un Indien avoit écrit *Oyapock eft pris* , qu'on apprit en 1745 à Cayenne la prife du Fort d'Oyapock. Cet Indien avoit été autrefois Chantre dans une Miffion , & étoit alors à Oyapock. Il trouva le moyen de faire parvenir cette lettre.

Ces feuillets fervent aux Indiens à un autre ufage , ils roulent dedans, le plus ferré qu'ils peuvent , une feuille de tabac , & en font ainfi ce qu'on appelle aux Ifles une *Cigale* , & qui leur fert de pipe.

Oulemary arbor citrei folio fplendente , cortice inte- riore foliato. Barr. Eff. p. 84.

PAGAYE. Cet Arbre eft mal bâti , creux , mais fort droit. Il eft commun par-tout, il dure long-tems, eft bon à faire des fourches en terre ; mais on en fait prin-

cipalement des Canots, qu'on appelle de son nom.
Yakelele, *Car.*

PALETUVIER, ou PARETUVIER. Il y en a de
trois sortes, le blanc, le rouge, & le violet. Le bois
n'en est bon qu'à brûler. Les Indiens se servent de l'é-
corce du violet pour teindre en cette couleur & en
noir.

Elle seroit propre aussi à tanner les cuirs, de même
que le Chêne & l'orme.

Aux Isles, on appelle du même nom de Paretuvier
& l'Etang, (en Caraïbe *Taonaba*) & les Arbres qui
l'entourent (en Caraïbe *Montochi*). Le long des Paretu-
viers, il pousse un grand nombre de filets qui leur
sont incorporés, & prennent racine. Les Caraïbes
s'en servent pour lier.

Quand on veut conserver les *seines*, les lignes, &
les autres instrumens de pêche, on les fait bouillir avec
l'écorce de cet Arbre, à laquelle on joint un morceau
de gomme d'Acajou : la teinture violette qu'ils acque-
rent les fait durer plus long-tems.

Nota. Le Paletuvier blanc de Cayenne diffère essen-
tiellement, par ses parties essentielles, du Mangle véritable. Bartere admet le nom de Marcgrave, *Cereiba*,
& y ajoute pour phrase, *paludosa*, *amplo Pyri folio.*
Ess. p. 35.

Mangles, *Piso. Montochi* Paretuvier, *Car.*

PALIPOU, ou PAREPOU. Le regime de ce Pal-
mier ressemble à celui de l'*Aouara*. Le fruit est petit.
On le présente au dessert ; il se cuit simplement avec de
l'eau & du sel : son goût n'est pas d'abord attrayant,
on a même de la peine à s'y accoutumer ; mais on s'y
fait, & on le mange même avec plaisir. Il excite à boire,
& donne de l'appetit.

*Palma dactylifera fructu minori turbinato. Barr. Ess.
p.* 89.

PALMA CHRISTI. *Voyez* CARAPAT.

GROS PANACOCO. Très-grand Arbre, qui passe

pour l'*Ebene noire*. Son aubier est aussi dur que son cœur.

Chaque graine est comme un poids parfaitement rouge , avec une petite tache noire. Les Négresses en font de jolis colliers , des chapelets , &c. Le cœur de ce bois sert à faire des pilons si durs , qu'ils émoussent le fer.

PETIT PANACOCO. C'est une liane qui entre dans la ptisane : les fleurs sont jaunes.

Le fruit est petit , rouge , marqueté de noir.

Abrus , Ad. *Aouarou* , Car. Parecoutai. *Barr. Eff.* 83.

PAPAYER. Les semences de *Papayer commun* ont un goût de poivre ; un scrupule de ces semences en poudre, pris pendant quelques jours, fait mourir les vers. *Barr. Eff. p.* 91.

Le Papayer sauvage est plus gros, le fruit ne se mange point , il ne rapporte des feuilles qu'au haut de la tige.

Le Papayer ordinaire est moins gros. Le fruit se mange par les Créoles ; on fait confire son écorce avec de l'écorce d'orange ; on en fait aussi des confitures.

Papaya fructu maximo , cucumeris effigie. Barr. Eff. p. 91. Grosse Papaye. *fructu melopeponis effigie. Plum.* Papaye commune. Grosse Papaye. *Ababai , Car.* Petite. *Aleulé , Car. Alêlé , Car.*

PAREIRA BRAVA. On l'employe en ptisane , au défaut de saffafras.

PATAOUA. Palmier très-commun dans la grande terre , plus fort que le Maripa ; mais soutenant moins ses feuilles , rapportant un régime à-peu-près semblable : le fruit en est plus petit & plus rond.

On tire de ce fruit une huile préférable à toutes les autres , pour être mangée en salade ; elle n'a aucun goût. On la tire comme celle de l'Aouara.

Les Negres marrons subsistent en partie , avec la

N iv

graine , dont l'amande eſt aſſez agréable , lorſqu'elle a paſſé au feu.

Palma dactylifera maximè procera. Barr. Eſſ. p. 88.

PATATE. C'eſt la pomme de terre de l'Amérique. Les François la préferent à la châtaigne , dont elle a le goût. Il y en a de jaunâtres , de blanches & de rouges ; les deux premieres font les plus eſtimées.

La Patate rouge , moins bonne à manger , ſert particulierement à faire une boiſſon fort agréable. Sa tige eſt une liane , dont les feuilles ſont propres à nourrir les lapins qu'on éleve dans des baſſecours. On les recueille quatre mois au plus tard , après les avoir plantées. Il y a une eſpece ſauvage , qui ſert à nourrir les beſtiaux , qu'on a quelque raiſon de tenir à la corde.

Mabi , Car. Patate. *Camicha ,* Patate blanche. *Huéleronum ,* à Mademoiſelle. *Alalli ,* marbrée. *Chimouli ,* Romiliere. *Yahuira ,* verte. *Huéléche ,* rouge dehors , jaune en dedans. *Car.*

PIMENT.

Piment bouc.

Caffé.

Crotte de rat.

Doux.

Le Piment *Bouc* eſt une fois plus fort que le ſecond & le troiſieme. Il faut être Indien , ou y être fait , pour en manger : c'eſt celui qu'on employe dans le *Cabiou.*

Le Piment *Caffé* eſt le meilleur. Son goût eſt agréable , il n'a pas la force du Piment *Bouc ,* & ne procure pas l'inconvénient que cauſe le Piment *Crotte de rat.* Son fruit mûr eſt coloré de rouge , de noir & de verd clair , gros comme une meriſe , & de la figure de grains de caffé.

Le Piment *Crotte de rat* a les feuilles plus petites que les autres , & plus près à près ; il cauſe une cuiſſon conſidérable , quand on va à la garde-robe.

Tous ces Pimens peuvent servir à l'ornement des jardins. On peut les tailler sous toutes sortes de formes. Le Piment *Crotte de rat* y est plus propre. Ils viennent de bouture, s'élevent au plus à quatre ou cinq pieds. Leur bois est foible & cassant, & les charmilles qu'on en feroit réussiroient pour l'agrément, mais demanderoient de quoi les soutenir. Les volailles les détruisent, aussi a-t-on soin d'entourer les Pimens, quand ils sont en plein champ.

Les Pimens *Doux* sont d'une forme toute différente pour la figure, le bois, le goût & l'usage. On les fait confire tout verds dans le vinaigre : lorsqu'ils sont parfaitement rouges, ils ne sont propres qu'à donner de la graine. Les autres se plantent de bouture.

Oualliri, *Car.* Piment, *Ati*, Poivre, ou Piment, long comme le fer d'une aiguillette. *Oüaliri*, plus long & plus gros. *Bohemoin*, le plus gros de tous. *Car. Capsicum.*

PINEAU. Ce Palmier vient droit, il a jusqu'à un pied de circonférence ; il ne porte ses feuilles qu'au sommet, son bois est roide & serré. Il se fend aisément en quatre, quand il est bien mûr, & après qu'on l'a tronçonné de la longueur nécessaire aux planches qu'on en veut tirer pour les planchers. Les tirans sur lesquels cette espece de plancher est établi, doivent être plus près les uns des autres, sans quoi les planchers seroient trop foibles. Le bois sert aussi à faire des especes de lattes, qu'on attache sur les chevrons avec des clous, pour soutenir le bardeau qu'on cheville dessus ; mais ce qui doit lui donner un plus grand mérite aux yeux de l'habitant, c'est qu'étant coupé de la largeur des chemins, qu'on veut rendre praticables, il remplit parfaitement cet objet. Tous les Pineaux sont bons, ceux qui viennent dans les marécages sont les meilleurs pour les cafes, & les autres pour les chemins.

Palma dactylifera caudice fissili, vaginas textiles longissimas deferens. Barr. Ess. p. 88. Ouassi. Gal.

PISTACHE DE TERRE. Après que les fleurs font
paffées, leurs pédicules fe recourbent, & s'enfoncent
dans la terre, où l'on trouve un fruit membraneux,
qui contient le plus fouvent deux amandes.

Elles ont à peu-près le goût de noifette; on les
mange au deffert, ou crues, ou cuites au four; on en
fait des dragées.

*Manli. Car. Arachidnà quadrifolia villofa, flore
luteo. Plum. gen.*

PITE. (*Ananas*). Efpece d'*Ananas*, qu'on doit élever de préférence dans les jardins, à caufe de fon odeur
agréable, que répand fon fruit quand il eft mûr. Le
goût en eft auffi bon que de l'Ananas ordinaire.

Cabuyo, Car. Coulao. Car.

PITE. (*Aloé*). On teille la Pite comme le Chanvre. Le fil en eft fort. Plus le fruit eft gros, moins le
Chanvre eft bon. Sa feuille eft liffe, & n'a qu'un piquant au bout.

Les Indiens l'employent à faire des cordes & des hamacs. Les Portugais du Bréfil en font des bas & des
gants; on tiroit autrefois en Rouffillon, ainfi qu'en
Efpagne, une efpece de filaffe de l'Aloé ordinaire, dont
on faifoit des dentelles. *Barr. Eff. p. 7.*

Coulaoua. Car. Le Chanvre du pays. *Aloides. Agave.*
Lin.

POIRIER. Grand Arbre, qui vient plus haut, &
qui s'étend plus que l'Avocat. Son fruit eft femblable
aux groffes noix de France. On le nomme Poire, parce
qu'il a des pepins, & qu'il a un peu de rapport avec
une efpece de Poire. Il eft fauvage, & fon fruit peut
être mis au rang des meilleurs. Il figureroit très-bien en
avenue.

Bamatta. Car.

POIRIER. Poirier d'Avogato. Damp. 1, 218. *Voyez*
AVOCAT.

POIRIER SAUVAGE, ou BOIS DE SAVANE.
C'eft, felon Barrere, un Figuier à feuilles de Citron-

nier, dont le fruit, qui eſt verd, s'appelle dans le pays *Poire ſauvage*. En effet, par ſa ſeve laiteuſe, & par la figure de ſon fruit, il reſſemble plus à un Figuier qu'à un Poirier.

Il croît dans les ſavanes & dans les bois. La tige eſt haute & rameuſe ; ſi on entaille l'arbre, il en ſort une liqueur gommeuſe & jaunâtre, dont on frotte les dartres rouges pour les guérir.

Le fruit a aſſez l'air d'une nèfle. Il en differe par la queue ; il a auſſi plus de ſuc & moins de graines, qui ſont velues, & de la forme d'une petite lentille. Il ne ſe mange point.

Ficus folio citrei acutiore fructu viridi. Plum. Barr. p. 52. *Couma*, par les Indiens.

M. Freſneau dit que le fruit ſe mange, qu'il eſt paſ-ſablement bon, qu'il poiſſe les levres, & qu'il produit le même effet que la nèfle. Les quadrupedes en ſont friands.

Voyez la figure de la feuille, de ſon fruit, de ſes graines ; Mém. de l'Académie, p. 332, Pl. XIX. fig. 4 & 5.

POIRIER PIQUANT. *Voyez* POMMES DE RA-QUETTES.

POIS A GRATTER. La racine de *Pois à gratter*, coupée par morceaux, entre dans un remede compoſé pour guérir le mal d'eſtomac.

Il y en a de deux ſortes, le petit, *Phaſeolus hirſutus virgatus prurigineus*, *Plum.* & le gros, *Phaſeolus ſili-quis latis hiſpodis & rugoſis. Plum. Mucuna Marcg. Apitabo. Gal. Mantiakeyra. Car.* Pois ſauvage.

POIS D'ANGOLE, ou POIS DE CONGO. Cet Arbriſſeau, qui vient d'Afrique, eſt cultivé ; ſon fruit eſt bon à manger. Dans une diſette de Mil, il ſert à nourrir la volaille, & ſur-tout les pigeons.

Cytiſus arboreſcens, fructu eduli albo. Plum. Bipicaa. Gal. Fohe, Oandou, Car. Kajan. Ad.

POIS DE KOUROU.

Koumata Gal. Anouagou prima, Sur. Phaſeolus am-
pliſſimus flore violaceo, ſiliquis latioribus, ſemine fulvo
duriſſimo. Barr. 95.

POIS DE SEPT ANS. Sa feuille pilée rend un jus
qui eſt ſouverain contre toute hémorrhagie. On lave la
plaie avec ce jus, ſi l'on peut; ſinon on applique le
marc deſſus.

Cette Plante eſt vivace, & dure l'eſpace de ſept ans.
Le fruit en eſt bon à manger.

Phaſeolus perennis ſemine albo ſubrotundo. Barr.
Eſſ. 94.

POIS SAUVAGE. *Voyez* POIS A GRATTER.
(Le gros).

POIS SUCRÉ. Le goût en eſt doucereux & aigrelet,
quoique ſucré; il ſert à rafraîchir les voyageurs dans
les bois. Barrere en cite quatre eſpeces, ou variétés.
Eſſ. p. 64.

L'Arbre eſt fort grand, ſa fleur eſt jaune. Il porte
pour fruit des coſſes fort longues & étroites, remplies
de pois, autour deſquels eſt une chair fort blanche &
douce au goût.

Bayroua. Car. Inga. Marcg. Plum.

POIVRE DES NEGRES, appellé par eux POIVRE
DE GUINÉE. Le fruit de cet Arbre eſt d'un goût piquant, comme le Poivre dont les Negres ſe ſervent fort
ſouvent, au lieu d'épices, pour relever la ſaveur des
viandes.

Les Indiens employent l'écorce de cet Arbre pour
peindre différens ouvrages.

La tannerie trouveroit dans l'uſage de cet Arbriſſeau,
une maniere de corroyer les cuirs, ſans mauvaiſe odeur.
Barr. Eſſ. p. 110.

Thymelea arborea ſalicis folio ſubtus argenteo, fructu
piperato. Barr. Eſſ. 109. Amæce. Galib. Embira ſeu Pin-
daiba. Braſ. Piſ.

POMMES DE RAQUETTES. On les employe pour faire des haies vives.

Batta. Car. Opuntia. Lonic.

POMMIER DE CANELLE. *Voyez* CACHIMAN.

PRUNE DES ANSES. C'est le fruit d'un Arbrisseau qui se trouve dans les anses au bord de la mer, connu aux Isles sous le nom d'Icaque. Il y en a plusieurs especes.

Icaco fructu ex albo rubescente. Plum. Guajeru. Marcg. fructu nigro. Pl. fructu purpureo. Pl.

PRUNE COTTON. Espece d'Icaque. On l'appelle ainsi, parce que la chair est aussi blanche que du cotton; c'est une Prune un peu longue, de couleur cramoisi, foncée d'un côté & claire de l'autre.

Le fruit est astringent, il peut se manger avec plaisir.

PRUNIER JAUNE D'ŒUF. *Voyez* JAUNE D'ŒUF.

PRUNIER DE MONBIN. *Voyez* MONBIN.

QUEUE DE BICHE SAVANE. *Voyez* YAPPÉ.

RIS. Le Ris se plante dans les fonds, aux premiers grains de pluie; on choisit les endroits élevés, ou les petites mottes de terre, sur lesquelles on met le grain; dans les endroits plus bas, entre les mottes ou est le Ris, on plante le Mil. Ils viennent tous deux en quatre mois.

Il n'y a point d'inconvénient que l'eau couvre le Ris, pourvu que le grain soit levé.

Il faut observer de ne pas planter une grande piece de Ris & de Mil tout à-la-fois; il faut, pour ainsi dire, séparer le terrain, & ne planter l'étendue qu'on se propose, qu'en deux tems, à une quinzaine de jours de distance. Sans cette attention, tout mûrit à la fois, & il y a de la perte pour l'habitant qui néglige cette précaution.

Oryza. Plin.

ROUCOU. Son fruit vient par touffe. Les oiseaux y font tort; aussi les Sauvages plantent-ils cet Arbre auprès de leurs cafes. Pour en avoir la teinture, ils font bouillir le fruit dans l'eau, & le frottent entre leurs mains. La partie colorante tombe au fond, & forme comme un pain de cire. Ils y mêlent enfuite de la pouffiere de bois de fandal, parce que l'éclat trop vif de cette fécule offenferoit la vue ; ils la trempent dans de l'huile, avant que de l'employer, pour fe rougir tout le corps. Cette efpece d'enduit ferme les pores, empêche que l'eau de la mer ne fe fige fur leurs corps, fait fuir les maringoins & mourir les chiques.

Le commerce en eft fi abondant, que pour en trouver le débit, on eft obligé de le tranfporter dans le Nord.

C'eft un contre-poifon du fuc de Magnoc. *Barr. Eff.* 79.

Mitella Americana maxima tinctoria. Inft. Barr. Ematabi. Car. Roucou, *Cochehué,* par les hommes Caraïbes, *Bichet,* par les femmes. *Urucu. Pif.*

ROSEAU. Il y en a plufieurs efpeces, qui fervent à différens ufages. De la tête des rofeaux, on couvre les cafes.

Les Sauvages en font fecher, & les brûlent ; avec la cendre, ils frottent, & en noirciffent, ceux qui ont les Pians.

Les bâtons, ou tuyaux, fervent à latter les toîts, ou à palliffader & fermer les cafes.

Manboulou. Car.

ROSEAU A FAIRE DES PANIERS.

Ticasket. Car. Ticafquet. Car.

Plioüa. Nom commun au Rofeau & à la fleche.

ROSEAU A FLECHES. Ce Rofeau produit fa fleur, ou fa panicule, au haut d'une tige droite ; cette tige fert aux Sauvages pour faire le corps de la fleche, qui porte le même nom du Rofeau.

Arundo fagittaria. Barr. Eff. p. 19. Bouléoua. Car. Kourou-Mary. Barr. Eff. 19. Vuba. Marcg. p. 4.

SALSEPAREILLE. On fait quels font les effets de fa

ptifane, qu'on employe avec fuccès dans l'ufage du grand remede.

Smilax.

SAMPA. C'eft une efpece de Palmier, qui vient dans l'eau. Le bois eft moins roide & moins ferré dans fes parties que celui du *Pineau.* Il fert aux mêmes ufages, tant pour rendre les chemins praticables, que pour faire des planchers, & pour en tirer des lattes, propres à fupporter le bardeau.

Mais ce qui le diftingue de tous les autres, c'eft qu'il fournit des tuyaux naturels pour la communication des eaux. Son bois creux dans le milieu, eft rempli de moëlle. Pour l'ôter, on fe fert d'un bâton noueux, qui, en tournant, fert à la tirer peu à peu ; dès que cette opération eft faite, il faut employer ces tuyaux, fans quoi ils fécheroient & fe fendroient. L'Arbre peut avoir un pied & demi de circonférence : fon écorce, ou plutôt ce qui entoure la moëlle, a environ un pouce d'épais.

Il fe pourriroit dans un terrein fec, s'il n'étoit pas toujours rempli d'eau ; il fe conferve dans une terre humide. Pour joindre les tuyaux, on les fait entrer les uns dans les autres, on met fur la jonction des cercles de fer, & on les calfate avec du cotton, qu'on a le foin d'enduire de bray.

Le Sampa & le Pineau, lequel eft moins gros, donnent pour fruit des graines dont les oifeaux, fur-tout les *Gros-becs*, font friands. Les Baches, dont le Sampa & le Pineau pourroient être des efpeces, qui viennent dans les marécages, & jamais fur les montagnes, ont un fruit qu'on appelle Pommes de Baches, & qui fervent de nourriture aux Indiens *Maillés.*

SAOUARY. Au défaut d'autres bois pour conftruire des Canots, on employe le *Souary*, & fur-tout en Canots pour la pêche.

Il eft fujet aux vers & à de grands entretiens ; mais étant mis à couvert, il eft très-utile aux Sucriers, Roucouyers & Indigotiers.

Son Fruit reſſemble à la Châtaigne dans ſa coque ; le dedans ſe mange comme le cerneau, & a quelque choſe de plus délicat.

Cette coque oſſeuſe, garnie de piquans à-peu-près comme nos châtaignes, a la figure d'un rein. L'amande qui eſt dedans eſt douceâtre, & bonne à manger.

Saouarou. Car. Schaouarouy. Car.

SAPOTILLER. Barrere paroît s'être trompé en lui donnant le nom Galibi, de *Maritambour*. Le Maritambour que je connois, eſt une eſpece de *Fleur de la Paſſion*. Le Sapotiller, grand Arbre, très-propre à orner un jardin, porte ſes branches en forme d'entonnoir, tandis que du milieu il ſort un jet fort droit, qui s'éleve plus haut que tout le reſte ; ſa feuille eſt d'un verd plus clair que celle de l'Oranger.

Son fruit paſſe, avec raiſon, pour un des meilleurs de l'Amérique, & n'a que trois pepins ; l'Arbre ſe tranſplante où l'on veut, en prenant les précautions que j'ai indiquées en parlant de l'Oranger, & vient facilement.

Il y en a une autre eſpece, dont le fruit eſt comme un œuf, plus long que l'autre, mais moins délicat.

A Saint-Domingue, on appelle *Sapotiller maron*, une eſpece de Balatas.

Sapota fructu ovato majori. Plum. gen. Barr. Eſſ. p. 101. Maritambour. id. ibid.

SASSAFRAS. Il entre dans la ptiſane contre les maladies vénériennes. On y en met une demi-poignée, avec autant de Gayac.

SENAPOU, ou SINAPOU. Sa racine écraſée s'employe, ainſi que celle du *Bois Indien*, pour enyvrer le poiſſon.

Aſtragalus incanus frutelans, venenatus, floribus purpureis. Barr. Eſſ. p. 19.

SIMAROUBA. La racine de cet Arbre, dont on doit la connoiſſance aux Indiens, eſt un des plus aſſurés ſpécifiques contre la dyſſenterie.

En

En faisant bouillir l'écorce de sa racine, avec celles de Monbin, d'Acajou & de Goyave, on obtenoit une teinture, à laquelle on ajoutoit du sucre commun, jusqu'à consistance de syrop, & qui fut employé avec succès à Cayenne dans la maladie épidémique de 1756.

L'Arbre est grand, fort droit, ayant la feuille assez comme celle du Pommier. On ne se sert que de l'écorce de sa racine. La racine est jaune & compacte. Nous avons déja dit que celle du faux Simarouba (*Coupaya*) est d'un brun sombre, & filandreuse.

Il faut ordinairement deux Negres pour faire un paquet marchand de soixante dix livres; l'un la coupe, & l'autre la dépouille, ce qui ne se fait qu'en battant la racine; le coup qu'on donne fait enlever l'écorce.

Les Negres, pour ce travail, ont une culotte & une chemise: sans cette précaution, l'eau qui sort de la racine leur donneroit la gale, & des élévations sur la peau, qui empêchent de marcher pendant quelques jours.

Evonymus fructu nigro tetragono, vulgo Simarouba.
Barr. Ess. p. 50. Chipiou? Car. Bois amer.

SIPANAOU. Arbre dont il y a deux especes; de blancs & de rouges. On les employe pour construire des Canots. Après le bois appellé *Bagasse*, c'est un des meilleurs pour cet usage. Il est moins léger, plus dur à travailler; mais comme il est sujet à se fendre, il faut, en le travaillant, y apporter beaucoup d'attention.

On préfere le *Sipanaou* rouge; il a cette propriété, de causer de la démangeaison à celui qui s'y coucheroit nud, quand il est nouvellement employé.

TABAC. Les Negres seuls le cultivent pour leur usage. Ils le sement dans les abattis nouvellement brûlés, pour en avoir du plan, ce qui est même contraire au plantage. Ils le transportent ensuite dans les terreins abandonnés, qui ont servi de parcs à bestiaux, & où la terre a reçu l'espece d'engrais que le séjour de ces bestiaux y produit. Ils le mettent en carotte pour le ven-

O

dre ; ils en font usage , & par le nez , & en fumant.

Nicotiana major , angustifolia , & latifolia , C. B.

TAMARIN. C'est le Tamarin des Isles , transporté à Cayenne.

On en fait des confitures , avec du sucre seulement ; c'est un remede contre le mal de mer , & contre le vomissement qu'il excite.

Tamarindus. Park.

TARIRI. Arbre que les Indiens fugitifs du Para nous ont fait connoître.

Ses feuilles servent à teindre le cotton en violet & en pourpre.

Tariri arbor tinctoria foliis alternis , obscurè violaceis. Barr. 106.

TAYOVE. Cette Plante pousse des feuilles larges & rondes , à un pied de terre , qui se mettent dans le Calalou ; sa racine est la meilleure de toutes , & nourrit plus que l'Igname.

Elle se plante par morceaux , & rapporte , pour ainsi dire , trois fois l'année. Quatre mois après qu'elle a été plantée , on fouille au pied avec précaution , pour ne prendre que les racines formées : on recouvre celles qui ne le font pas , pour ne les prendre que quatre mois après. Enfin au bout de l'année on arrache le pied en entier.

On en fait de la bouillie ; on la met , au défaut de navets , ou d'autres légumes , dans la soupe , à laquelle elle donne un bon goût.

Arum. Ouaheu , Car. Tajoba. Pis. Chou des Caraïbes.

TOURLOURY. Sa feuille est de quinze à seize pieds , séparée dans sa longueur par une côte.

Elle s'employe en long & en travers , pour couvrir les cases , en pressant les côtes fort près les unes des autres. Elle dure presque autant que le bardeau , le feu n'y prend pas aisément. C'est , après celle de l'*Ouaye* , la plus recherchée , & elle est plus commune.

Urucury. Pis ?

VERVEINE. Une poignée de cette Plante, pilée menu, mêlée avec un jaune d'œuf, & une cuillerée d'olive, est le remede le plus sûr contre le mal de rate, de reins & le point de côté, même contre les coups à la tête.

Verbena. Plin.

YAPPÉ, ou QUEUE DE BICHE SAVANE. C'est une mauvaise herbe, dont il est fâcheux que les savanes soient couvertes; on ne l'y conserve que jusqu'à ce qu'on ait les moyens d'y planter du chien dent, qu'on prend sur le bord de la mer; elle ne fait aucun profit aux bestiaux.

Quand on manque absolument de feuilles pour couvrir les cases, on se sert d'*Yappé*, mis en touffe; la touffe est de poignée, & s'arrange comme le chaume en France. Toute médiocre qu'est sa couverture, elle est préférable à la paille de cannes.

Icape., Car. Iape. Cou. Aguape., Marcg?

TABLE DES CHAPITRES.

DÉTAIL & indication des Planches de la Maison Ruſtique à l'uſage de Cayenne.

PLANCHE PREMIERE.

A.   Vue de l'Habitation du ſieur de Préfontaine.

B.   Plan général d'une Habitation, où toutes les parties qui la compoſent ſont à la vue du Maître.

PLANCHE II.

A Plans, Coupes d'une Caſe ordinaire de Cayenne, ſans clous ni mortaiſes, mais lianée.

1.   Plan du rez-de-chauſſée.
2.   Coupe dans ſa longueur.
3.   Coupe dans ſa largeur.
B.   Coupe en long d'une Caſe à Cotton, avec des godets renverſés pour garantir des rats.
C.   Nouvelle forme d'une Caſe à Roucou, avec la diſpoſition de ſes canots, ou auges & chaudieres.
D.   Cuves pour l'Indigoterie, contenant le Trempoir, le Diablotin, la Batterie.

PLANCHE III.

Travaux concernant, 1°. Diverſes préparations du Magnoc.

1.   Laveuſe de Racine de Magnoc.
2.   Gratteuſe de Magnoc.
3.   Grageurs de Magnoc.
4.   Preſſeurs de Magnoc.
5.   Paſſeuſe de farine de Magnoc.
6.   Faiſeuſe de Caſſave.
7.   Inſtrument à boucanner.

2°. L'huile qu'on tire de l'Aouara.

8.   Pileurs d'Aouara.
9.   Cuiseufes d'Aouara.

PLANCHE IV.

Plan & élévation d'une nouvelle Sucrerie, perfectionnée par le fieur de Préfontaine, & exécutée dans fon Habitation de Cayenne.

PLANCHE V.

A.   Coupe relative au Plan & à l'élévation de la nouvelle Sucrerie.

B.   Détail d'une Cafe de dégras à conftruire fur les bords de la mer, d'une riviere ou d'une crique, dont moitié bâtie fur terre, fert d'entrepôt aux marchandifes, & l'autre avance fur l'eau, pour fervir d'abri au Canot, ou Pyrogue.

PLANCHE VI.

A.   Coupe d'un Moulin à fucre qui fe meut par le moyen du vent, ou des chevaux.

B.   *Boucan*, ou échaffaut qui fert à abattre les Arbres montés fur des *arcabas*.

PLANCHE VII.

Plans & détail concernant la fabrication d'un Canot.

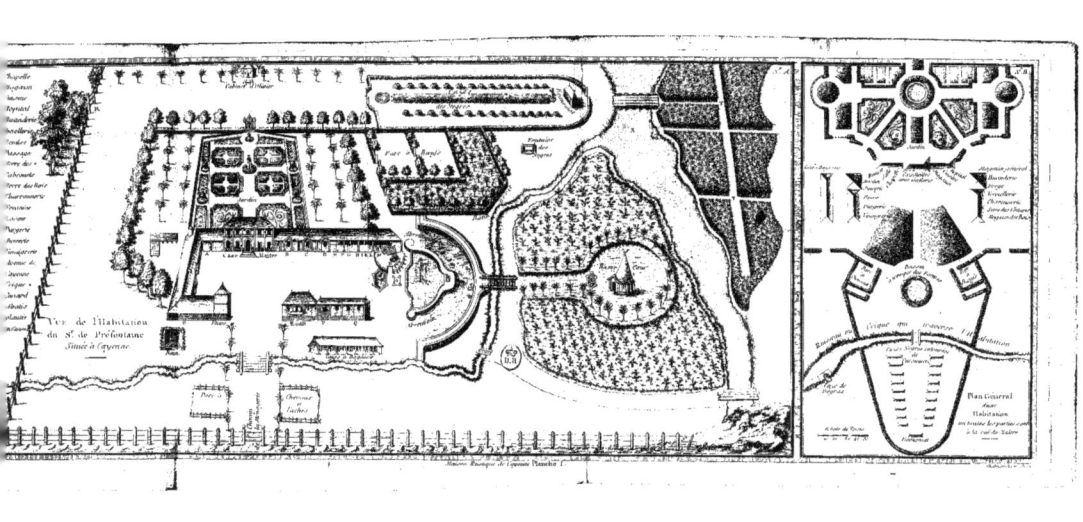

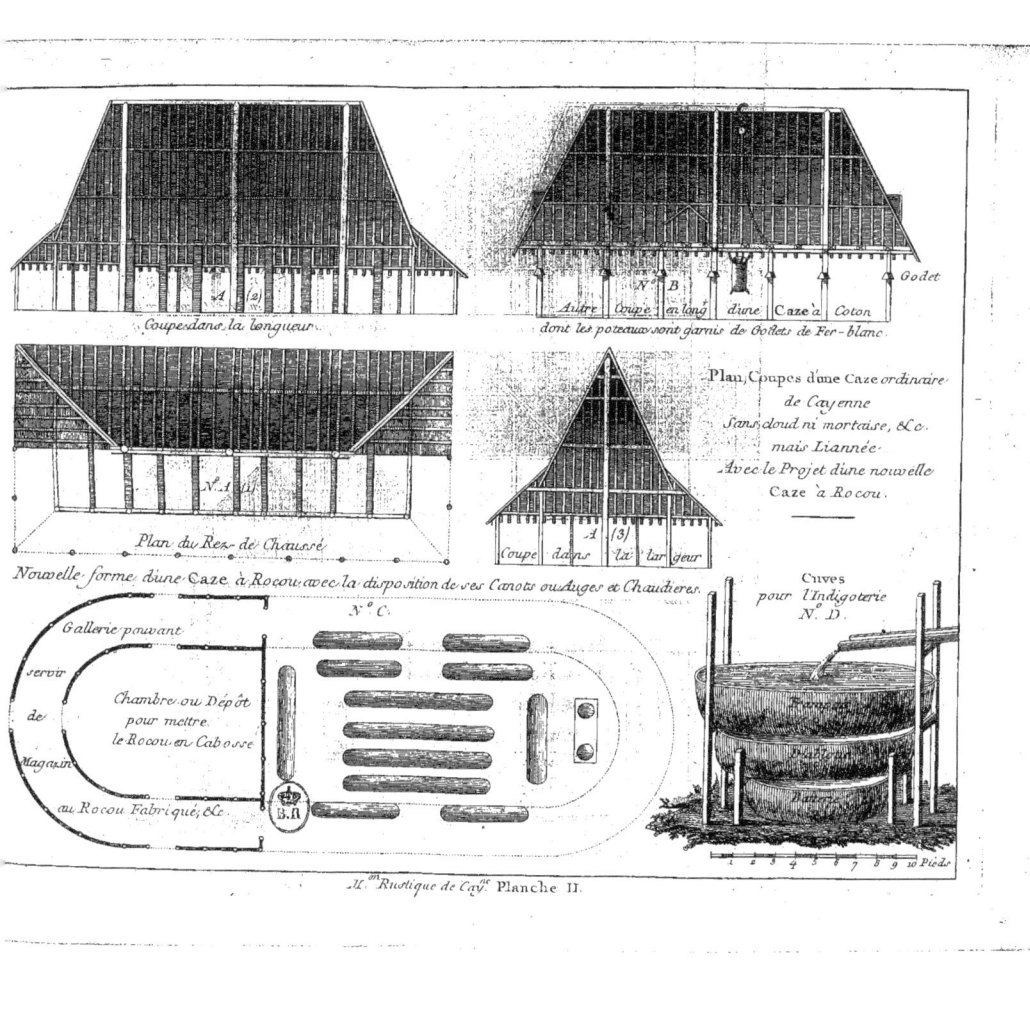

Coupes dans la longueur.

Autre Coupe en long d'une Caze à Coton dont les poteaux sont garnis de Godets de Fer-blanc.

N°. B.   Godet

Plan, Coupes d'une Caze ordinaire de Cayenne
Sans cloud ni mortaise, &c.
mais Liannée
Avec le Projet d'une nouvelle
Caze à Rocou.

Plan du Rez-de-Chaussée

Coupe dans la largeur.

N°. 1.

A. (3)

A. (2)

Nouvelle forme d'une Caze à Rocou avec la disposition de ses Canots ou Auges et Chaudieres.

Cuves
pour l'Indigoterie
N°. D.

Gallerie pouvant
servir
de
Magasin

Chambre ou Dépôt
pour mettre
le Rocou en Cabosse
au Rocou Fabriqué, &c.

N°. C.

B. A.

1 2 3 4 5 6 7 8 9 10 Piéds

M.on Rustique de Cay.ne Planche II.

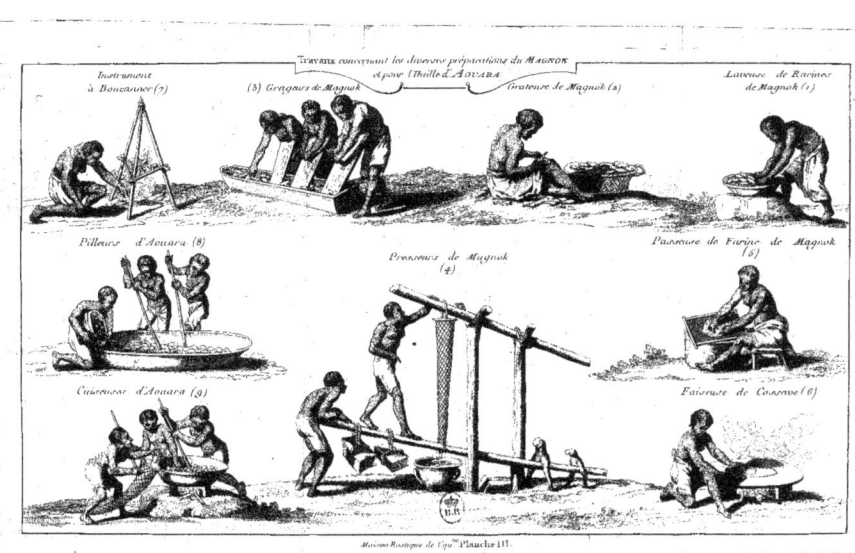

Maisons Rustiques de Cay..^de Planche 111.

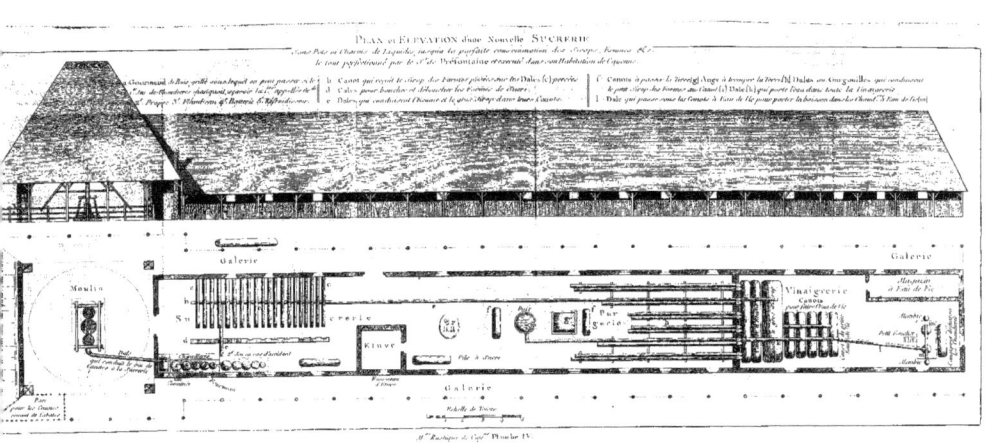

PLAN et ELEVATION d'une Nouvelle SUCRERIE

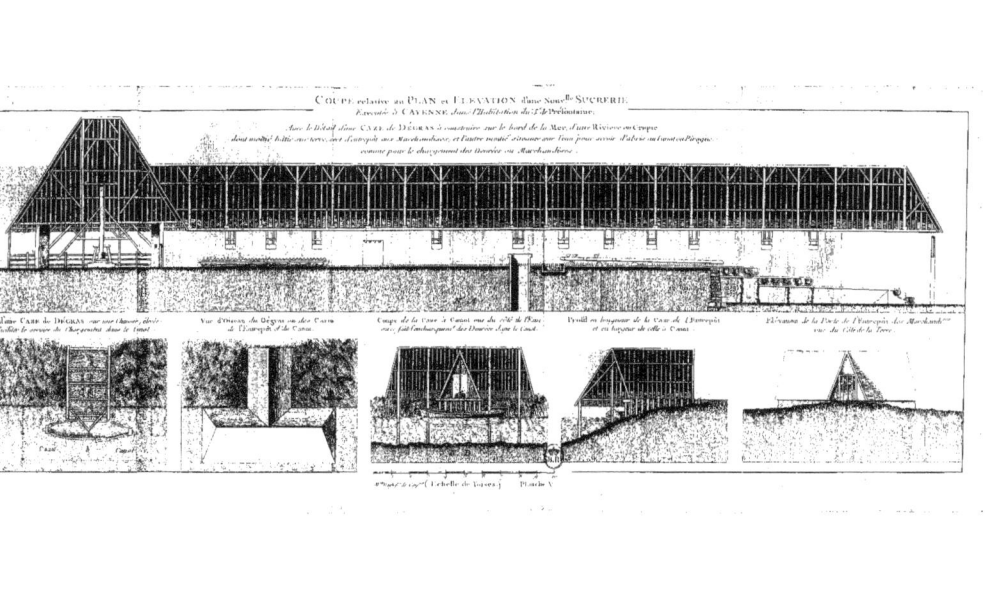

COUPE relative au PLAN et ELEVATION d'une Nouvelle SUCRERIE.
Executée à CAYENNE dans l'Habitation du S.r de Préfontaine.

Avec le Détail d'une CALE de DÉGRAS à construire sur le bord de la Mare, d'une Rivière ou Crique
dont moitié bâtie sur terre, sert d'entrepôt aux Marchandises, et l'autre moitié s'avance sur l'eau pour servir d'abri ou d'avant au Piroque,
comme pour le chargement des Denrées ou Marchandises.

Plan d'une CALE de DÉGRAS vue sur l'hauteur, élevée pour faciliter la sortie des Chargemens dans le Canal.

Vue d'Oiseau du Dégras ou des Cales de l'Entrepôt d'où l'on voit le Canal.

Coupe de la Cave à Canot vue du côté de Plan, où se fait l'embarquement des Denrées dans le Canal.

Profil en longueur de la Cave de l'Entrepôt et en largeur de celle à Canal.

Elévation de la Porte de l'Entrepôt des Marchandises vue du Côté de la Terre.

Echelle de Toises 3 — Planche V

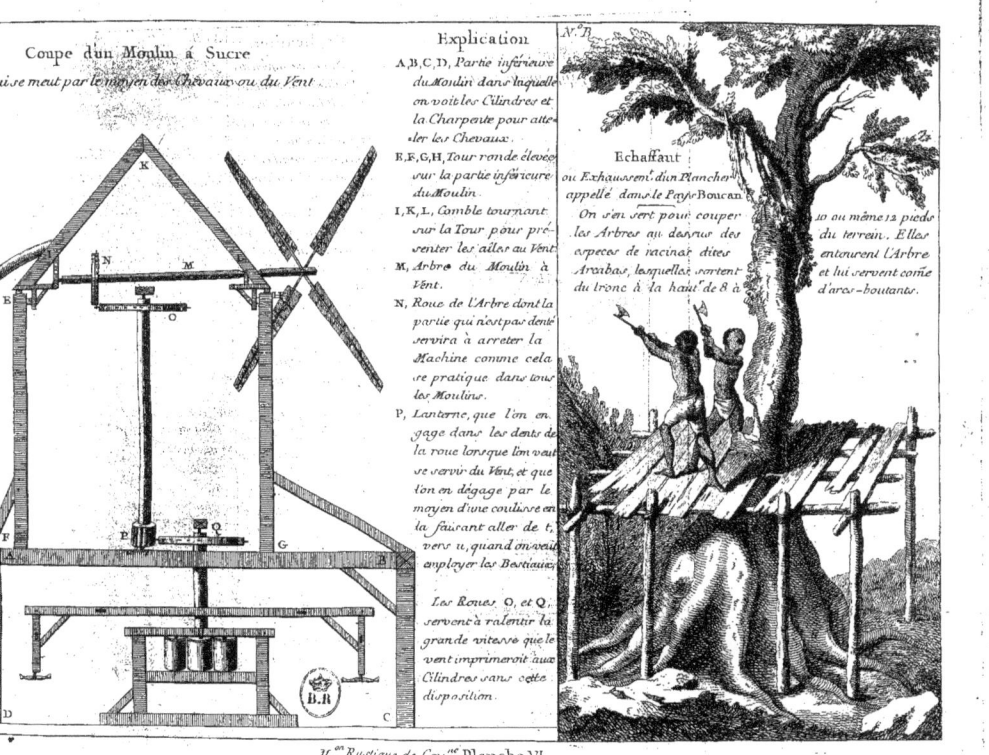

Coupe d'un Moulin à Sucre
qui se meut par le moyen des Chevaux ou du Vent.

Explication

A,B,C,D, *Partie inférieure du Moulin dans laquelle on voit les Cilindres et la Charpente pour atteler les Chevaux.*

E,F,G,H, *Tour ronde élevée sur la partie inférieure du Moulin.*

I,K,L, *Comble tournant sur la Tour pour présenter les aîles au Vent.*

M, *Arbre du Moulin à Vent.*

N, *Roue de l'Arbre dont la partie qui n'est pas dentée servira à arrêter la Machine comme cela se pratique dans tous les Moulins.*

P, *Lanterne, que l'on engage dans les dents de la roue lorsque l'on veut se servir du Vent, et que l'on en dégage par le moyen d'une coulisse en la faisant aller de t, vers u, quand on veut employer les Bestiaux.*

Les Roues O, et Q, servent à ralentir la grande vitesse que le vent imprimeroit aux Cilindres sans cette disposition.

N.º B.

Echaffaut

ou Exhaussem.t d'un Plancher appellé dans le Pays Boucan

On s'en sert pour couper les Arbres au dessus des espèces de racines dites Arcabas, lesquelles sortent du tronc à la haut.r de 8 à 10 ou même 12 pieds du terrein. Elles entourent l'Arbre et lui servent come d'arcs-boutants.

M.^{on} Rustique de Cay.^{ne} Planche VI.

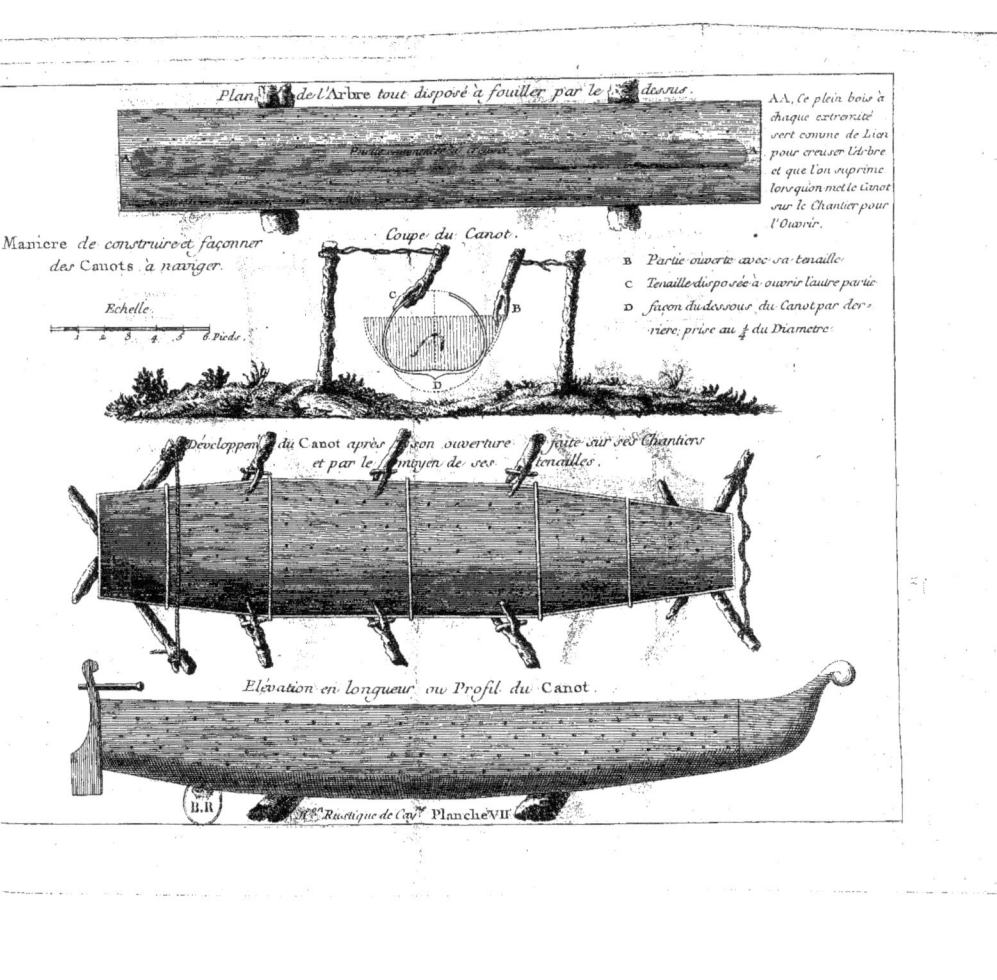

Plan de l'Arbre tout disposé à fouiller par le dessus.

AA, Ce plein bois à chaque extremité sert comme de Lien pour creuser l'Arbre et que l'on suprime lorsqu'on met le Canot sur le Chantier pour l'Ouvrir.

Partie convenable à l'Oeu...

Maniere de construire et façonner des Canots à naviger.

Coupe du Canot.

B   Partie ouverte avec sa tenaille.
C   Tenaille disposée à ouvrir l'autre partie.
D   façon du dessous du Canot par derriere, prise au ¼ du Diametre.

Echelle.

1 2 3 4 5 6 Pieds.

Developpemt du Canot après son ouverture faite sur ses Chantiers et par le moyen de ses tenailles.

Elévation en longueur ou Profil du Canot.

Arct. Rustique de Cav.r Planche VII.

www.ingramcontent.com/pod-product-compliance
Lightning Source LLC
Chambersburg PA
CBHW061431030726
47503CB00005B/1373